NELLA TANA

Questo romanzo è un'opera di fantasia. I personaggi e gli eventi descritti sono frutto dell'immaginazione dell'autrice o sono usati in maniera fittizia. Qualsiasi somiglianza con persone realmente esistenti o esistite è puramente casuale.

MICHAELA KASTEL

NELLA TANA

Il bosco non è mai stato così oscuro

Traduzione di Monica Pesetti

emons:

FSC
www.fsc.org
MISTO
Carta da fonti gestite in maniera responsabile
FSC® C115118

Titolo originale: *So dunkel der Wald*

Prima edizione italiana: ottobre 2019

Impaginazione: Rossella Di Palma
Stampato presso: Elcograf SpA – Stabilimento di Cles (Tn)
Printed in Italy 2019

ISBN 978-3-7408-0716-0

Distribuito da Emons Italia S.r.l.
Viale della Piramide Cestia 1c
00153 Roma
www.emonsedizioni.it

Per la casa al civico 50

1

Lo chiamiamo Varco del sole, il buco nero tra le rupi nel quale ci getta papà quando non facciamo i bravi.

La fossa scende per circa cinque metri nel ventre della montagna. La cavità in cui sfocia è stretta, ma per un bambino rannicchiato lo spazio basta senz'altro. In fondo al crepaccio ristagnano acqua e gelo, ma anche movimenti quasi impercettibili, che si colgono solo con gli occhi sbarrati per il terrore: le pietre che luccicano, le gocce che stillano, gli insetti che vivono a centinaia nelle fenditure e agitano piano le ali. Esseri disgustosi, chiazze d'ombra nel buio. Quando eravamo piccoli, Jannik mi ha raccontato che una volta ha visto anche un pipistrello vampiro, con gli occhi rossi e il sangue che colava dai lunghi denti aguzzi. Non gli ho creduto nemmeno allora, eppure ancora oggi continua a sostenere che è vero. Gli piace farmi arrabbiare.

Le notti di pioggia sono le peggiori. Non finiscono mai. Non esiste sonno, laggiù, solo il buio e il silenzio morto delle rocce. Le pareti frastagliate tagliano come lame di rasoio, lacerano la stoffa e la pelle, frantumano i pensieri insieme alle ossa troppo fragili. Superata la notte, inizia il vero incubo. Non vedi la luce del giorno, anche se sai che è da qualche parte su in alto, i tuoi vestiti sono fradici, hai freddo, e lo stormire monotono degli alberi rischia di farti impazzire. Sei consapevole che ci vorranno ore prima che papà venga a riprenderti, quindi chiudi gli occhi e sogni. Sogni una mattina in cui è tutto diverso, perché ogni tanto il tepore di un raggio di sole ti sveglia con un bacio delicato, e in quei momenti sembra quasi che una pioggia d'oro cada leggera su di te nell'oscurità, un riverbero intenso e sfavillante, come quando si apre un forziere.

Jannik accende i fari della Lada. Il chiarore penetra nell'umidità del bosco, si frantuma sulle pietre coperte di muschio e gli alti abeti scuri, più radi man mano che saliamo. Una pioggerella sottile appanna i vetri e avvolge la montagna in una trama di nebbia. Jannik adora lanciare il 4x4 sul terreno reso impervio dal pantano. Non si preoccupa dei canali di scolo che due anni fa in autunno lui e papà hanno scavato lungo il sentiero sterrato perché non si allagasse, usando solo dei picconi. Ci passa sopra spingendo al massimo, e un violento scossone mi costringe a cercare un appiglio.

"Si arrabbierà se sporchiamo di nuovo la macchina," gli rammento. L'ultima volta Jannik l'ha ridotta così male che papà gli ha proibito di guidare per tre settimane. Non ho dimenticato il suo umore in quei giorni. "Rallenta," gli chiedo, dato che non reagisce.

"Lasciami divertire."

"Andremo a sbattere."

"Sciocchezze."

Superiamo il vecchio mulino. Somiglia a un rudere stregato sul ciglio della strada, le porte e le finestre sprangate con assi di legno fanno pensare che un tempo al suo interno sia accaduto qualcosa di orribile. Sulla facciata muffe e funghi proliferano come pustole. La ruota marcia non si muove più da decenni.

"Guarda!" Jannik indica il corvo che si è posato davanti a noi. "Ora lo schiaccio," dice, e preme sull'acceleratore.

"Ma cosa ti salta in testa? Smettila!"

"È soltanto un uccello."

"No!"

Afferro il volante e sterzo nella mia direzione. Il piede di Jannik finisce sul freno, la Lada si ferma con un sobbalzo. A mezzo metro di distanza da un grosso masso. Ho un tuffo al cuore, sarebbe potuta finire male.

"Sei impazzita, Ronja? Per poco non ci schiantiamo! Non azzardarti mai più!"

Il corvo è ancora lì. Agita forsennatamente le ali, che però a quanto pare non hanno abbastanza forza per sollevarlo in aria.

"Non mi piace quando ti comporti in questo modo," rispondo. "Quell'uccello non ti ha fatto nulla."

Lui spegne il motore e mi osserva. Lo avrebbe investito con la ruota anteriore sinistra, senza esitare, perché non gli importa niente di un corvo, e forse perché qui la sofferenza altrui è l'unica gioia che ti rimane. Ma sa anche che è folle, e nei suoi occhi vedo la gratitudine per il fatto che continuo a ricordarglielo, proprio come a volte ci vedo il bosco, un luogo freddo e fuorviante, che troppo spesso lo ha tratto in inganno. Occhi che desiderano la luce. Io sono la sua luce.

"Proseguiamo a piedi," propone.

Scendiamo e lasciamo la macchina sulla strada. Nessuno si avventura da queste parti, nel fitto della vegetazione. Il terreno è fangoso, ma abbiamo scarponi robusti. Mentre Jannik prende dal bagagliaio lo zaino con l'attrezzatura da arrampicata, esco dal sentiero e mi avvio sull'ultimo tratto in salita fino alla sommità dell'altura.

Stamani la quiete mi colpisce in maniera particolare. Ci sono soltanto i nostri passi e il lieve ticchettio della pioggia tra gli alberi, nient'altro che sagome indistinte nella foschia, immagini riflesse su un lago torbido. La luce filtra a malapena attraverso le chiome vicinissime tra loro. Non ci vuole molto prima che Jannik mi superi. Risale in fretta il pendio, senza voltarsi verso di me. Non parliamo. Qui ci si conforma in fretta al silenzio degli spiriti, che di notte imperversano e di giorno non vogliono essere disturbati. Lo stretto corso d'acqua che stiamo seguendo è uno scintillio di bagliori argentati, sembra quasi magico, invece è la nebbia a dargli quell'aspetto, la nebbia che vela ogni cosa.

Presto raggiungiamo la vetta. Da qui si ha una buona visuale sulla valle e le creste delle montagne tutto intorno. È un posto tranquillo, così deserto. Guardare in lontananza sull'orlo del dirupo pieno di sassi è come affacciarsi da una scogliera che emerge da un calmo oceano verde, estrema propaggine della terraferma. Invece delle onde, è la nebbia a infrangersi sulle rupi, e le barche che beccheggiano all'orizzonte sono le cime degli alberi mosse dal vento. Per un attimo spunta il sole, e con pennellate precise si delinea un paesaggio sconfinato, solitario fin nel profondo. I miei occhi cercano invano una strada o una casa. Potrei urlare a squarciagola e nessuno mi sentirebbe. Una libertà infinita dentro una gigantesca gabbia vuota.

Jannik ha liberato l'entrata del crepaccio dalle assi di legno con cui l'abbiamo chiusa l'ultima volta. Un misero riparo dalle intemperie, ma è meglio di niente. Si piega sulle gambe e tira fuori l'attrezzatura dallo zaino. Indosso l'imbracatura, lui si infila i guanti e assicura la corda all'anello sul mio fianco. Anni di esercizio hanno perfezionato i singoli gesti, solo l'espressione tradisce il suo nervosismo. Si mordicchia le labbra, il respiro è teso e concentrato. Non si accorge che lo osservo. I suoi pensieri vanno al buio e al tempo che si perde là sotto, mentre noi ci ostiniamo a seguire la prassi consolidata. I capelli umidi di pioggia gli ricadono sul viso. Scuro come tutto qui, come i suoi occhi che non mi vedono.

"Pronti." Fa un passo indietro e si arrotola la corda intorno al braccio.

Mi accovaccio sul bordo dell'entrata, aggancio le dita alla roccia e comincio a scendere. All'inizio con prudenza e poi, appena avverto il risucchio gelido, più spedita. Da quanto è in fondo al crepaccio? Tre giorni? La pietra è bagnata e spigolosa, scivolo e sono costretta a fare una pausa. In alto Jannik tiene tesa la corda, perché devo procedere senza assicuratori e non potrei frenare in alcun modo una caduta. Mi porto dietro dei chiodi da roccia per un ancoraggio di emergenza, ma una volta incastrati sono difficili da estrarre, perciò cerco di evitarli. Per fortuna conosco a memoria gli appoggi dove posizionare i piedi. Quando la parete si inclina verso il basso, puntello le gambe per darmi lo slancio e supero con un salto gli ultimi metri.

Da ogni fessura esala una zaffata di muffa e urina. Affondo fino al malleolo nell'acqua fredda e sporca. Prendo la torcia dalla tasca del giaccone e mi affretto a illuminare il buio, prima che gli occhi mi giochino brutti scherzi.

"Lola?"

Tasto con cautela la roccia, sfiorando i graffi che c'erano già la prima volta che sono finita qua dentro. Devono averli lasciati delle unghie. Qualcuno ha tentato con tutte le sue forze di arrampicarsi, ancora e ancora, ma non ci è riuscito. Un crudele memoriale dell'inespugnabilità di questo luogo, scalfito in eterno nella pietra. Forse sono state le unghie di Jannik. Non gliel'ho mai chiesto.

L'acqua forma un mulinello che defluisce nelle viscere della montagna. Da qui in poi non si può più proseguire. Dovevo averla già trovata. Il cono di luce vacilla, è la mia mano che trema?

"Lola!" chiamo.

Qualcosa mi afferra il piede. Tengo la torcia premuta contro il petto, non ho il coraggio di guardare nel buio. Jannik grida il mio nome, probabilmente mi è sfuggito un urlo. Sento un sussurro. Una specie di gorgoglio, simile a sangue che ribolle, proprio davanti a me.

"Non... lasciarmi sola..."

Gocce gelide mi scivolano sulla nuca. Punto la torcia nell'oscurità. Il fascio giallo rivela una figura grigia e bagnata come le pietre, senza quasi più niente di vivo. Come se la montagna l'avesse già fagocitata. Le ciocche castane sul viso ossuto, gli occhi vitrei spaventati dal bagliore improvviso. Dalla massa ricurva che un tempo era un naso esce un rivolo rosso. Continua a stringermi il piede. Poi dal suo corpo fugge anche l'ultima scintilla di vita, scacciata dalla luce, e all'improvviso la presa si allenta. La testa piomba di lato, con la pesantezza di un macigno. La mia mano non smette di tremare.

"Ronja?" Uno strattone deciso alla corda. "Cosa succede? L'hai trovata?"

"Sì... è con me."

"Sta bene?"

Mi siedo accanto alla piccola immobile e fisso le ali degli insetti sulle rocce. Milioni di ali. Alla luce del giorno dovrebbero avere una sfumatura azzurrognola, qui invece sono nere. Tutto ciò che nasce nel buio entra a far parte del buio per sempre.

Sollevo Lola, è emaciata e fredda, e la porto in corrispondenza dell'imbocco. Jannik aspetta impaziente all'altra estremità.

"Attento!" grido mentre la tira su con la corda. Dopo tocca a me.

Restiamo a lungo chini su di lei, a guardarla. Due settimane fa non la conoscevamo neppure. Papà prenderà un'altra bambina.

Ma quel giorno io non ci sarò più.

2

Al ritorno Jannik guida con estrema lentezza. Mi accorgo che ha la testa altrove. Papà sarà infuriato. Lo era già tre giorni fa, quando Lola è scappata e ha dovuto inseguirla con il fucile carico. Non era previsto che morisse così presto. Si aspettava molto da lei, e scavare una fossa in questa stagione è un lavoro faticoso. Il gelo autunnale è ormai penetrato a fondo nella terra e, se ci dice male, la pioggia provocherà smottamenti, con il rischio che i resti vengano riportati in superficie. Di solito la montagna inghiotte tutto, avida, ma quanto le diamo è troppo anche per lei. Chissà se Lola era il suo vero nome.

Il sentiero si addentra sempre di più nel bosco, tra cataste di legna marcia, giganteschi massi erratici e sorgenti che zampillano piano. Il terreno è coperto da uno spesso strato di vegetazione in cui scorrazzano animali di vario genere. Roditori guizzano veloci in cerca di cibo, colonie di formiche si muovono in ogni direzione, salamandre, rospi e altri anfibi si nascondono negli interstizi umidi o nei rigagnoli sotto le rocce. I richiami degli uccelli precedono il suono del motore e si perdono in alto tra le fronde.

Dietro una curva sbuchiamo in una radura che si sviluppa lungo un pendio erboso. Si vede il fumo che esce dal camino, poi nel verde spunta anche la casa. Costruita in pietra, legno e argilla, se ne sta accucciata in mezzo agli alberi come un animale ferito: il freddo, l'umidità e lo scorrere del tempo la dissanguano a poco a poco, ma al suo interno c'è ancora vita.

Mentre Jannik parcheggia la Lada al riparo di un gruppetto di abeti, Henna ci corre incontro. I corti capelli mori dritti sulla testa, gli occhi scuri che brillano. I grossi stivali di gomma le intralciano i movimenti, inciampa su un sasso e finisce in una pozzanghera con il suo vestitino celeste. Però si rialza subito e sorride a denti stretti per mostrarci la finestrella nuova di zecca.

"Ahia! Quando ti è caduto?" domando prendendola in braccio.

"Stamattina," risponde orgogliosa. "Theo ha detto che devo metterlo sotto il cuscino, così durante la notte si trasforma in cioccolato."

"Be', non so se il cioccolato è la cosa migliore per i denti."

La metto giù prima che mi impiastricci il viso con le mani imbrattate di fango e la ripulisco da aghi di pino, foglie e terra. Jannik chiude a chiave la macchina e quando le passa accanto le accarezza i capelli scompigliati.

"Dov'è la bambina nuova?" Henna si guarda intorno con aria interrogativa.

Nel bagagliaio. E presto scomparirà per sempre.

"Entriamo. Fa freddo."

Prima della casa c'è un tratto in discesa. Superiamo la rimessa degli attrezzi, la sbarra e il gabinetto, che somiglia alla buffa guardiola di un portiere. Su un lato c'è un profondo pozzo dal quale attingiamo l'acqua quando le tubature sono intasate o ghiacciate, e dietro c'è il prato con i tre maestosi sorbi selvatici. Nascosta nella loro ombra, la vecchia legnaia è di vedetta al limitare del bosco. La casa invece è nella radura, esposta e senza protezione. Le incrinature sul tetto testimoniano le numerose grandinate e i colpi di tutti i sassi caduti nel corso degli anni. La metà superiore è rivestita di legno verniciato di marrone scuro, mentre la parte sottostante in pietra ormai ha assunto la stessa tonalità di grigio della nebbia. Le finestre sono ricoperte da un intrico di rose rampicanti secche di cui nessuno si prende cura. Sotto la tettoia che ripara la porta d'ingresso sono allineate sedie da giardino sporche.

Dall'interno arriva un gradevole tepore accompagnato dalla musica del giradischi. Mi fermo sulla soglia e sento il profumo della zuppa di pollo preparata per pranzo. Jannik è già entrato. Da una finestra lo vedo attraversare la Stube, posare le chiavi della macchina sul tavolo e fare rapporto alla figura seduta sulla sedia con i braccioli. La figura ascolta e continua a mangiare rumorosamente.

Due manine sporche mi tirano per la manica. "Dov'è la bambina nuova?" torna alla carica Henna.

Mi sforzo di sorriderle. Lo verrà a sapere comunque. Jannik non ha un briciolo di delicatezza quando si tratta della verità, e Theo le racconterebbe una delle sue storie dell'orrore che la terrebbe sveglia per nottate intere.

"Ha attraversato il Varco del sole, piccola."

Henna aggrotta le sopracciglia e arriccia le labbra, pensierosa. "Come Mona e Lisa?"

"Esatto. Come Mona e Lisa." E Laura. E Annika. E Gerlinde. E tutte le altre. Henna non può ricordarsi di loro. È qui da troppo poco.

Rumore di passi. La musica si interrompe. Papà si è alzato ed è sparito nel retro, posa la scodella nel lavello e aggiunge legna nella stufa. Gli scricchiolii del pavimento mi rimbombano nel cervello. Poi viene fuori. In un primo momento è solo un'ombra che si allunga nel vano della porta, e Henna sguscia in casa come un topolino a rintanarsi nell'oscurità sicura della Stube, anche se lui non la guarda nemmeno.

Papà incassa la testa per non sbattere contro lo stipite basso.

"Un'altra," mormora con la sua voce profonda e gutturale, che non fa trasparire né rimorso né stupore. Solo frustrazione e un leggero biasimo. Quasi fosse colpa mia. Neanche fossi stata io a lasciarla crepare laggiù per insegnarle l'educazione.

Prende dal gancio la giacca di camoscio marrone, si infila guanti e berretto, infine afferra la pala, appoggiata al muro accanto all'ingresso. È lì da che ho memoria. Costantemente sporca di terra fresca. Quando ha indossato la giacca il suo odore mi ha avvolta, e il miscuglio di pelle scamosciata, bosco e sudore ha fatto riaffiorare dentro di me ricordi, immagini e sensazioni rimosse, alcuni confusi, ma la maggior parte perfettamente a fuoco. Rivedo con chiarezza soprattutto i colori: macchie rosse sul lenzuolo, lividi bluastri sul mio viso. A quel tempo non riuscivo a immaginare di poter raggiungere un'età che mi avrebbe protetta da lui. Credevo sarebbe andata avanti così per sempre. Non sapevo ancora che a papà piacciono morbidi e delicati. Da parecchio io e Jannik non gli interessiamo più.

"Occupati dei bambini," mi incarica, e con un gesto deciso consegna la pala a Jannik.

"Salite allo Spuntone del diavolo?" domando.

Papà annuisce. I suoi occhi azzurro ghiaccio sono chini sulle mani, scrupolosamente impegnate con i bottoni della giacca. Sono gli occhi di un cacciatore. Freddi e all'erta, colmi di astuzia, ingordi di sangue. Tra non molto si metterà in cerca di un'altra bambina, e anche quella bambina imparerà presto a temere la sua vista, il viso spigoloso con l'accenno di barba grigia sulla pelle chiara, il fisico asciutto. È come un albero morto, secco e abbandonato dalla luce, eppure radicato nel mondo con tanta forza da lasciare la sua impronta nera ovunque vada.

All'improvviso mi chiedo se è sempre stato così vecchio. Se davvero la mia infanzia, la mia innocenza sono state rubate da questo eremita decrepito.

Lui e Jannik si dirigono verso la Lada. Porteranno il cadavere di Lola allo Spuntone del diavolo, un'imponente sporgenza rocciosa sull'altro versante della montagna, dove papà seppellisce i corpi di tutti i bambini. Il terreno è completamente imbevuto di sangue. Affiora a ogni passo, filtra attraverso gli scarponi e la pelle, penetra nelle ossa. Jannik getta la pala sul sedile posteriore e sale davanti. Quando papà avvia il motore, le cornacchie si levano in volo dai rami. Guardo la macchina che si allontana e sparisce tra le ombre del bosco.

"Addio Lola," sussurro.

La casa è buia e angusta. In passato era una fattoria, ma oggi si riconosce soltanto dalla pianta e dagli spazi piccoli. Papà ha trasformato la stalla in un'officina, il fienile è stato isolato ed è diventato la sua stanza da lavoro. Perché nei mesi più freddi il calore non si disperda, i muri sono molto spessi e le finestre minuscole, quindi in pratica non entra mai il sole.

Dall'ingresso si va nella vecchia cucina con il focolare aperto che usiamo solo come cella frigorifera, poi nel bagno, nell'officina, nella Stube, e da lì di nuovo in cucina. Siamo abituati a questa disposizione labirintica e anche agli opprimenti mobili scuri, che fanno parte della casa al pari di tetto e fondamenta.

Credenze, armadi, polverosi trofei di caccia e un orologio a muro ingombrano le pareti e non vengono spostati da anni. Sporche tende a fiori tengono lontana la poca luce che arriva. La Stube è occupata quasi per intero dal tavolo rotondo, dove oltre a mangiare guardiamo la televisione e ogni tanto giochiamo a carte, e davanti c'è l'antidiluviana stufa a legna. Anche la cucina e il bagno sono riscaldati con la legna, solo al piano superiore accendiamo delle stufette portatili, sempre che papà ce lo permetta.

Posso insaponare e strofinare quanto voglio, ma l'odore di muffa non se ne va. Papà dice che è normale nelle case così vecchie. Almeno in cucina cerco di creare un ambiente pulito e confortevole. Profuma di torte, erbe aromatiche e detersivi, e il crepitio delle rustiche piastre in ghisa scaccia il silenzio e il freddo.

Stamani ho parecchio da fare. Per prima cosa devo lavare e cambiare Henna, reduce dal piccolo incidente con la pozzanghera, poi mi aspettano le faccende. Il lavello incastrato nell'angolo dietro i fornelli, che bisogna essere flessuosi come giunchi per raggiungere, trabocca di pentole e stoviglie, e infine serve altra legna per la stufa e il boiler. Incarico Theo. È molto bravo per avere dieci anni, anche se Jannik è più preciso e taglia pezzi di dimensioni più adatte.

Poco dopo Theo ritorna carico fino alla punta del naso e accatasta i ciocchi nella cassapanca davanti allo specchio della Stube. Henna lo aiuta.

"Come sta Nika?" mi informo.

"Al solito," risponde Theo. "Papà dice che quando tossisce sputa sangue."

"Non è un buon segno."

"Perché quando tossisce sputa sangue? Cos'ha?" vuole sapere Henna, che cerca inutilmente di infilare nella cassapanca un ceppo troppo grande.

Theo glielo toglie di mano con una smorfia. "Si sta trasformando in uno zombie. Presto di notte si alzerà per mangiare i bambini piccoli. E inizierà da te!"

"No!" Henna scappa via strillando e mi si aggrappa a una gamba. "È vero, Ronja, è vero?"

"Certo che è vero," assicura Theo.

"Smettila di spaventarla," lo rimprovero, e gli do un colpetto sulla testa.

Lui reagisce come se avesse ricevuto chissà quale botta e si strofina piagnucolando i capelli ricci. Sono corvini e lunghi fino al collo come quelli di Jannik, invece io, Henna e Nika dobbiamo portarli corti. Papà vuole così. Quando ero piccola avevo una folta treccia, ricordo che la tenevo sopra la spalla e mordicchiavo la punta finché non si bagnava. Poi è arrivato papà con le forbici, via la treccia, e di punto in bianco è cambiato tutto. Mi ha perfino tinta di biondo per modificare il più possibile il mio aspetto. Adesso sono di nuovo castana, e non lo disturba nemmeno che la frangia mi arrivi quasi al mento. A volte mi sfiora una ciocca, sostenendo che con i capelli scuri risaltano di più gli occhi grigio azzurri. I miei occhi sono sempre stati grigio azzurri? Ho l'impressione che questo colore freddo si sia insinuato dentro di me nel corso degli anni, ogni volta che ho guardato il suo viso cereo e spietato.

Rumore di piatti rotti. Quando mi volto, Theo e Henna sono impietriti davanti al lavello, le braccia alzate. Henna è in piedi su un panchetto.

"È stata lei!" dichiara Theo.

Il labbro inferiore di Henna inizia a tremare, e le vengono le lacrime agli occhi.

Mi mancherete così tanto...

"Forza, ripulite. Io vado da Nika."

"Quando torna Jannik?" domanda Theo.

"Abbastanza tardi. È andato allo Spuntone del diavolo con papà."

Theo lascia cadere i cocci appena raccolti. "Lola è morta?"

Non ho il tempo di rispondere, perché due manine sporche mi tirano di nuovo per la manica. "Ma avevi detto che ha attraversato il Varco del sole."

"Infatti è vero," spiego.

Theo si inginocchia sul pavimento e ricomincia a raccogliere i cocci senza dire una parola.

Lui è più grande di Henna. Sa che le parafrasi amene non rendono la morte più accettabile.

Li lascio ad asciugare i piatti e salgo di sopra. In cima alle scale mi accoglie il corridoio che puzza di chiuso su cui danno le camere. Una per me e Jannik, una per i bambini, una per Nika e una per papà. La porta cigola e geme quando si apre, e lo stipite è talmente basso che devo chinare la testa perfino io. Come tutto in questa casa, la stanza è stretta e soffocante, gli orribili mobili di legno risucchiano la luce naturale, e negli angoli si nascondono i ragni. Tranne la piccola lampada sul comodino, non c'è nulla che possa disperdere le ombre. Una delle tante regole domestiche: niente sprechi di corrente. Bisogna trattare con riguardo i generatori, e l'antenna deve durare ancora per molti, molti anni.

Nika è seduta sul letto e legge. Un libro così vecchio e malridotto che quasi cade a pezzi. I corti capelli castani sono unti e appiattiti dal cuscino, la bocca incrostata dall'herpes è contratta. La camicia da notte è chiazzata di sudore. Nonostante fuori faccia un gran freddo e la finestra sia spalancata, l'aria nella stanza è viziata. Senza volere, per un attimo trattengo il fiato.

"Come stai?"

Nel silenzio sento il suo respiro pesante e affannoso. Gli occhi cerchiati di nero rendono il viso di Nika ancora più smunto. Ha due anni meno di me, ma l'aspetto di chi ha già una vita intera alle spalle. È troppo orgogliosa per guardarmi. In risposta, si limita ad alzare le spalle.

"Lola è morta," la informo nel tentativo di suscitare una reazione.

I suoi occhi azzurri scivolano su di me senza mostrare il minimo interesse. "Era chiaro. Non le avrei dato un'altra settimana."

"Ringrazia di non averla dovuta ripescare dal buco."

"Ringrazia di non avere i polmoni marci."

"Vuoi fare a cambio?"

"E tu?"

Osservo i fazzoletti sporchi accanto al letto. All'inizio espettorava solo pus, ora invece sputa anche sangue. Morirà, se non la portiamo in ospedale. Lo sappiamo tutti. No, non voglio fare a cambio.

Nika si concentra di nuovo sul libro.
"Oggi hai mangiato?" domando.
"Non lo so."
"Posso portarti qualcosa, se vuoi."
Nessuna risposta. Tutti abbiamo fatto lo sciopero della fame. Non serve a molto, perché alle brutte papà ci costringe a mangiare con la forza. L'inappetenza di Nika dipende dal suo stato, e la situazione peggiora quando lui minaccia di conficcarle la forchetta nel collo se non finisce quello che ha nel piatto. Il più delle volte vomita i pasti. Per sfinimento, ma anche per dispetto: si infila due dita in gola finché non c'è più niente da buttare fuori. Papà non lo tollererà ancora a lungo. E dopo?
"Credi che ne prenderà un'altra?"
Lei si stringe ancora nelle spalle.
"L'inverno è alle porte. Se ne getta nel buco ancora una, presto non avremo più posto per i corpi."
"Vattene, Ronja. Voglio continuare a leggere."
Mi chiudo la porta alle spalle il più silenziosamente possibile. Mi stringe il cuore abbandonare anche lei, a un passo dalla fine. Insieme abbiamo superato così tante notti piene di lacrime e vergogna, così tante volte abbiamo avuto paura e ci siamo strette l'una all'altra, che nulla potrà mai spezzare il nostro legame, e forse è proprio questo il motivo per cui ci odiamo tanto. Perché siamo state obbligate a farci tutte quelle cose spaventose. Perché siamo state vicine più di quanto volessimo far avvicinare qualcuno. E questa vicinanza ha sprigionato scintille cattive tra di noi, come fossimo pietre strofinate con furia l'una contro l'altra.
Prima di tornare di sotto, approfitto dell'assenza di papà per terminare i preparativi per domani. Sa che per sbrigare le varie commissioni nei paesi della zona devo restare fuori qualche giorno, perciò non gli sembrerà strano se prendo una borsa con un cambio di vestiti e altri effetti personali. L'ho già preparata, è pronta in camera mia e di Jannik, che ho ispezionato provando una strana tristezza per individuare gli oggetti la cui mancanza sarebbe passata inosservata. I miei disegni, per esempio. Li tengo in una voluminosa cartella sottratta nella stanza da lavoro di papà. Sfogliandoli si assiste a un'evoluzione deprimente: da

bambina dipingevo la libertà, lunghe spiagge sabbiose, isole deserte in mezzo al mare, enormi città piene di auto e persone. Poi, mentre il mio tratto diventava più elegante e la mia tecnica più matura, i soggetti si sono conformati all'unica realtà che conosco. Boschi bui. Anfratti bui. Facce buie che si voltano dall'altra parte.

Rimetto a posto la cartella. Portarla con me significherebbe portare con me anche il bosco e la mia vita qui, trascinarmi dietro gli anni di prigionia come una palla al piede. Ma voglio davvero abbandonare tutto, anche i pochi momenti belli? Mi cade l'occhio sul cofanetto con le pigne, sopra la cassettiera davanti alla finestra. Me le ha regalate Jannik quando ho compiuto dodici anni. Lui ne aveva solo quindici e ha trascorso ore nel bosco in cerca di qualcosa di bello per me. In quella stagione non avrebbe trovato fiori e dei sassi me li aveva regalati per il compleanno precedente. Così ha scelto quelle dieci pigne, che da allora conservo nello scrigno perché non si rovinino, al riparo da polvere e sguardi estranei. Se sparisse all'improvviso attirerebbe l'attenzione. Non posso portare via niente, nemmeno i ricordi che ho di lui.

La cucina è una baraonda di schiuma e stoviglie bagnate. Theo ha riempito il lavello fino all'orlo e litiga con Henna per essere il primo a giocare nell'acqua con le macchinine. Non ho la forza di intervenire. E comunque presto dovranno cavarsela per conto loro.

Esco di casa e vado verso il bosco, superando l'orto con le grosse zucche gialle che riposano sulla terra come teste mozzate, i due noci marroni, i sorbi e la legnaia con la scorta per l'inverno, fino alla sorgente che zampilla su una roccia dalla forma stramba disperdendosi in rivoli.

I minerali che venano la pietra fanno brillare l'acqua come cristallo liquido. Allungo la mano sotto il getto e osservo le gocce che scorrono sulla mia pelle. Il freddo è una sensazione familiare, crea un legame tra me e l'acqua, la casa, la montagna con i suoi fantasmi. È il sangue trasparente del bosco che mi penetra dentro sempre di più, impregna il terreno, si solleva ai miei passi e precipita su di me in una coltre di nebbia. Un giorno, in questa nebbia, scompariranno tutti i miei ricordi, gli ultimi resti di quella che ero. È inevitabile, se rimango qui.

Una macchina si avvicina dal lato opposto. Nella bruma distinguo soltanto il riflesso abbagliante dei fari. Il motore si spegne, due portiere sbattono. In casa spariscono immediatamente tutte le luci. A papà non piace che si contravvenga alle sue regole per risparmiare sulla corrente elettrica. In lontananza vedo Jannik venirmi incontro. È sporco dalla testa ai piedi, agli scarponi è attaccato uno spesso strato di fango che rende pesanti le sue gambe. Mentre cammina si toglie il giaccone e si inginocchia accanto al rigagnolo sotto la sorgente. Beve come se stesse morendo di sete. Mi inginocchio al suo fianco e gli stringo il braccio, vorrei percepirlo con la stessa intensità con cui percepisco l'acqua e me stessa, lui però continua a bere. Beve, beve e beve.

"Pensavo ci metteste di più," dico per rompere il silenzio. Ci vuole tempo per scavare una fossa.

"Mi sono sbrigato."

"Stai bene?"

"Sì."

Finalmente smette di bere. Apre gli occhi e fissa le rocce che ha davanti. Il suo corpo è scosso da un leggero tremito, e io vorrei alzarmi e portargli il giaccone, abbandonato sull'erba poco più in là. In quell'istante, lui si china in avanti e infila la testa sotto l'acqua. Il freddo pungente gli fa contrarre il viso, ma resta immobile. Come me, vuole dimenticare, ha bisogno del gelido velo grigio che anestetizza ogni cosa.

"Jannik," lo chiamo per riscuoterlo.

Si volta lentamente. I suoi occhi sono più chiari del solito, come se l'acqua limpida avesse lavato via un'ombra scura. Lo allontano con delicatezza dal getto, lui guarda il cielo e fa un respiro profondo.

"Sono così stanco," dice.

"Sono stanca anch'io."

"Quando vai in città?"

"Domani." La mia voce si affievolisce nel pronunciare quella parola. Domani lo abbandonerò.

“Allora controllo di nuovo la Lada, per sicurezza. Il viaggio è lungo.” Si alza.

“Non vuoi riposarti?”

Ma lui ha già raccolto il giaccone e sta tornando alla macchina.

Domani.

Piango. Ci sono così tante cose che non gli dirò mai.

3

Il berretto è sui binari. Come depositato lì dal vento. La sporcizia attaccata alle fibre di lana rossa sembra raccontare una storia: una bambina corre a perdifiato nel bosco. Sola, terrorizzata. Sta fuggendo da qualcosa. Da un mostro che vuole mangiarla. Il terreno è zuppo e scivoloso. Lungo un ripido pendio la bambina perde l'equilibrio, scivola nel fango, le vola via il berretto, ma lei non si volta a riprenderlo. Non le resta molto tempo. Riesce già a vedere i binari della ferrovia. Oltre quelli c'è la libertà. Una porta a cui bussare, la salvezza tanto sognata. La bambina si rimette in piedi ansimando. Nella caduta si è sbucciata le ginocchia e ha il vestito infangato, ma continua a correre, con le ultime forze che le restano. I passi alle sue spalle sono sempre più vicini. Forse è troppo stremata per chiedere aiuto. Comunque sia, all'aperto non l'avrebbe sentita nessuno.

Da qui in avanti la storia si smarrisce tra le conifere scure e bagnate di pioggia. Trascinata lontano da qualcosa che non si può comprendere. Il fango ha risucchiato tutte le tracce. Tutte, tranne quel berretto. La bambina non ce l'ha fatta a uscire dal bosco. Chi le dava la caccia è stato più veloce.

"Hai trovato qualcosa?" grida Richter dall'altro lato della stazione.

Sarah esita. Il berretto potrebbe essere di chiunque. Forse i bambini giocano spesso vicino a quel tronco ferroviario abbandonato. I binari arrugginiti invasi dall'erba, che sembrano proseguire all'infinito in mezzo al bosco, sono il sogno di tutti i piccoli esploratori in cerca di avventura. Nell'eccitazione può capitare di perdere qualcosa. Il berretto rosso potrebbe appartenere a una bambina qualsiasi. Una bambina che ora sta bene perché è a casa con i genitori, al sicuro.

Ma quello nel fango non è un berretto qualsiasi. E appartiene a una bambina svanita nel nulla da oltre una settimana. Lola, dodici anni. Per questo loro sono lì. All'improvviso svanisce ogni dubbio.

"Sì," risponde Sarah. "Credo di aver trovato qualcosa."

Grosse gocce di pioggia spazzano foglie e aghi dal parabrezza della BMW. È stata un'idea di Richter lasciarla sotto il gruppo di alberi al limitare del bosco. Cofano e tettuccio sono disseminati di escrementi di uccelli. Sarah detesta i boschi. Sono sempre umidi e bui, e al loro interno spariscono troppi bambini.

"Quando sapremo se il berretto è di Lola?" domanda salendo in macchina.

"Spero entro le prossime quarantott'ore. Ho detto ai tecnici di sbrigarsi."

Bene. Sarebbe il primo indizio. Sono passati dieci giorni, da quando Lola non è più tornata a casa da scuola. Esattamente come un'altra bambina, sei mesi fa. E un'altra ancora. Tutte e tre hanno lasciato soltanto un enigma da risolvere. Sarah ha interrogato gli amici e i compagni di classe, le famiglie, gli insegnanti, i vicini. Nessuno ha visto nulla. Come se le bambine fossero sparite dalla faccia della Terra, ma adesso è spuntato fuori quel berretto. Per un colpo di fortuna, o per puro caso, qualche giorno prima a un abitante della zona è sembrato di sentire un bambino che gridava nel bosco e ha informato la polizia locale. Poco dopo sono arrivati loro. Sarah non sa ancora dove li porterà tutto questo, ma intende scoprirlo.

"Tempo schifoso." Il viso di Richter si adombra, mentre aziona i tergicristalli e accende i fari. Un fioco cono di luce taglia il crepuscolo e illumina il tratto fino alla strada. "Se la bambina è là fuori, non ha alcuna possibilità con questo freddo. Sempre che sia ancora viva."

"Hai già chiamato i genitori per informarli del berretto?"

"Sì. Il padre non è sicuro, la madre però sostiene che Lola non possiede un berretto rosso."

"Non vuol dire nulla. Potrebbe avergliela dato il rapitore."

"L'ho pensato anch'io."

"E se le procura dei vestiti, c'è una probabilità che sia ancora viva."

"Aspettiamo i risultati del laboratorio."

La BMW sobbalza attraversando un passaggio a livello, i binari abbandonati piombano di nuovo nell'oscurità. La stretta strada di campagna finisce dopo una curva e si immette nella provinciale che corre lungo il fiume, tra le montagne coperte di boschi. St. Nikola an der Donau, che buco sperduto. Sarebbe anche carino, con la piccola chiesa e le casette colorate, ma è lontano chilometri dalla scuola di Lola a Ybbs. Non è un buon segno che l'aggressore si muova in un raggio così ampio per trovare le sue vittime. Potrebbe nascondersi ovunque. Lola l'ha presa a Ybbs, la piccola Henna mentre andava a scuola dalle parti di Linz. Tutte quelle bambine, e nessuna aveva lasciato una traccia.

A prima vista sembra che tra le scomparse non ci sia alcun collegamento, variano per età e aspetto, e a volte tra un rapimento e l'altro sono passati anni. Allo stesso tempo, però, non può trattarsi di semplici coincidenze. Da qualche parte là fuori è in agguato un mostro, che a intervalli irregolari va a caccia di bambini.

E Sarah stanerà quel mostro.

A tarda sera è alla finestra della cucina. Sul vetro si riflette la chiazza pallida del viso, che i capelli legati rendono ancora più incavato. Guarda il parco giochi di proprietà del caseggiato accanto. Altalene vuote dondolano al vento, come se fino a un attimo prima ci fossero stati seduti dei bambini. I bambini che Sarah vede correre e ridere ogni giorno. Bambini con berretti rossi e con berretti blu, bambini pieni di gioia e di vita. In certi momenti deve ascoltare attentamente la sua voce interiore per ricordarsi che quei bambini non sono in pericolo. Che sono sani e salvi nei loro letti e nessun maniaco può avvicinarsi a loro.

"Non hai sonno nemmeno tu?"

Markus entra in cucina per prendere un bicchiere d'acqua. Era già a letto quando è tornata a casa un'ora fa, e non aveva voluto svegliarlo. La sorprende spesso in piedi davanti a quella finestra, la osserva perdersi nei propri pensieri di bambini che non ha mai incontrato, di bambini che non sono mai diventati grandi, di bambini che non sono mai esistiti. Non le chiede più il perché. Conosce il motivo.

"Colpa del tempo," risponde lei. "Mi rende nervosa."

"Dove sei stata?" Gli occhi di Markus si spostano sulle scarpe infangate, che Sarah ha lasciato in corridoio con la suola rivolta verso l'alto.

"Nel bosco."

"E adesso come stai?"

"Bene."

Lui beve, senza smettere di fissarla. Hanno stretto un patto: tra loro non parlano dei bambini scomparsi. Niente domande, benché Markus sia curioso. Certe cose, Sarah deve lasciarle fuori dalla porta, altrimenti anche quell'appartamento diventerebbe freddo e buio come i boschi. "Ti va di parlarne?" tenta lo stesso.

Sarah scuote la testa, ma per Markus è un libro aperto. Sa come smascherarla e non esita a metterla con le spalle al muro. È una delle ragioni per cui lo ha sposato: non ha paura – di niente, le sembra a volte –, mentre lei teme sempre qualcosa. Teme che Lola stia morendo in quel preciso istante. Teme l'incontro con i genitori ai quali deve comunicare la terribile notizia. Teme che un giorno il parco giochi resti vuoto perché i bambini che ci giocano sono stati portati via da tutti i mostri di questo mondo. Naturalmente è un istinto irrazionale. Ha imparato presto a soffocare le proprie paure. Solo così si sopravvive a quel mestiere, relegando i sentimenti nel profondo.

Markus posa il bicchiere vuoto nel lavello e le dà un bacio sulla fronte. "Non fare troppo tardi," dice, e torna a letto.

Se non la capisse così bene, se ne sarebbe andato già da un pezzo. Avrebbe fatto le valigie, lasciandola sola con i suoi demoni. L'insensibilità avvelena ogni rapporto. Per fortuna l'amore di Markus è grande, tanto da bastare per entrambi nei momenti difficili.

4

A cena ci sono gli avanzi di ieri: qualche fetta di pane, salsiccia e tre mele, che Henna e Theo si litigheranno di nuovo. Il tè freddo fatto in casa e troppo dolce pulisce la bocca dal gusto insipido della minestra di zucca. I bambini l'hanno lasciata a me perché detestano la zucca.

Nelle ultime settimane prima dell'inverno dominato dalle scatolette, di solito faccio in modo di assicurare a tutti una bella scorpacciata. Con le verdure che coltiviamo nell'orto preparo zuppe, sformati e gratin a cui aggiungo i funghi che ho raccolto a bizzeffe nel bosco a fine estate. Ce ne sono ovunque, specialmente porcini, mazze di tamburo e finferli, che crescono soprattutto nei campi di mirtilli vicino al vecchio mulino. Quest'anno ne ho rimediati sette chili. Li lascio seccare e li metto da parte per l'inverno, così il riso, le patate e la carne in scatola acquistano un po' di sapore.

Mi occupo di molte cose qui dentro. Chi ci penserà, quando me ne sarò andata? Papà è bravo ad abbattere selvaggina e riparare motori, ma non ha la più pallida idea di come si manda avanti una casa. I miei doveri ricadranno su Jannik, sempre che non gli spacchi la testa dalla rabbia perché sono fuggita. Non voglio più pensarci.

Come al solito, mangiamo in silenzio. A papà non piace che si parli a tavola, a meno che non sia lui a toccare uno dei suoi argomenti preferiti, come la caccia. Spesso passa l'intera giornata nel bosco e quello che prende lo vende a un prezzo elevato ai macellai e alle piccole botteghe della zona, permettendoci di vivere decentemente. Ma per lui la caccia non è solo una fonte di guadagno, gli procura anche un immenso piacere. Jannik dice che potrebbe sparare alle pulci nel pelo di una volpe, se volesse. Centra un bersaglio da cento metri di distanza. Perciò non sarebbe saggio mettersi a correre e non fermarsi, ti prenderebbe. È questo che Lola non ha considerato.

Quando tutti hanno finito, sparecchio e mi ritiro in cucina a rigovernare. Nika, che si trascina al pianoterra solamente all'ora dei pasti, non ha nemmeno toccato il suo piatto, mentre i piccoli hanno ingurgitato il più possibile per non svegliarsi affamati domani. Da noi non si fa colazione. Il più delle volte papà dorme fino a tardi.

Apro il rubinetto per coprire la sua voce calma e profonda. Però sento lo stesso quello che dice.

"Siete sazi, bambini?"

Dal silenzio che segue intuisco che Henna e Theo scuotono la testa. Sanno cosa succede dopo cena e si ingozzerebbero fino a scoppiare per rimandarlo anche soltanto di un po'. La risata imperturbabile di papà affossa le loro speranze.

"Avete mangiato abbastanza. Forza, bambini, andiamo a letto."

Le sedie strusciano sul pavimento. Sbircio di nascosto alle mie spalle e vedo Henna e Theo rintanati nell'angolo opposto della stanza. Si aggrappano l'uno all'altra, gli occhi sgranati e supplichevoli lucidi di lacrime. Per un attimo ho paura che implorino aiuto come facevano all'inizio. Ma naturalmente adesso hanno imparato che non li aiuteremo. Che non possiamo aiutarli. Senza fiatare, seguono papà fuori dalla Stube, su per le scale e in camera loro. Dopo un lungo, angoscioso momento la porta sbatte e le assi di legno scricchiolano. Noi tre sussultiamo. Io riprendo a lavare i piatti, Nika accende il vecchio televisore a tubo catodico piazzato sullo sgabello, Jannik esce e inizia a spaccare legna come un ossesso. Ciascuno a modo suo, cerchiamo di tenere lontani i rumori che arrivano da sopra.

Quando ho sciacquato e risciacquato anche l'ultimo bicchiere, Jannik torna dentro. In mano non ha nemmeno un ciocco. Prima si siede al tavolo e tenta di condividere il concentrato interesse di Nika per il melenso film in bianco e nero, poi viene in cucina e lava di nuovo i piatti puliti.

"Secondo te posso andare su?" bisbiglio.

Jannik ascolta il silenzio che pervade la casa. "Aspetta ancora qualche minuto. Ci mette molto a prendere sonno."

Seguo il suo consiglio e intanto asciugo i piatti, mentre lui si siede di nuovo accanto a Nika senza dire nulla. Alla fine salgo le scale ed entro di soppiatto in camera di Henna e Theo.

La stanza è stipata di armadi e cassettiere, e in fondo, ben nascosto, c'è il letto. L'oscurità e la puzza di sudore mi fanno battere più forte il cuore. I piedi nudi di papà spuntano dal materasso, è troppo grosso per il lettino di Henna. Una coperta si scosta piano nella penombra, due piccole sagome scivolano giù e uno scalpiccio di passi mi supera di corsa. Apro la porta di camera mia e di Jannik e lascio entrare i bambini. Le parole sono inutili. Niente di quanto potrei dire o fare cancellerà mai il senso di vergogna dalle loro anime e tanto meno laverà lo sporco dai loro corpi, compatto come uno strato di catrame. L'unico aiuto è un posto buio e appartato dove possono piangere e singhiozzare, dove possono stare per conto loro, dove nessuno può avvicinarli. La compagnia è l'ultima cosa che vogliono in questo momento. Sono a pezzi, e soltanto in solitudine avranno il tempo di guarire.

Chiudo la porta a chiave perché sappiano che nessuno entrerà tranne me e Jannik. Poi torno indietro a controllare che papà dorma ancora. Sul comodino ticchetta una vecchia sveglia. I piedi che spuntano dal materasso non ci sono più. Un movimento nell'oscurità e la luce si accende con un leggero clic.

"Me li hai portati via un'altra volta, eh? Gattina svergognata."

È seduto sul letto, le gambe allungate e un sorriso esausto in faccia.

"Ti chiamavo così, ricordi? Mordevi e graffiavi come una gatta selvatica."

È talmente fuori luogo in quell'angolo di paradiso fatto di libri illustrati, bambole di pezza, vecchi fumetti e disegni colorati con i pastelli che rivestono le pareti come una membrana protettiva. Quando io e Jannik eravamo piccoli, non ci permetteva di avere giocattoli. Non avevamo nemmeno una camera nostra. Dormivamo nel letto con lui, e a volte sento ancora le sue braccia intorno a me, il suo respiro pesante sulla nuca, l'insopportabile bruciore alle tempie mentre mi sforzavo di scacciare le sensazioni dalla testa ma non ci riuscivo.

"È tardi," replico. "Dovresti dormire."

"Hai ragione. Si sono comportati bene, tutti e due."

I miei occhi non si staccano dal suo viso. Malgrado l'età, non è un brutto uomo. Ha un fisico asciutto e muscoloso, sembra nato per la caccia, la caccia ai bambini. Da qualche anno lo percepisco in maniera diversa rispetto a prima, il terribile mostro onnipotente è diventato un normale essere umano, che magari non potrei uccidere, però potrei ferire, se lo colpissi con tutta la forza che ho. Ma l'aspetto innocuo lascia solo intravedere il mostro annidato dentro di lui. Deve aver sorriso, quando mi ha rapita. Gli basta un sorriso, e ti fidi ciecamente.

Faccio un passo verso la porta.

"No. Resta qui."

La dolcezza nella sua voce mi serra la gola. Più dell'immane violenza di cui è capace, mi terrorizza la sua tenerezza, l'abilità con cui alimenta l'illusione del padre amorevole per tenerci sotto controllo. Deve essere frutto di un piano affinato nel corso di una vita. A ogni secondo che il suo sguardo mi tiene inchiodata, mi trasformo di nuovo nella bambina piagnucolosa di cui ha abusato sistematicamente per anni, proprio qui, sotto questo tetto. Vedo già le nostre ombre danzare sulla parete come piccoli demoni tra le fiamme purificatrici del purgatorio. *Perché?* Almeno una volta vorrei trovare il coraggio di fargli questa domanda.

"Sei contenta per domani?" indaga.

"Sì. Mi piace fare la spesa, lo sai."

"Potresti portare anche Jannik. Il ragazzo ha bisogno di staccare."

"Preferirei andare da sola."

"Come vuoi." E in quell'istante la sua espressione cambia, riacquista la vecchia lascivia che gli fa brillare gli occhi. Mi chiama a sé con un cenno, e io mi avvicino. Mi fermo davanti al letto. "Voltati," ordina.

Obbedisco. Giro su me stessa, lentamente, poi giro ancora, e l'aria mi si congela nel petto. Lui mi prende la mano e posa le labbra sulle mie nocche, un bacio lungo e delicato. Il tempo di un respiro che è anche un'eternità, e i suoi occhi non brillano più. Adesso sembra quasi triste.

"Sei diventata così bella. Una splendida giovane donna. Peccato."

Spegne la luce e si sdraia su un fianco dandomi le spalle. Rimango immobile dove sono, finché non lo sento russare. Solo allora mi azzardo a uscire dalla stanza.

Avrei potuto soffocarlo con un cuscino. Rompergli la lampada in testa. Non l'ho fatto.

Non so perché.

Nika si è addormentata davanti alla tv. Jannik l'ha distesa sul divano e le ha messo addosso una coperta di lana. Il televisore è ancora acceso. Non lo spengo, ogni tanto è bello sentire voci sconosciute.

È ora di trovare un posto dove dormire. Per stanotte Henna e Theo li lasciamo in camera nostra, quella di Nika è piena di germi e in quella dei bambini c'è papà, perciò a noi due non resta che la soffitta. Ci arrampichiamo sulla scala retrattile e ci sdraiamo sui materassi al centro della stanza, che più di una volta ci sono serviti da sistemazione di fortuna.

Non ci togliamo i vestiti, anche se sono sporchi. Con questo freddo, è l'alternativa più ragionevole. In passato non ci vergognavamo a spogliarci nella stessa stanza, da qualche anno però abbiamo costruito un divisorio in camera nostra, e io mi cambio lì dietro. È stata una mia idea. A un certo punto mi sono accorta che la situazione era cambiata, che la vista del suo corpo nudo mi rendeva nervosa e, pensando succedesse anche a lui, ho voluto prendere provvedimenti. Mi chiedo se tra noi le cose sarebbero più facili senza il divisorio. Se in quel caso non avrebbe iniziato a tenermi a distanza.

La luna splende dal lucernario spiovente, e qui dentro è una luce spesso più calda di quella del sole. Ragnatele polverose si allungano da una trave all'altra, catturano mosche, sporcizia e di tanto in tanto anche brutti sogni. Le scale scricchiolano, Nika sale in camera sua. Poi torna il silenzio. Penso a Henna e Theo, non sanno che stasera ci siamo visti per l'ultima volta. Capiranno? Probabilmente papà inventerà una scusa per dissuaderli dal seguire il mio esempio in futuro e fuggire. Ai bambini si spezzerà il cuore.

"Rimugini talmente forte che riesco quasi a sentirti. A cosa pensi?"

Strano che me lo chieda proprio adesso. *Ti amo*, vorrei rispondere. *E voglio che domani andiamo via insieme.*

Ma qualcuno come me è davvero in grado di amare? Credevo che papà avesse annientato ogni briciolo di emozione nella mia anima, estirpato ogni briciolo di sensibilità, giorno per giorno in questo inferno, invece quei sentimenti sono ancora lì, mi disorientano e risvegliano pulsioni che dopo tutta questa sofferenza ritenevo impossibili. Vicinanza, intimità. Non so come descrivono l'amore le persone normali, e forse quello che provo è assurdo. Ma accanto a Jannik il resto perde importanza. Morirei per essere tenuta tra le braccia da lui almeno una volta, e ucciderei per impedire che un giorno possa avere un'altra. Probabilmente questo non è amore, ma è tutto ciò che ho.

"Sono agitata per domani," rispondo, e non sto neanche mentendo.

Jannik si porta la mano alla fronte, come se avesse mal di testa. "Ah già, mi sono dimenticato di controllare la Lada."

"Non fa niente." Lui non replica, allora mi giro su un fianco e lo guardo. "Se esistesse un posto diverso… lontano da qui… ci verresti con me?"

I suoi occhi scuri mi scrutano. Mi accorgo che sperava non lo dicessi.

"E dove sarebbe questo posto?" domanda lo stesso.

"Non lo so. Da qualche parte."

"Nel paese degli unicorni e degli arcobaleni?"

Ora sorride. Oggi è la prima volta.

"No… da qualche parte. In mezzo alla gente. Via da papà."

Lui fissa di nuovo la luna. Il suo sorriso svanisce, e io sono sopraffatta da un'immensa tristezza. Perché a un tratto ho l'impressione di averlo visto sorridere per l'ultima volta.

"Non potrei abbandonare i bambini. E nemmeno tu. Smettila di pensare a queste cose."

E in quel momento, proprio quando credevo che fossimo in due come ho sempre sognato, mi rendo conto di essere sola. Sola con i miei desideri, sola con la mia ribellione, forse sola con il mio amore.

Perché lui non verrà mai con me.

5

Mi sveglio da un sonno pesante e senza sogni. Come se durante la notte la mia mente si fosse rifugiata in un buco sottoterra, e la mattina stessa fosse solo un sogno, frutto di un'immaginazione troppo fervida.

Il materasso al mio fianco è vuoto. Le impronte sul pavimento impolverato vanno verso la scala, che conduce nell'abisso freddo della casa ancora addormentata.

Sta sorgendo il sole. I raggi pallidi si frangono sui vetri opachi, simili a onde che portano con sé qualcosa di nuovo, di vivo. Forse un presagio di libertà...

Scendo e cerco la cassetta dei soldi, attenta a non fare rumore. Di solito la sera prima della partenza papà la lascia davanti alla porta di camera sua, così non devo rovistare in giro rischiando di svegliarlo. Questa volta però deve essersene dimenticato. Entro nella stanza, convinta che lui sia in quella accanto, invece mi accorgo spaventata che è tornato nel suo letto. Sembra un morto sul campo di battaglia, braccia e gambe divaricate, la bocca socchiusa. Un lenzuolo sottile gli copre la parte inferiore del corpo.

Stamani vederlo mi fa uno strano effetto. Quasi come se tutto fosse meno grave di quanto era sembrato. Le ore da sola con lui, l'angoscia quando si avvicinava e l'assurdo senso di vuoto quando era finita, ogni cosa sfuma dietro una cortina di dubbi indistinti, accantonata dalla sensazione di non doverlo lasciare. Nella mia testa vorticano immagini e ricordi, mi riempiono il cervello con la consueta paura: se scappo, mi troverà. È sempre andata a finire così. Un tentativo di fuga, un barlume di speranza finché mi reggono le gambe. Ma che possibilità ha una bambina contro l'inesauribile perseveranza di un cacciatore? Adesso però non sono più una bambina. Devo fare quello che ho deciso, altrimenti resterò con lui fino alla fine dei miei giorni.

Trovo la scatola di legno nel primo cassetto del comò, accanto alle chiavi di riserva della Lada. C'è anche un lungo coltello da caccia a lama seghettata. Li prendo entrambi con estrema cautela e, mentre mi infilo la scatola sotto il braccio, soppeso il coltello nel palmo della mano e valuto la situazione.

Lui è lì. Ignaro, sicuro della sua vita depravata. Un taglio alla gola, un colpo al petto. Morirebbe all'istante o si solleverebbe come un orso a cui hanno sparato, per attaccare con le sue ultime forze?

Il coltello è sempre più pesante. Inizio a barcollare e nelle orecchie mi risuona la sua voce, le parole pacate e gutturali: *Da brava, gattina. Metti giù il coltello. Sì, così. Sei la mia brava gattina.*

Il coltello sbatte sul fondo del cassetto, che senza riflettere chiudo di scatto. Mi precipito fuori della camera prima che papà si muova. Mi rimbomba la testa.

Sulle scale inciampo nei miei piedi e per poco non lascio cadere la scatola. Urto contro la parete, sollevo il coperchio e prendo freneticamente tutto quello che c'è. Alcune banconote, non le conto. In ogni caso, per iniziare possono bastare.

Esco fuori e inspiro a boccate convulse l'aria fresca del mattino. Il calore del sole mi schiarisce i pensieri e finalmente sono di nuovo lucida. Presto il controllo che lui esercita su di me si sgretolerà. Tutte le energie che ha investito negli anni per plasmarmi a suo piacimento sono state inutili. Forse non sono abbastanza forte per ucciderlo, ma non sarò più la marionetta che balla per lui.

Rientro in casa. Silenzio. Papà non dovrebbe essersi svegliato. Accendo la luce e raduno le cose di cui ho bisogno: giacca, scarpe, chiavi della macchina, borsa. Non tornerò di sopra a salutare gli altri, rischierei di non andarmene più.

Per salvare le apparenze, prendo la lista della spesa che abbiamo compilato nelle ultime quattro settimane. Tutti possiamo contribuire: Henna vuole una bambola nuova, Theo una montagna di dolciumi, Nika dei libri, papà degli attrezzi e qualche rivista. C'è anche la mia grafia illeggibile: *Biancheria e un diario per Jannik.* E accanto un grande smile. Una volta ha detto che gli sarebbe piaciuto tenere un diario, e io l'ho punzecchiato per un sacco di tempo perché non ce lo vedo, chino su una pagina bianca a scrivere i suoi pensieri. Quella voce sulla lista era una battuta. Lui non l'ha cancellata, ha sfregiato lo smile.

Mi lavo con l'acqua fredda del pozzo e indosso dei vestiti puliti, un paio di jeans e il maglione più bello che ho. Non andrò incontro alla libertà con gli stracci che porto tutti i giorni.

Mentre cammino verso la Lada, le nuvole coprono il sole. La rugiada fa scintillare alberi e cespugli di riflessi irreali, i primi uccelli infondono nuova vita a questo luogo stregato. Il vento accarezza i rami facendo planare foglie colorate. Mi guardo indietro soltanto una volta. Per i bambini, soffriranno molto. Papà potrebbe ucciderli dalla rabbia. No, Jannik non lo permetterebbe. Ma ora non devo pensare a lui.

La Lada è parcheggiata al solito posto sotto gli abeti. Il tettuccio è cosparso di aghi. Infilo i soldi in tasca e la borsa nel bagagliaio. Sto per aprire la portiera, quando un rumore secco mi fa sobbalzare. Jannik ha chiuso il cofano. Non mi ero accorta che fosse aperto.

"Ti ho spaventata?"

"No, io... non ti avevo visto."

"Ho dato un'ultima occhiata. Non vorrei che rimanessi per strada."

Gira intorno alla macchina e si ferma accanto a me, le mani sporche di olio.

"Andrà tutto bene," dice.

Vorrei apparire disinvolta, fargli credere che è una mattina come le altre. Che sto partendo per fare la spesa e ci vedremo tra un paio di giorni. Ma non ci riesco. Resto impalata, consapevole in ogni fibra del mio corpo che quello è il nostro ultimo momento insieme. E, come se sapesse che è il solo in grado di fermarmi, mi disegna con il dito nero un cuore sulla fronte, come un tempo, quando eravamo piccoli, e di colpo torna a galla ogni cosa: la sofferenza e la paura che abbiamo condiviso, ma anche le risate, la protezione e la fiducia reciproca. Nei cambiamenti che hanno scombussolato la mia vita, nella perdita delle speranze andate in frantumi, lui è stato l'unica costante. L'unica realtà tangibile in un mondo di nebbia e tenebre. Le bambine andavano e venivano, gli anni passavano, lui invece era sempre lì. E adesso voglio lasciarlo?

Prendo la sua mano, mi ci aggrappo. I miei occhi gli dicono le parole che la bocca è incapace di pronunciare: *Non tornerò, quindi sali in macchina e vieni via con me.* In qualche modo deve aver capito, perché per un breve istante ricambia la stretta, il suo sguardo resta fisso nel mio, senza domande. Poi l'attimo svanisce prima che possiamo coglierlo, e ci rimane solamente quel contatto, una separazione che non è una separazione.

"Ci vediamo tra qualche giorno. E pulisciti la fronte, sei tutta imbrattata."

Mi lascia la mano e si allontana. Non si volta indietro.

"Addio," mormoro.

Salgo in macchina.

Il motore non si accende. Mi viene quasi da ridere. Provo ancora e ancora, continuo a girare la chiave, infine afferro il volante con un gemito esasperato e mi paralizzo. Mi cade l'occhio sul retrovisore, su quel miserabile pezzetto di terra che sembrava già sparire in lontananza. E con lui tutto ciò che per me significa qualcosa.

Giro di nuovo la chiave. Finalmente il motore si avvia. Mi guardo nello specchietto. *Non farlo... parti e basta.*

"Maledizione." Scendo e inizio a correre.

Dopo i pochi metri che mi separano dalla casa, il cuore mi batte all'impazzata. Posso solo sperare che Jannik non mi abbia vista. È qui da qualche parte, forse si sta facendo la doccia o si prepara la colazione. Il frastuono che ho nella testa copre ogni altro rumore, e il mondo perde i suoni mentre raggiungo in punta di piedi il piano superiore. I gradini dovrebbero cigolare, le assi di legno scricchiolare, invece tutto è come in uno dei film in bianco e nero di Nika, accelerato e senza sonoro. Ora che Jannik si è alzato, camera nostra non dovrebbe più essere chiusa a chiave. Apro la porta, i bambini mi sentono arrivare e saltano giù dal letto eccitati.

"Zitti! Non una parola!" Prendo in braccio Henna e spingo avanti Theo. Afferro dall'armadio dei vestiti troppo piccoli per me e Jannik e glieli butto in mano alla rinfusa. Adesso i rumori sono tornati: mentre scendiamo le scale i nostri passi rimbombano, ma Jannik non arriva. Significa che è fuori, nella rimessa o nel bosco. Non importa. Non abbiamo molto tempo.

I bambini sono assonnati, non capiscono cosa sta succedendo. Henna mi cinge il collo con le braccia magre e piagnucola. Theo è più calmo, ma altrettanto frastornato. Correndo verso la Lada si volta di continuo, quasi temesse che da un momento all'altro la casa prenda vita e ci divori.

"Salite, svelti! Sedetevi e fate silenzio!"

Gli allaccio le cinture in fretta e furia e mi metto al volante. Il motore è ancora acceso. Partiamo in quarta, e la casa sparisce dietro la curva.

"Dove stiamo andando?" domanda Henna.

"Non mi distrarre, devo riflettere."

Non ci troverà. Abbiamo la macchina e presto saremo lontani. Non può più farci niente. Allora perché continuo a tremare?

Procediamo a sobbalzi, non mi preoccupo di come guido. Quando superiamo il mulino abbandonato, lancio un'occhiata allo specchietto e per un attimo ho l'impressione che l'oscurità alle nostre spalle sia animata, una nuvola di polvere nera che si abbatterà su di noi travolgendoci.

"Tenetevi stretti." Spingo sull'acceleratore.

6

Nel groviglio di rose sotto la finestra della cucina vive da sempre un grosso ragno crociato. All'inizio mi faceva paura, poi però ho visto con quanto coraggio resisteva alle intemperie, con quanta caparbietà se ne stava al centro della sua ragnatela, solo e affamato, ma senza arrendersi, e a quel punto ho cominciato a interessarmi ai ragni. Sono creature affascinanti, tenaci e in fondo nemmeno così brutte, una volta imparato a conoscerle.

Un giorno sono salita in soffitta e ho infilato in un barattolo di vetro con il coperchio a vite tutti i ragni che sono riuscita a trovare. Ci ho fatto un foro in modo che passasse l'aria e, volendo, potessero tornare in libertà. La maggior parte si è dileguata quello stesso pomeriggio, altri invece sembravano gradire le mie attenzioni. Gli davo ramoscelli, foglie, luce e mosche raccolte sul davanzale e li osservavo trepidante costruirsi una nuova casa sotto la cupola di vetro che li proteggeva. Erano prigionieri, ma non sembravano affatto infelici. Perché avevano tutto il necessario, perché c'ero io a occuparmi di loro.

A papà non piacevano i miei piccoli amici zampettanti. Il vaso pieno di ragni gli faceva schifo e minacciava di buttarlo nella stufa così sarebbero bruciati vivi. Allora l'ho nascosto sul ripiano più alto dell'armadio, al sicuro. Il buio non ha fatto bene ai miei ragni. Una sera, quando li ho controllati, erano tutti morti, e ho pianto fino all'alba sulla spalla di Jannik, convinta di non essermi presa abbastanza cura di loro.

Non dimenticherò mai ciò che mi disse Jannik quella notte: "Non sono morti perché erano al buio, sono morti perché non sono usciti dal vaso."

E così ho imparato che non esiste vita sotto una cupola di vetro. E che bisogna fuggire, quando ci si accorge che l'oscurità avanza.

7

"Sarah." Richter compare davanti alla sua scrivania con un'espressione allarmata. "Ho una notizia buona e una cattiva."

"Quella cattiva?"

"È scomparsa un'altra bambina. Emma, otto anni, ieri pomeriggio non è tornata a casa dopo la scuola. Ho mandato Hohlaus e Siebert a parlare con i genitori. Ecco una sua foto."

Merda. Sarah non la guarda nemmeno, la attacca in bacheca insieme alle altre. Torna alla scrivania e si lascia cadere sulla sedia, sfinita. "E quella buona?"

"Diciamo che è buona solo per metà. Sono arrivati i risultati dal laboratorio. Tra le fibre del tessuto sono stati rinvenuti dei capelli di Lola. Ho mostrato di nuovo il berretto ai genitori, ma sono sicuri che non sia della figlia."

"Deve averglielo dato il rapitore."

Richter annuisce. "Ho già mandato una squadra di ricerca. Setacceremo quel bosco palmo a palmo."

Sarah si appoggia allo schienale e chiude gli occhi per un istante. Sono ore che è seduta al computer a spulciare rapporti degli ultimi quindici anni. Deve esserci un collegamento fra tutte quelle sparizioni, un elemento che hanno trascurato. Sapere che il berretto appartiene a Lola è soltanto una goccia nel mare. Se è davvero in quei boschi, non riuscirà a trovarla nemmeno la migliore squadra di ricerca. La zona è troppo vasta. E adesso è scomparsa un'altra bambina. Se solo avessero una traccia, una pista che indichi in quale direzione procedere.

Mentre Richter si attacca al telefono per informare i superiori degli sviluppi, Sarah continua a lavorare sui rapporti. Il caso più vecchio che potrebbe avere un legame con quella faccenda risale a più di trent'anni prima. Fanni. Capelli scuri e sorriso raggiante. La fotografia originale è stata digitalizzata e l'immagine è piena di pixel. Lineamenti indistinti su fondo indistinto, il destino di quella bambina è sfocato come il passato.

Supponiamo che il rapitore tenga i bambini con sé. Per anni. Supponiamo che tutti, o almeno alcuni di loro, siano ancora vivi chissà dove. Ormai saranno cresciuti. Concentrata, Sarah clicca sulle singole foto, sui visi innocenti che sorridono e probabilmente non ci sono più da un pezzo. Ecco la piccola Henna, scomparsa da sei mesi. Poi è la volta di Lisa con le sue lentiggini. È stata rapita da oltre un anno. Otto mesi prima è toccato a Mona, una dolce bambina bionda con i boccoli e la finestrella tra i denti. Le gemelle Laura e Annika. Gerlinde, che mostra orgogliosa la sua bambola all'obiettivo. A quel punto un lungo salto indietro nel tempo. Veronika, nel suo maglioncino rosa con l'unicorno. E infine Ronja, dieci anni. Ha l'aria triste anche nella foto, come se fosse stata scattata dopo la sua scomparsa. Sono passati dieci anni. Dieci anni senza lasciare una traccia. Brutalmente strappata alla vita, al ricordo.

Sarah si sofferma su quella foto. Una storia le scorre di nuovo davanti agli occhi della mente, una storia così reale che il gelo e la paura le montano dentro, provocandole un brivido lungo la schiena. Una bambina triste diventa una donna triste. Dispersa nei boschi, dimenticata da tutti.

Mentre Sarah si alza, Richter aggancia la cornetta irritato. "Dove vai?"

"Torno a St. Nikola."

"Ci sono novità?"

"No, solo una sensazione," risponde lei prendendo giacca e borsa.

Si alza anche Richter. "Vengo con te."

"No, tu occupati del caso di Emma. Ti tengo aggiornato."

Sarah esce dall'ufficio.

Nel bosco risuona l'abbaiare dei cani. Un ampio settore è già stato perlustrato, senza risultati. Se Lola ha lasciato ulteriori tracce, la pioggia le ha portate via.

L'aria pungente e le nuvole scure annunciano l'arrivo di un temporale. Sarah è di nuovo accanto al tronco ferroviario, gli occhi puntati sui rovi che crescono al bordo del pendio. Quella vista le fa pensare a una gabbia coperta con un telo: nessuno sa cosa ci sia dentro, nessuno ha il coraggio di sollevare il telo, per paura che sotto si nasconda qualcosa di tremendo. Altri berretti rossi, che non appartengono più a nessuno. Centinaia, migliaia di berretti.

Il capo della squadra di ricerca, un uomo alto e grasso con il cappello di ordinanza, china la testa per schivare i rami, mentre si apre un varco e raggiunge Sarah brontolando.

"Abbiamo setacciato di nuovo la parte superiore del pendio," annuncia. "Non abbiamo trovato niente. Neanche i cani hanno fiutato una pista. Non mi meraviglia, con questo tempo."

"Riprenderete quando il terreno sarà più asciutto."

"Faremo un altro tentativo," risponde lui, ma dalla faccia si capisce che non si aspetta di avere grandi probabilità di successo.

Non ha senso, quello strano presentimento che non le dà pace da quando è saltato fuori il berretto. Stanno tralasciando qualcosa. Sarah si incammina lungo i binari, inspira l'aria fredda e cristallina. La risposta che nessuno vede è lì, da qualche parte. Lo stretto sentiero invaso dalle erbacce che conduce nella tana del mostro. È anomalo che tutti quei bambini siano svaniti nel nulla e non può essere un caso. Il rapitore li porta nel fitto del bosco. In un luogo troppo buio e spettrale per credere che possa esserci vita.

"E le fattorie nei dintorni?" chiede tornando indietro.

"Cioè?"

"Sono in mezzo al niente, forse uno dei proprietari ha notato qualcosa."

"Mando gli uomini a verificare."

"Bene."

Anche se il rapitore si nasconde, prima o poi deve pur uscire allo scoperto per dare la caccia alle sue vittime. Nessuno è invisibile. Per lo meno, nessuno in carne e ossa. E Sarah non crede né ai mostri né ai fantasmi. Solo agli uomini che si trasformano in mostri.

Il suo cellulare inizia a suonare. "Dimmi," risponde a Richter.

"Hanno appena telefonato i colleghi di Rohrbach. Hanno trovato Emma. A quanto pare si era persa nel bosco. Non so se può avere a che fare con il nostro caso, ma ho pensato che magari volevi incontrarla."

"Assolutamente sì. Dov'è adesso?"

"In ospedale."

"Sono là tra un'ora."

Sarah ha un brutto ricordo dell'ultima volta che è stata in un ospedale. Lunghi corridoi, porte numerate, atmosfera cupa. Ma la cosa peggiore sono i medici. Possiedono il dubbio talento di esprimere l'indescrivibile. Alcuni non ti guardano nemmeno mentre ti comunicano la brutta notizia. Sei solo un numero fuori dalla porta. Da allora è trascorso molto tempo, ma le loro parole le risuonano ancora in testa: *Ci dispiace molto. Abbiamo fatto il possibile.* E il mondo è diventato nero.

"La signora Wiesinger?" La voce dell'infermiera la strappa dai pensieri. "Ho parlato con i genitori, può vedere la bambina."

"Grazie."

"Mi segua."

L'infermiera la accompagna nella sua stanza. Emma è in un letto troppo grande per lei e fissa Sarah con occhi spaventati. I genitori sono seduti su due sedie e hanno l'aria notevolmente provata. Sarah vede subito il brutto taglio sulla fronte della bambina. Stando ai medici, è l'unica lesione riscontrata. Nessun segno di abusi sessuali e nessun segno di difesa. È positivo, ma non significa che la visita di Sarah sia inutile. Forse Emma è riuscita a fare quello che non è riuscito a tutti gli altri: fuggire prima che fosse troppo tardi.

"Sarah Wiesinger, polizia criminale di Linz," si presenta dando la mano ai genitori. La madre annuisce, il padre la osserva diffidente.

"Polizia criminale?" ripete. "Non ci hanno avvisati."

"Sto indagando sul rapimento di alcuni bambini e vorrei fare un paio di domande a vostra figlia."

"Bambini rapiti?" Ora è perplessa anche la madre. "Non capisco. Emma si è persa nel bosco. Non è vero, Emma?"

La bambina non reagisce. Sarah prende una sedia e la avvicina al letto. In una frazione di secondo registra i capelli scarmigliati, le unghie nere e le labbra screpolate dal freddo. Una bella bambina, anche in quello stato. I grandi occhi marroni le ricordano Markus.

"Ciao Emma," la saluta con dolcezza. "Io sono Sarah. Ti va di parlare un po' con me?"

La bambina sbircia i genitori, poi fa cenno di sì.

"Bene. Non ci vorrà molto, promesso. Ho saputo che non sei tornata a casa perché ti sei persa nel bosco. Cosa è successo?"

"C'era un gatto."

"Un gatto?"

"Sì. Bellissimo, tutto nero! Volevo accarezzarlo, ma lui ha attraversato di corsa la strada ed è scappato nel bosco."

"E tu lo hai seguito?"

Emma annuisce mortificata. "Volevo accarezzarlo, ma era troppo veloce... e poi non sapevo più dov'ero." Le vengono le lacrime agli occhi, tiene duro e se le asciuga. "Non sapevo più come tornare a casa," dice pulendosi il naso con un lembo della coperta. "Ho chiamato aiuto, ma non è servito."

Sarah si sforza di sorridere, anche se in quel momento le riesce difficile. Una notte intera nel bosco. Da sola, al buio e al freddo. È proprio una bambina coraggiosa.

"E sei sempre stata da sola?" Quando la bambina sbatte le palpebre confusa, Sarah prosegue: "Non c'era nessun altro a parte te? O hai incontrato qualcuno, magari una persona che ti è sembrata strana?"

"Strana come?" vuole sapere Emma.

"Che ti ha parlato anche se tu non volevi. O che era da sola come te. Hai visto qualcuno nel bosco, Emma?"

"No." Il suo sguardo corre di nuovo ai genitori. "Nessuno vuole stare da solo nel bosco," ribadisce cocciuta. "È brutto e fa freddo!"

"È vero. Nemmeno a me piacciono i boschi."

"Non ci voglio più andare! Odio il bosco!"

Sarah attende un attimo. Guarda la bambina negli occhi ancora lucidi, nei quali balena una paura repressa ma evidente.

"Quindi non hai incontrato nessuno nel bosco?" insiste. "Non c'era nessuno che voleva farti del male?"

"Mi scusi," interviene il padre, "credo che per ora possa bastare. Lo vede anche lei che è molto scossa, no?"

"Ho quasi finito," gli assicura Sarah. "L'ultima domanda." Si rivolge a Emma, che adesso ha le guance arrossate. "Come ti sei fatta la ferita alla fronte? Stavi scappando da qualcosa?"

Emma scuote decisa la testa. "È stato un albero. Volevo corrergli intorno, ma c'era una radice e sono inciampata."

"Sei caduta?"

"Sì. Mi sono fatta tanto tanto male!"

Sarah le scosta una ciocca dal viso. La piccola si è presa un bello spavento, ma non è stata rapita. Non può esserle di aiuto.

Si alza e va verso la porta. "Vi ringrazio ancora di avermi lasciata parlare con Emma," dice ai genitori che l'hanno raggiunta.

"Continuo a non capire," mormora la madre. "Cosa è successo? È stato rapito un bambino?"

"Non deve preoccuparsi, non ha niente a che vedere con vostra figlia."

Arriva il medico per un controllo. L'interesse dei genitori per Sarah svanisce all'istante e lo bombardano di domande per sapere quando Emma potrà tornare a casa. Sarah lancia un'ultima occhiata alla piccola, ignara della fortuna che ha avuto. Un gatto e un albero, nient'altro. Esce e aspetta il medico in corridoio.

"Capitano spesso cose del genere?" gli chiede poco dopo.

"Intende bambini che si perdono? Ogni tanto. Ma grazie al cielo di solito vengono ritrovati quasi subito, ed è raro che siano feriti gravemente."

"Se dovesse succedere di nuovo, mi contatti subito, per favore." Sarah gli porge un biglietto da visita. "Anche in caso di bambini più grandi. E ci avvisi, se si presentano giovani donne in stato confusionale o dall'aspetto malandato. Può chiamare me o il mio collega a qualunque ora."

L'uomo osserva preoccupato il biglietto da visita. "Terremo gli occhi aperti."

Sarah decide di fidarsi di lui, benché distorcere la verità sia il suo mestiere. Non tutti i medici sono necessariamente ipocriti. Non ogni *Abbiamo fatto del nostro meglio* deve essere per forza falso.

8

La strada si snoda lungo il fianco della montagna simile a un fiume fossilizzato. Piccoli boschi bui si alternano alla brughiera e a fattorie isolate, minuscole oasi di vita in un deserto sconfinato, marrone come l'autunno. Campi di girasoli e granturco fiancheggiano una bassa staccionata, poi un ponte lastricato di pietre sconnesse porta di nuovo all'ombra degli alberi. Manca ancora parecchio alla valle. I rami che ondeggiano lasciano presagire un temporale in arrivo. Accendo i fari, e sul parabrezza cadono le prime gocce.

I bambini sono silenziosi, attenti. Credo che Henna non abbia ancora capito cosa sta succedendo, ma avverte la mia tensione. Theo osserva il paesaggio, sa benissimo che siamo molto più lontani da casa di quanto dovremmo. È stato un errore portarli con me, un errore madornale. Da sola avrei avuto almeno due giorni di vantaggio, adesso invece papà si accorgerà subito che qualcosa non quadra. E Jannik... Come ho potuto lasciarlo con lui? Ha soltanto noi. E io l'ho tradito.

Accendo l'autoradio e mi concentro sulla guida, sul lungo tragitto che abbiamo davanti.

Due ore dopo raggiungiamo la valle. Tortuose stradine sterrate si diramano come vene, però noi seguiamo la provinciale, di poco più larga, che attraversa una serie di piccoli agglomerati. Ogni volta che rallento, i bambini si avvicinano al finestrino e aspettano a occhi sgranati che ci fermiamo. Invece proseguiamo. Superiamo villette curate con i balconi in legno dipinto, trattori carichi di fieno che bloccano la circolazione, gente a piedi e altri boschi. Le espressioni di Henna e Theo sono sempre più interrogative. In realtà la questione è semplice: mi fermerò solo quando saremo così lontani da papà che la distanza ne straccerà anche il ricordo. O quando il serbatoio sarà vuoto.

La pioggia diventa grandine, e dopo la grandine torna il sole. Campanili a punta si innalzano da un pugno di case, sul lato opposto il nastro di un fiume scintilla al tramonto. Accosto un attimo perché i bambini devono fare la pipì. Ne approfitto per rabboccare il serbatoio con la tanica di scorta che papà tiene sempre piena, e continuiamo verso est, dove sono le grandi città. In macchina cresce l'inquietudine. Henna è insofferente per il viaggio e le mie risposte laconiche, e piagnucola dimenandosi sul sedile. Il viso di Theo ha lo stesso colore del cielo: prima rosso per l'eccitazione, poi sempre più scuro.

"Manca molto?" chiede, mentre tagliamo a gran velocità l'ennesimo paese senza fermarci.

"Ancora un po'. Cercate di avere pazienza."

"Mi sto annoiando," si lamenta Henna dondolando le gambe.

Getto uno sguardo preoccupato all'indicatore del carburante. Ci restano dieci, al massimo quindici chilometri di autonomia, dopo di che il nostro viaggio si interromperà di colpo. Se solo avessi un piano. Devo trovare un posto dove dormire e qualcosa da mangiare per i bambini. È meglio un albergo o una locanda? Faranno domande, vorranno documenti e firme. Troppo rischioso. E se andassimo alla polizia e raccontassimo tutto? Ma chi crederebbe a una storia tanto folle? In più, se ho sfortuna, stanno ancora cercando Henna. Se la vedessero con me, sarei in guai seri.

Dio santo, mi sta venendo il mal di testa. Non ne posso più di guidare. Ho bisogno di una pausa, o finisce che vado a sbattere contro il guardrail.

I lampioni confluiscono in un piccolo centro abitato che sonnecchia placido sulla riva del fiume. La notte ha tinto di inchiostro il cielo e i campi. Il carosello di luci a un incrocio che mi costringe a fermarmi mi dà modo di riflettere. La trattoria all'angolo e il supermercato che abbiamo appena superato sono già chiusi. Svolto in una stazione di servizio e parcheggio davanti al minimarket.

Henna si riscuote di soprassalto dal dormiveglia. "Siamo arrivati, siamo arrivati?"

"Allora, voi due, ascoltatemi bene." Mi volto e sgancio le

cinture di sicurezza. "Ora ci fermiamo per un paio di minuti, mangiamo, se avete bisogno andate di corsa in bagno, poi ripartiamo subito. Capito?"

"Che bello, che bello!" strilla Henna, mentre Theo storce la bocca scocciato.

"Quanto manca?" brontola di nuovo.

"Poco."

"L'hai già detto un'ora fa. Voglio tornare da Jannik."

"Theo..."

Non mi lascia parlare. Scende con espressione torva, sbatte la portiera e marcia a grandi passi verso il negozio illuminato. Sfrutto il breve momento di solitudine e mi appoggio contro il sedile, inspiro profondamente a occhi chiusi e mi impongo di riordinare i pensieri. Mi inventerò qualcosa. Dove andremo, e come glielo spiego che non vedranno più Jannik? Mi inventerò qualcosa.

Faccio rifornimento, riempio la tanica e li seguo nel minimarket. È piuttosto affollato, c'è qualche macchina anche in fila al distributore. Io ho incontrato facce nuove l'ultima volta che sono andata a fare la spesa, sei settimane fa, ma Theo e Henna non vedono nessuno tranne noi e papà da mesi, se non da anni. Corrono tra gli scaffali come se fossero in un regno incantato, toccano tutto e chiacchierano con perfetti sconosciuti. Alcuni si inteneriscono, altri si sentono importunati e mi fissano infastiditi. Non dobbiamo dare nell'occhio finché non siamo fuori dalla portata di papà, i capelli irsuti di Henna e la zazzera di Theo sono già abbastanza eccentrici. Li rimprovero, ammonendoli di comportarsi bene. Theo è il primo a capire che sono seria e prende premurosamente per mano Henna, che punta già la corsia delle caramelle.

Quando pago, compro un paio di dolcetti esposti alla cassa, che loro sgranocchiano contenti a un tavolino del bar interno. Sono sempre più nervosa. Vorrei salire in macchina e schiacciare sull'acceleratore fino alla prossima sosta per il pieno. Ordino una cioccolata calda, nel tentativo di scaricare la tensione. Mentre aspetto con impazienza che si raffreddi, mi sembra che tutti mi osservino. Mi alzo, poi mi rimetto seduta e tengo lo sguardo fisso sulla strada, per essere pronta in caso di emergenza.

"Ora ce lo dici, dove stiamo andando?" Theo appoggia la guancia sulla mano e aspetta una risposta, la bocca imbronciata sporca di cioccolato.

"Perché Jannik non è venuto?" domanda Henna quando bevo un sorso.

Andando avanti, sarà sempre peggio.

"Non siate così curiosi, voi due. È una sorpresa."

"Poi viene? E quando?"

"Jannik non viene," sbotta Theo immusonito. Poi si volta verso di me, gli occhi scuri carichi di rimprovero. "Lo abbiamo lasciato là, vero? Jannik non viene con noi."

Vorrei rassicurarli, ma i singhiozzi convulsi di Henna non me ne lasciano il tempo. "Jannik non viene?" frigna, e Theo deve consolarla.

"Non è così grave, topolina," cerco di tirarla su. "Ci sono io con voi."

"Ma perché? Perché Jannik non è venuto? Non voglio andare via senza Jannik!"

"Per favore, Henna!" Le sue bizze stanno attirando l'attenzione. Mi sposto più vicino per ripararla dagli sguardi, le offro perfino la mia cioccolata, ma è Theo con le sue carezze che riesce a calmarla. Poi se ne stanno lì, come due trovatelli, abbracciati, pallidi e sgomenti.

"Ci troverà," sussurra Theo quasi tra sé. "E ci ucciderà."

Mi è passata la fame. Allontano il bicchiere di carta mezzo pieno e mi alzo.

"Forza," li esorto. "Finite di mangiare e ripartiamo."

Mentre scendono riluttanti dagli sgabelli, ripulisco il tavolino e butto i rifiuti nel cestino accanto alla cassa.

La campanella sopra la porta tintinna. Una folata di aria fredda soffia nel negozio, e il rumore di grossi scarponi che portano dentro fango e ghiaia mi esplode nelle orecchie.

Mi blocco a metà gesto. Ascolto i passi avanzare alle mie spalle. Un'ombra oscura il bancone che afferro e stringo con tutte le forze. Il mio cuore non batte più. Si è fermato. Quest'odore…

pigne, sudore e pelle scamosciata. Inconfondibile. I miei piedi sono incollati al pavimento, nella mente mi rimbalza un'unica domanda che ha la potenza di un urlo: come ha fatto a trovarci così presto?

Il cassiere si avvicina. "Buonasera signore, desidera?"

"Niente, grazie. Ho trovato quello che cercavo."

Una mano si posa sulla mia spalla. Mi tira via dal bancone e dal cassiere, molto lentamente, ma io ho paura di inciampare da un momento all'altro, che lui mi trascini e mi sbatta contro il muro. Mi costringe a voltarmi, e vedo i bambini che ci fissano terrorizzati. Jannik è con loro. Henna gli si aggrappa alla gamba, si nasconde piagnucolando dietro di lui, Theo invece fa lo spavaldo, come se accanto a Jannik si sentisse invincibile. Quando incontro il suo sguardo, lui è bianco come un cencio. In quel momento non posso fare a meno di odiarlo. Il burattino ai comandi di papà.

"Allora, bambini, la gita è finita. Fate i bravi e andate in macchina insieme a Jannik."

Henna obbedisce per prima. Nell'espressione di Theo c'è ancora una punta di sfida.

"Ma noi non vogliamo tornare indietro!"

"Devo alzare la voce?" domanda pacato papà.

Le spalle di Theo si afflosciano, ed esce dal negozio seguendo a testa china Henna e Jannik.

Io conto i secondi. Uno, due, tre, quattro… Per quanto ancora durerà questo supplizio? Mi si rimescola il sangue, piccoli punti colorati iniziano a ballarmi davanti. Con la coda dell'occhio vedo che il cassiere guarda nella nostra direzione. *Aiutami*. Ho la bocca cucita. Tutte queste persone e nessuno interviene… Perché nessuno si rende conto di cosa sta succedendo realmente. Per loro siamo solo un uomo e una ragazza, forse pensano che sono scappata di casa, mi considerano una figlia viziata, un'ingrata che deve imparare a stare al mondo. Anche se gridassi, vincerebbe papà. È un bravo attore. In un attimo si rigirerebbe questa gente come vuole, inventerebbe una storiella qualsiasi e io la confermerei. Come un automa, senza la minima forza di volontà. Mi muovo in preda al panico, voglio solo uscire di qui e prendere una boccata d'aria, voglio aggrapparmi anch'io alla gamba di Jannik, nascondermi dietro di lui, nonostante ci abbia traditi in maniera tanto meschina. La mano sulla spalla mi trattiene.

"Te ne pentirai," mi sussurra all'orecchio papà.

Nel parcheggio è fermo un pick-up nero. Papà fa salire i bambini dietro, poi si siede al volante e parte. Io sono nella Lada insieme a Jannik. Mentre seguiamo ottusamente i fari posteriori che ci riportano a casa, continuo a chiedermi come ho potuto non considerare il pick-up. Papà non lo usa spesso. Ha sempre qualche guasto al cambio e in genere il serbatoio è quasi vuoto. Deve aver smosso mari e monti per mettere in moto quel catorcio. Non ci sarebbe riuscito se Jannik non lo avesse aiutato.

"Perché?" gli domando. "Perché glielo hai detto?"

Dio solo sa cosa mi aspetta. Probabilmente papà non toccherà i bambini, loro non hanno nessuna colpa. Sono io quella che verrà punita. Mi picchierà. Mi sevizierà. Farà di tutto perché io preghi di morire per il puro gusto di negarmi quella grazia, ancora e ancora. Jannik lo sa. Per questo si rifiuta di aprire bocca.

"Non pensavo che avessi capito cosa avevo in mente," continuo. "Di solito non ti importa."

Lui persiste nel suo silenzio ostinato. L'oscurità gli affila i lineamenti, credo di non averlo mai visto tanto disperato.

"Come ci sei arrivato? Dimmelo. Perché stamani ti ho preso la mano, è stato quello?"

"No. Lo sapevo già. E ho riattivato il GPS della Lada."

Vorrei essere sorpresa, invece è logico. Ha fatto in modo che fossi rintracciabile. Ecco perché trafficava con la macchina. Ecco perché ci hanno trovati così in fretta.

I fari posteriori del pick-up si allontanano. Jannik rallenta, resta indietro prima di una curva. È talmente buio che mi chiedo se il sole sorgerà di nuovo.

"Perché?" insisto.

Lo sento inspirare, prendere il coraggio a due mani un'ultima volta. I suoi occhi sono limpidi, ma nel suo sguardo non vedo nessuna luce, nessun riflesso del mondo dal quale papà ci ha strappati. Vedo solo il bosco e la montagna. Solo quello.

"Non lo so," risponde con voce strozzata.

9

La luna piena diluisce il nero del cielo in un blu intenso. Qualcosa si muove tra i cespugli accanto a noi, una martora interrompe la scorribanda notturna nel sottobosco per annusare curiosa i cerchioni dell'auto, poi i suoi occhi sfavillanti spariscono tra gli alberi.

Ci fermiamo dietro al pick-up. Manca ancora un po' per arrivare a casa. Papà e i bambini scendono, e io esco dal bozzolo in cui mi sono rintanata durante il viaggio. Perché ci siamo fermati qui?

Anche Jannik sembra confuso dalla sosta fuori programma, esita prima di spegnere il motore. La luce dei fari illumina il coltello da caccia alla cintura di papà. Il coltello che era nel cassetto. Papà ci fa cenno di scendere.

"Che intenzioni ha?" domando rauca.

Jannik scende, io lo seguo a una certa distanza.

"Piccoli, voi intanto andate avanti," dice papà. "Conoscete la strada."

Henna inizia a piangere e allunga le braccia verso di me, Theo cerca protezione al fianco di Jannik. Hanno paura a lasciarci da soli. Io ho paura di un'altra cosa: dell'espressione sul viso di papà, della determinazione nel suo sguardo. All'improvviso vorrei che i bambini fossero il più lontano possibile. Non devono vedere quello che succede. Perché non ci sono dubbi che sta per succedere qualcosa.

"Obbedite a papà," li incalzo. Per il loro bene, cerco di nascondere l'angoscia e scacciare il tremito dalla voce.

Jannik accompagna i bambini per qualche metro, poi li fa proseguire e torna da noi. Anche lui ha visto la violenza nello sguardo di papà. Mi si piazza accanto, spalla a spalla, come se niente potesse separarci, ma appena papà muove un passo, lui retrocede. Si tira indietro.

"E ora veniamo a te, gattina sfrontata."

Un braccio fende l'aria con una rapidità terrificante. La sua presa è precisa, salda come una roccia. Mi afferra per il collo e mi trascina con sé, sembra irreale che sia così forte, che io non riesca a resistergli, nemmeno adesso, da adulta. Urlo, scalcio e tiro pugni, ma lui è invincibile. Il mostro della mia infanzia è tornato.

"Cosa vuoi fare?" domanda Jannik correndoci dietro.

"Niente che la gattina non conosca già."

"Papà, ti prego!" lo imploro. "Mi... mi dispiace! Non lo farò più, mai più! Lasciami... ti prego..."

"Credevo di averti educata bene. Ultimamente ti comportavi come si deve, ora so il perché."

Mi ha sollevata e caricata in spalla senza il minimo sforzo e cammina spedito sul terreno coperto di sassi, supera il mulino diroccato e inizia a risalire la montagna. No. La montagna no, la montagna no. Il sangue mi va alla testa, comprime i miei pensieri. Mi brucia la gola a forza di urlare e supplicare.

La voce di Jannik arriva ovattata: "Ha detto che le dispiace! Non lo farà più, te lo giuro! Lasciala andare!"

"Ricordati una cosa, ragazzo: le gatte selvatiche sono pericolose. Finché sono piccole divertitici pure, ma quando crescono, sbarazzatene prima che ti mordano o ti strappino il cuore dal petto."

Un colpo sul fondoschiena. Fa male, e grido. Siamo in cima. Di già? Come è possibile? Il vento sferza ogni parte del mio corpo. Papà si ferma e mi lascia cadere. Sbatto a terra di schianto. Mi contorco dal dolore, lui mi rimette in piedi. Il paesaggio circostante assume indistintamente i contorni familiari dei miei incubi. Le alte rupi acuminate sembrano piegarsi al vento come alberi secchi da cui l'autunno ha succhiato ogni goccia di linfa. Dalla voragine scura sale un lamento.

"No," mi ribello con voce stridula. "Là dentro no... Ti prego, non gettarmi nel buco! Ti prego, papà!"

"Sei sempre stata brava a pregare. Un vero peccato."

Con la coda dell'occhio intuisco un movimento inaspettato. Papà lo blocca con un unico gesto. "Resta dove sei, ragazzo! Non muoverti di lì. Ti ho avvisato."

Una ginocchiata mi accascia. Il dolore si concentra nell'addome, soffoca ogni altra sensazione. Delle mani mi tirano avanti, sull'orlo della cavità nera che sprofonda.

"A quanto pare sei convinta che non possa trovarne un'altra come te. Te ne vuoi andare? Conosco un posto dove ti lascerò in pace!"

Il buco è coperto con assi di legno e sterpaglia. Papà le sposta con furia, lo sguardo acceso dalla follia.

"Papà!" grida Jannik. "Smettila! Lasciala andare!"

Ormai è solo un'ombra dietro il mostro che ansima. Un relitto del passato, troppo debole per attraversare il ponte del tempo e arrivare fin qui nel presente. Le forze mi abbandonano, smetto di opporre resistenza. Le mani callose di papà mi stringono il collo. Per un istante siamo faccia a faccia, e nel suo viso vedo solo odio e rabbia, no, anche tristezza.

"Chiudi gli occhi," sussurra. "Li chiudo anch'io. In un attimo è tutto finito."

Non vede il coltello che balena verso di lui. Il coltello che aveva alla cintura. Ora è in una mano che lo affonda, convulsa e incontrollabile. È troppo veloce perché possa difendersi. Un colpo lo centra al cuore, un altro alla gola. Tutto diventa rosso.

È stato lui a insegnargli a uccidere.

E Jannik ha imparato a dovere.

10

Il silenzio è assoluto. Credo che tra poco inizierà a nevicare.

Il chiarore del giorno spunta all'orizzonte, una brezza gelida disperde l'odore di morte. Jannik non si è mosso dopo quanto è accaduto. Ha ancora il coltello in mano. Schizzi di sangue gli sporcano il torace. Una folata di vento solleva un mulinello di foglie dallo strapiombo, e le dita di papà hanno un guizzo. Ma non si alza. Non succede niente. I respiri affannati di Jannik stracciano l'aria.

"È… morto?" chiedo. Parole inconcepibili, prive di ogni logica. Il mostro non può morire. Tutto quel sangue, però. È ovunque.

Jannik si inginocchia accanto a lui. Tiene il coltello premuto al petto, quasi fosse un tesoro che nessuno deve portargli via. Tocca con cautela la spalla di papà e gira sulla schiena il corpo senza vita.

"Sì," risponde. "Morto stecchito."

"Controllagli il polso!"

"Cosa vuoi che controlli, guardalo!"

Io sussulto, e finalmente Jannik lascia cadere il coltello. Viene da me, ci stringiamo l'uno all'altra come due bambini abbandonati nel bosco. Il viso di papà è quieto, liberato dalla crudeltà che lo ha fatto invecchiare in fretta. Sarà sprofondato all'inferno? Cerco dentro di me la gioia, l'euforia, il sollievo, ma trovo soltanto un vuoto. Come l'avvallamento che rimane sulla terra quando si sposta un grande masso. I resti stritolati della vita precedente…

"Vieni, aiutami." Jannik afferra papà sotto le braccia e lo trascina. Verso il buco.

Io non esito, non faccio domande. Più irrazionale è la situazione e più razionale deve essere il nostro modo di reagire.

Insieme solleviamo il pesante corpo di papà e lo gettiamo nel crepaccio. Passa qualche secondo prima che sbatta sul fondo. L'acqua schizza contro le pareti di roccia, dal rumore sembra che il cadavere si sia sfracellato in mille pezzi sanguinanti. Fissiamo il buio, aspettando un grido che non arriverà. In lontananza le vette si risvegliano alla luce, e con la luce arriva il calore. Un calore di una dolcezza indicibile, che mi avvolge tutta in un abbraccio amorevole dopo tanto, tanto tempo.

Siamo liberi. Non sappiamo cosa significhi, ma siamo liberi.

Cerco la mano di Jannik, bagnata di sangue. Solo ora mi accorgo di quanto tremi.

"E adesso che facciamo?" domanda.

Gli sfioro il viso perché mi guardi. "Quello che vogliamo. Da oggi in poi possiamo fare quello che vogliamo."

"Non capisci... lui se n'è andato! Se n'è andato e non tornerà più! Adesso che facciamo?"

E in quell'istante mi rendo conto che siamo davvero due bambini abbandonati nel bosco, completamente soli. Vorrei piangere fino a non avere più lacrime. Invece scuoto la testa.

"Andiamo a casa."

11

La nebbia dura a lungo, fili gocciolanti sulla radura che il tepore del mattino libera lentamente dal gelo notturno. Prima di tornare in casa mi lavo in fretta le mani, il collo e il viso. La bocca nera del pozzo risucchia l'acqua sporca di sangue. Dietro una finestra spuntano due sagome spaventate che osservano ogni mio movimento. Non so ancora cosa dirò ai bambini, ma restare qui con le mani immerse nell'acqua fredda non risolverà il problema. Entro nella Stube e vedo le loro facce confuse, bianche come la neve.

"Dov'è Jannik?" chiede cauto Theo.

"Sta bene. Si dà una rinfrescata e viene."

Il suo sguardo si muove dalla porta al pozzo e si posa di nuovo su di me. "E papà?"

"Sedetevi, per favore."

Loro non si muovono. Henna, a cui non è sfuggita l'espressione diffidente di Theo, ci fissa a occhi sgranati, poi si lascia sfuggire un pigolio di gioia.

"Papà se n'è andato?" esclama.

Annuisco. Forse sono fortunata, e si accontentano così. Ma Theo alza il mento con aria di sfida.

"Dov'è andato? E dov'è Jannik?"

"Ve l'ho detto, si sta lavando."

"E dov'è papà?"

"Via."

"Per sempre?" chiede Henna.

"Per sempre."

Theo non smette di inchiodarmi con lo sguardo. Sarà anche piccolo, un bambino esile, ma i suoi occhi sono quelli di un adulto, impossibili da ingannare. Se mentissi, se ne accorgerebbe.

"Papà ha attraversato il Varco del sole," dico.

Parole pietose per un evento terribile. Già sentite mille volte. Questa volta però è diverso. Theo e Henna si prendono per mano, un sorriso timido, quasi fragile spunta sui loro visi, nei quali di colpo torna la luce.

"Finalmente," sussurra Theo.

I suoi occhi bagnati di pianto mi straziano il cuore. Un bambino che si considerava morto realizza che diventerà grande.

"Possiamo dirlo a Nika?" domanda. La voce è solo un soffio, affievolita da emozioni incontrollabili.

"Certo, salite da lei."

Corrono via, mano nella mano, scorrazzano per la casa abituata a passi silenziosi e sussurri, che sembra tremare per quell'euforia.

"Nika, indovina!" riecheggia tra i vecchi muri.

Da adesso sarà tutto diverso. Riempiamo il serbatoio e andiamo dove ci pare, rivedremo le nostre famiglie, torneremo nelle nostre vere case. La mia immagine allo specchio ha le guance rigate di lacrime. Nemmeno i miei occhi hanno mai visto gioia più grande.

Trovo Jannik in fondo al bagno lungo e stretto, davanti al lavandino. È lì da almeno dieci minuti e continua a sfregarsi le mani. La pelle è arrossata per l'acqua fredda. Chiudo il rubinetto, e lui si irrigidisce. Il suo viso è immobile e duro, di pietra. Solleva la testa e fissa il proprio riflesso.

"L'ho detto ai bambini. Sono da Nika." Aspetto inutilmente una risposta, poi mi sposto indietro. "Doveva andare così. Non ci ha lasciato scelta."

Lui chiude gli occhi, come se avesse bisogno di un attimo per sé. Mi accorgo che inizia a rilassarsi.

"Adesso che facciamo?" chiedo, rigirandogli la stessa domanda che prima aveva fatto a me.

"Prepariamo da mangiare. Ho fame."

Mi supera e va nella Stube.

Resto fulminata: come può pensare a mangiare in un momento simile, come può fermarsi in questa casa anche solo un secondo di più, ora che non c'è niente a trattenerci? L'unica cosa da fare è saltare in macchina e partire a tutta velocità. Lo seguo in cucina e lo blocco mentre si versa un bicchiere d'acqua.

"Che significa?"

"Voglio bere, è proibito?"

"Hai capito benissimo. Perché siamo ancora qui? Non dovremmo andare via?"

"E dove?"

I suoi occhi mi fissano, e per un istante non so cosa dire. "Be'... via. Di nuovo a..."

"Sì, Ronja? Sono tutto orecchi. Dove?"

Una parola semplice e innocente, eppure con un significato così forte. Dove, dopo tutto questo? La domanda non mi molla, e il luminoso futuro che avevo immaginato sfuma dietro una logica perversa: siamo selvaggi, senza la minima esperienza del mondo che si spalanca davanti a noi. Non abbiamo passato e non abbiamo futuro, solo un presente ridotto a un cumulo di macerie. Dove, quindi, dove?

"Non importa," rispondo d'un fiato, forse in tono troppo brusco. "I bambini si meritano di tornare alla vita di prima. E noi anche."

"Quale vita? Che mi ricordi, io sono sempre stato qui."

"Non ti interessa scoprire cosa ci aspetta là fuori, chi sono le nostre famiglie? Forse ci stanno ancora cercando!"

"E se invece non lo stessero facendo?" ribatte Jannik posando con rabbia il bicchiere. "Se non ci fosse più nessuno, Ronja? Se nessuno si ricordasse di noi? Non possiamo andarcene. È questa casa nostra, e per la prima volta siamo liberi di fare quello che vogliamo! Non abbiamo bisogno del resto del mondo."

Forse vale per lui. Era già qui, quando papà mi ha portata con sé dieci anni fa. Era solo un bambino, ma fin da allora aveva lo sguardo di un predatore. Il lungo isolamento gli ha lasciato dentro un solco profondo... Odia il mondo esterno e le altre persone, perché lo hanno abbandonato quando aveva bisogno di loro. Lo capisco, sono l'unica che lo capirà sempre, però anche lui deve capire che non tutti siamo così soli.

"Pensa ai bambini," lo prego. "Hanno ancora una vita davanti."

"A sentirti, sembra che qui non abbiano alcuna possibilità."

"Probabilmente è vero. Che facciamo quando finirà il cibo? Uccidi un paio di caprioli?" È un colpo basso. Jannik è un ottimo cacciatore. "Mi chiedo perché hai paura. Cosa potrà mai succedere?"

"È proprio questo il punto. Là fuori può succedere di tutto, tutto quello a cui non siamo preparati. Tu non hai paura?"

Eccome, parecchia anche. Ho paura di perdere la pace e il silenzio, di lasciare la protezione della solitudine per il rumore e la frenesia, ho paura di non sapere come gestire la routine quotidiana, di non avere un'identità e di essere presa dal panico in mezzo alla folla. Non immagina nemmeno quanto sia grande la mia paura.

Ma ho molta più paura del buio. E qui è ovunque.

"Non siamo soli, Jannik. Io ho te e tu hai me."

Lui scuote la testa, come se non mi rendessi conto. "Ci dividerebbero subito. Appena scoprono chi siamo e da dove veniamo, non ci vedremo più."

"Mi sembri papà. Dillo chiaro e tondo che credi alle sue menzogne."

"Sì, a questa ci credo!" mi urla in faccia.

Va bene. Dobbiamo darci una calmata, altrimenti non arriviamo da nessuna parte. Esco dalla cucina per lasciarlo respirare, mi siedo al tavolo e aspetto. Dopo un po' mi raggiunge e si abbandona sulla sedia accanto a me, esausto.

"Almeno i bambini..." attacco titubante.

"I bambini cosa?"

"Non possiamo decidere anche per loro. Se tu vuoi restare qui... per un po' intendo, allora io resto con te. I bambini però dobbiamo riportarli indietro."

"Sei pazza?" sibila tra i denti e mi stringe il braccio. "Non sappiamo nemmeno noi come reagirebbe la gente. Magari pensano che c'entriamo qualcosa con la loro scomparsa e ci sbattono dentro!"

"Spiegheremo che..."

"Spiegare? A quelli non puoi spiegare nulla! Vedono solo ciò che vogliono vedere. Cercheranno un colpevole e quando lo avranno trovato non gli importerà del resto."

"Jannik, per favore... Mi fai male!"

"Voglio che tu capisca!" incalza, abbassando la voce perché i bambini non sentano. "Qui siamo al sicuro. Siamo soli, ma lo siamo sempre stati. La vera libertà è qui, non là fuori."

"Ma se diremo che il responsabile è papà, ci lasceranno in pace!"

"E i cadaveri allo Spuntone del diavolo? Quelli come glieli spieghi?"

Ammutolisco, presa alla sprovvista. Ha vinto lui.

"Ecco, appunto. Tutti quei maledetti corpi sottoterra. Lo abbiamo aiutato, abbiamo visto cosa faceva e abbiamo scavato le fosse. Lo sai cosa succede a quelli come noi? Come ci giudicano?" Si accorge che la mia resistenza sta cedendo e molla la presa. Beve un sorso d'acqua scuotendo la testa, senza togliermi gli occhi di dosso. "Là fuori è di gran lunga più pericoloso che qui. Credimi."

Mi strofino il braccio, nel punto dove mi ha afferrata. Da che ricordo, mi ha sempre protetta, perché dovrebbe smettere proprio ora?

Mi torna in mente il suo sorriso di ieri mattina. Sapeva che volevo fuggire, e forse quel pensiero lo ha rassicurato. Prima o poi papà mi avrebbe uccisa, perché la sua gattina era diventata una tigre. Se me ne fossi andata da sola seguendo il mio piano, Jannik non mi avrebbe tradita. Così invece... Deve aver perso la testa, quando si è accorto che non c'erano più nemmeno i bambini. Non aveva altra scelta. Se non lo avesse aiutato a ritrovarci, papà se la sarebbe rifatta con lui, e a quest'ora nel crepaccio ci saremmo noi due. Sono stata una stupida. Il mio desiderio di libertà ci ha messi tutti in pericolo.

"Però non abbiamo mai dovuto cavarcela da soli. Non sappiamo nemmeno dove papà ha nascosto i soldi." La debolezza della mia voce rende misere le parole.

"Li troveremo. Questa casa non è certo una reggia."

L'ombra di un sorriso. Guarda dalla finestra, e nello stesso istante entra un raggio di sole che gli illumina gli occhi. Non sono così scuri, hanno solo bisogno di una scintilla che li accenda. Una scintilla di speranza. Jannik è nato per i boschi e la caccia, sradicarlo da qui significherebbe stringere il cappio che con il tempo si è posato intorno alla sua anima. Non riuscirei a fargli cambiare idea neppure in mille anni. E a cosa mi serve la libertà, se non posso condividerla con lui? Mi arrendo.

"Soltanto per un po'. Finché nessuno cercherà più le bambine nelle fosse. Poi ce ne andiamo. Promettilo."

Lui esita. "Io..."

"Promettimelo, Jannik!"

Un tramestio di passi gli impedisce di proseguire. Non so cosa avrebbe risposto. Per il momento non voglio neanche saperlo. Quando arrivano Henna e Theo con Nika al seguito, il cielo è coperto, e le nuvole scure rendono di nuovo neri gli occhi marroni di Jannik.

Ma quell'unico raggio di sole è stato sufficiente per rivedere la luce nel mondo.

Il nostro mondo.

30 settembre

Oggi compio diciassette anni. Mamma ha preparato una torta al cioccolato, anche se l'avevo pregata di non disturbarsi per me. In più mi ha regalato il libro che volevo, la Breve storia della caccia *di Friedhorn. Ho già letto la premessa e i primi due capitoli. Una faticaccia, considerando che Friedhorn racconta essenzialmente di come ha iniziato a cacciare, della sua infanzia in montagna e della sera in cui il padre è tornato a casa con un cervo, un'esperienza che per lui si è rivelata fondamentale. Ma perché mi lamento? In quasi ottocento pagine, qualche sproloquio nostalgico c'era da aspettarselo. I prossimi capitoli sono dedicati all'equipaggiamento, non vedo l'ora di arrivarci.*

Da papà ho ricevuto qualche parola e un'umida stretta di mano. Nient'altro, per fortuna. Dopo il litigio con mamma della notte scorsa, temevo che, nella migliore delle ipotesi, mi avrebbe fatto un occhio nero. Naturalmente mamma si guarda bene dal protestare. L'ha perfino difeso: "Tuo padre vive nel suo mondo, lo sai. Non devi arrabbiarti con lui."

Credo che papà si veda di nascosto con qualcuno. No, è impossibile, in un buco sperduto come questo. Non vorrei ferire mamma ancora di più, continuando a insistere sull'argomento. È meglio che ne resti fuori.

6 ottobre

La prima neve, sorprendente come sempre. Stanotte un gatto randagio è finito per sbaglio nella rimessa. L'ho trovato oggi mentre prendevo la legna, rannicchiato su un mucchio di segatura. Un cucciolo grigio, brutto e scheletrico. Cosa mi consiglierebbe di fare Friedhorn? Mirare e abbattere. Gli ho portato del latte e due pezzi di pane inzuppati nel sugo dell'arrosto. Vediamo se gli piace.

Post scriptum

Abbiamo spalato la neve fino al tramonto. A cena solo panini, perché mamma non aveva voglia di cucinare. Meno male che era avanzata la torta.

Il cervo ucciso dal padre di Friedhorn non mi esce dalla testa. Il libro descrive l'episodio come un'impresa eroica, quando in realtà uccidere un cervo non è poi così difficile. Cerchi un buon nascondiglio, possibilmente tra la vegetazione o su un albero, aspetti che ti passi davanti, spari ed è fatta, lo prendi e lo porti a casa. È con gli animali più piccoli che diventa complicato. Lepri, martore, donnole, a volte anche cinghiali. Scovare le loro tracce nel sottobosco non significa soltanto affondare nella melma, attraversare ruscelli gelidi e aprirsi un varco tra un groviglio di rami, che con la pioggia è un problema sia per i vestiti sia per il fucile. Sono all'ordine del giorno anche pareti di roccia nuda, grotte e burroni che si inabissano talmente in profondità che sembra debbano sfociare in un altro mondo. Spesso per una manciata di prede tocca stare in giro dalla mattina alla sera, cibarsi di aria fresca e sentirsi come uno degli alberi che ti circondano: vecchissimo e dimenticato dal resto del mondo, ma anche invulnerabile, pervaso dalla stessa forza della Terra, necessaria per resistere in quelle condizioni.

Più vado avanti nella lettura e più padroneggio l'argomento. Ben undici memorabili pagine spiegano come realizzare un nodo perfetto! A papà non piace che resti alzato fino a tardi a leggere, probabilmente teme che scopra i suoi traffici notturni. Ma non l'ha ancora capito? Quello che fa nel bosco non mi interessa. Tra un anno, quando finalmente sarò maggiorenne, me ne andrò per conto mio.

8 ottobre

Sono in pensiero per mamma. Non sarà al sicuro, da sola con papà e tutti quegli attrezzi nel fienile. Anche ieri hanno litigato di santa ragione. A un tratto le si è avventato contro con la falce, e ho temuto che fosse impazzito definitivamente. Ha colpito di striscio solo le tende, ma chissà cosa potrebbe succedere la prossima volta.

Ho l'impressione che le sere in cui poi sparisce sia più irritabile del solito, mentre la mattina dopo è docile come un agnellino. Prima dell'incidente era la caccia a esercitare su di lui quest'azione stimolante e distensiva al tempo stesso. Ricordo la luce che aveva negli occhi. Passavamo ore nel bosco, come due appestati evitati da tutti, costretti a cacciare per garantirsi la sopravvivenza, e ci piaceva. Finché abbiamo seguito quel cinghiale, ed è cambiato tutto. È un miracolo che papà se la sia cavata con delle ferite superficiali, quando l'animale l'ha caricato. Gridava e lottava per salvarsi, mentre io guardavo paralizzato dal terrore. Questa sì che è una storia su cui ci si potrebbe dilungare per ottocento pagine, caro signor Friedhorn! Forse dovrei scriverci un libro. Che pensiero strampalato.

9 ottobre

Stanotte papà è uscito di nuovo. Mamma sta piangendo. Mi hanno mandato a spaccare la legna perché non li sentissi litigare. Neanche fossi un bambino. Ho riflettuto molto. In genere papà sparisce nelle notti fredde ma serene. Quando c'è vento o piove, sta alla larga dal bosco. Qualunque cosa lo spinga a tornare là deve essere all'aperto.

Ho tentato di parlarne con mamma. Sostiene che non devo preoccuparmi, che avrà i suoi motivi per aggirarsi nel bosco come un lupo affamato. Ma dicendolo non fa che mentire a entrambi.

Credo che il gatto abbia apprezzato il banchetto. Stamani sono andato a controllare, e le due ciotole erano vuote. Se torna, provo a catturarlo.

12

L'aria pungente dell'alba spazza via la stanchezza che preme contro le tempie di Sarah. È stata in piedi tutta la notte per leggere i rapporti, e andare a dormire adesso non avrebbe senso. Ogni dettaglio potrebbe essere importante, dietro ogni parola potrebbe nascondersi un errore, una negligenza. Ormai conosce quasi a memoria la pila di scartoffie. Forza di volontà, tutte le luci accese e cinque tazze di caffè hanno impedito al suo corpo e alla sua mente di mollare a metà strada e farla crollare con la guancia sulla scrivania. Markus ha telefonato poco prima di mezzanotte per chiedere discretamente quando sarebbe tornata a casa. Lei lo ha rabbonito con promesse poco convinte, ormai aveva finito, gli ultimi faldoni e poi basta. Pensava ancora che la spossatezza l'avrebbe costretta a concedersi il meritato riposo. Adesso era lontana chilometri sia dal pensare sia dal suo letto.

Non le dava pace. Il ronzio nella testa, il peso sul petto. L'indizio che fiutava da giorni nell'aria doveva nascondersi lì, a St. Nikola. Era quella la chiave.

All'inizio del paese rallenta. Ha già avvisato Richter. Ora tocca a lei. Non sa cosa sta cercando né come riconoscerlo. Ha solo un presentimento e se lo tiene stretto. È disposta a rastrellare i boschi di persona, se necessario, con una torcia elettrica, l'arma di ordinanza e la sua cieca ambizione. Markus capirà che non può ancora tornare a casa. Conosce il motivo che la spinge ad andare avanti, perché in una certa misura se lo porta dentro anche lui, questo pungolo costante, un'urgenza implacabile di giustizia. Finché avrà fiato in gola, finché il suo cuore batterà per una causa di cui nessun altro si interesserebbe, Sarah lotterà per quei bambini. Anche se ne ritrovasse vivo soltanto uno, ne sarebbe valsa comunque la pena.

Il chiarore del mattino si posa dolcemente sulle montagne, e nelle case assonnate si accendono le luci. Al pensiero di inoltrarsi nel bosco con quel freddo e quel vento le viene la nausea. Prima deve mangiare un boccone, altrimenti non andrà lontano. Lungo la strada c'è un distributore. Sarah svolta a destra, ferma la macchina davanti a una pompa ed entra nel minimarket, dove i rari clienti bevono un caffè o sfogliano il giornale. Sarah non è particolarmente esigente in fatto di cibo, prende la prima cosa che le salta all'occhio senza riflettere troppo. Va alla cassa con un sandwich al prosciutto e una lattina di Red Bull, e un uomo con i capelli grigi e gli occhiali batte con calma il prezzo della sua colazione.

"Sono sei euro e novantotto."

Lei gli consegna una banconota da dieci e apre la lattina. Mentre il cassiere conta il resto, beve un lungo sorso e addenta di gusto il sandwich. Ci voleva proprio. Lo stomaco si riassesta, e il cervello che lavora a pieno regime da giorni va in standby. Sarah intasca le monete e getta uno sguardo alle telecamere di sorveglianza installate sopra la porta e in un angolo dietro il bancone. Magari qualcuno ha visto qualcosa. Qualsiasi cosa. In fondo da qualche parte deve pur cominciare.

"Sto cercando una bambina con un berretto rosso," dice all'uomo alla cassa. "Dodici anni, alta più o meno così, capelli e occhi castani. L'ha vista?"

"Lei è della polizia?"

"Sarah Wiesinger, polizia criminale," si qualifica mostrando il tesserino.

"I suoi colleghi sono già venuti ieri. Purtroppo non posso aiutarla."

"Ha notato nulla di insolito, ha sentito niente?"

Lui scuote la testa. "Mi dispiace."

"Nessun problema, la ringrazio della disponibilità. Se dovesse tornarle in mente qualcosa, mi chiami." Gli lascia un biglietto da visita.

Ovunque si giri, fa un buco nell'acqua. Finisce di bere, butta la lattina nel cestino accanto al bancone insieme al sandwich avanzato e si incammina verso l'uscita.

"Aspetti."

L'uomo sembra incerto, quando Sarah si volta a guardarlo. Si stringe nelle spalle, con un gesto vago della mano.

"Non so se può essere utile, ma in effetti una cosa ci sarebbe."

"Mi dica."

"Ecco… probabilmente non c'entra."

"Non importa, me la dica lo stesso. Potrebbe essere importante, invece."

Lui sospira e si concentra per un attimo. "Allora, ieri sera è venuta questa ragazza, e…" Si interrompe sorridendo. "No, è una sciocchezza."

"Continui, per favore. Cosa è successo alla ragazza?"

"Ecco… era strana. Come se fosse spaventata. Era insieme a due bambini, un maschio e una femmina. Ma la bambina non indossava un berretto rosso."

"Quanti anni poteva avere?"

"Non saprei, sei o sette."

"Si chiamava Henna?"

"Non ne ho idea."

"Vada avanti, per favore."

"Poi è entrato un uomo, doveva essere il padre della ragazza. Sembrava arrabbiato. E ha portato via la ragazza e i due bambini."

"Cosa intende con 'portato via'? Li ha rapiti?"

"Santo cielo, no! Avrei chiamato immediatamente la polizia. Ma la ragazza e i bambini avevano paura di lui. Non volevo immischiarmi," si giustifica imbarazzato, "non erano affari miei, però ripensandoci ora c'era qualcosa che non andava." La guarda dubbioso. "È utile?"

Sarah annuisce. Non sa spiegare il brivido freddo che le sale lungo la spina dorsale, però conosce il passo successivo.

"Mi mostri i filmati delle telecamere di sicurezza."

Sono nel piccolo ufficio sul retro dell'edificio. Il cassiere, che è anche il proprietario del negozio, carica un file sul computer, e poco dopo sullo schermo si apre una finestra.

"È possibile ingrandire le immagini?" domanda Sarah.

L'uomo passa alla modalità fullscreen. Sposta il cursore sulla banda di scorrimento fino al punto in cui la ragazza entra nel minimarket. Sarah osserva con attenzione. La telecamera registra un fotogramma ogni due o tre secondi, quindi i movimenti sono discontinui. Mentre la ragazza va alla cassa, i bambini spariscono dall'inquadratura. È vero, tutti e tre hanno un aspetto fuori del comune, sembrano di un altro pianeta. Dopo una decina di minuti arriva l'uomo di cui le ha parlato il proprietario. Alto, il viso coperto dal cappuccio calato sulla fronte e dal bavero alzato. Dice qualcosa alla ragazza, poi escono dal negozio.

"Ci sono anche delle riprese esterne?" chiede Sarah in tono concitato.

L'uomo annuisce e carica un secondo file. Sullo schermo compare il distributore. Sarah conta tre auto: un pick-up, un'utilitaria e una Lada scura. Il nastro avanza fino al momento in cui la ragazza, i bambini e l'uomo escono dal minimarket. C'è anche un ragazzo, che nasconde abilmente il viso alle telecamere. Lui e la ragazza salgono sulla Lada, l'uomo e i bambini sul pick-up posteggiato di fianco. Sarah si china verso lo schermo. Stringe gli occhi per decifrare le targhe delle due macchine. No, con quell'angolazione non si leggono.

"Può stampare un fermo immagine della Lada e del pick-up?"

L'uomo esegue, impostando la miglior risoluzione possibile. Dato che le riprese sono in bianco e nero, non si distingue il colore esatto, ma è sempre meglio di niente. Sarah allunga la mano verso il mouse e apre di nuovo il primo file. Trova il fotogramma in cui la ragazza alza la testa e guarda dritto nella telecamera.

Un bel viso, anche se stanco. Quasi di un'altra epoca, quando non esisteva ancora il progresso e non c'erano obblighi, solo giorni e notti che si susseguivano all'infinito.

"Chi sei?" mormora Sarah.

"Aveva un atteggiamento normale," interviene il proprietario. "A parte l'aria spaventata, intendo."

"Ricorda qualcosa? Un segno particolare? Per caso i bambini l'hanno chiamata per nome?"

"Ora pretende troppo."

Va bene lo stesso. Quei filmati sono più di quanto Sarah avesse osato sperare. Il suo sguardo indugia sul viso che guarda la telecamera come se chiedesse aiuto. Naturalmente negli anni l'aspetto della ragazza è cambiato, ormai è diventata adulta, ma la tristezza nei suoi occhi è rimasta la stessa. È una delle persone scomparse, una delle bambine sulle foto nei verbali sbiadite col tempo. E Sarah crede di sapere quale.

13

Sono svegliata da qualcosa che mi solletica la pelle. Mi passo la mano sul viso, pensando di avere un insetto sulla guancia. Ma dal rumore di uno sbadiglio soddisfatto mi accorgo che è solo Henna, con la testa scarmigliata contro la mia spalla.

"Ehi, topolina," la chiamo dolcemente. "Perché non sei nel tuo letto?"

"Da sola avevo paura."

"E di cosa? Nessuno può farti del male."

"Sì, invece," protesta lei voltandosi sulla schiena, e si stiracchia le braccia secche e bianche. "Papà può farmi del male."

"Ma papà non c'è più, lo hai già dimenticato?"

"Sì, invece," ripete. "Stanotte era in camera mia."

Mi alzo di scatto. La stanchezza si è dileguata all'istante. Henna si tira la coperta fin sotto il naso e farfuglia parole incomprensibili, spaventata da quanto sta dicendo.

"L'ho visto... era accanto al mio letto e voleva che andassi con lui. Ma io l'ho fregato! Ho fatto finta di seguirlo, poi sono venuta di corsa in camera vostra e lui è sparito. Tornerà ancora?"

"Henna, tesoro." La stringo a me e sento il suo corpo tremare di paura. Le accarezzo la testa, vorrei con tutte le mie forze cancellare gli incubi che le si agitano dentro. "È stato solo un brutto sogno, piccola. Papà non tornerà mai più, te lo prometto."

"Ma... ma io l'ho visto!" insiste. "Era bagnato e sporco di fango, come Theo quando l'ha gettato nel buco!"

Ora tremo anch'io, e un lampo rosso mi esplode davanti agli occhi. Avverto di nuovo il freddo e l'umidità del bosco appiccicati addosso, vedo il sangue, sento il coltello che lacera senza sforzo tessuto e carne. È possibile? È sopravvissuto davvero? Mi guardo intorno in cerca di Jannik, ma il suo letto è vuoto. Per un secondo resto senza respiro.

"Jannik si è già alzato. Ha detto che non dovevo svegliarti, e io sono rimasta buona buona." Henna scende dal letto e sussulta posando i piedi nudi sul pavimento. "Com'è freddo! Andiamo a fare colazione? Ho fame!"

"Prima lavati e mettiti dei vestiti puliti."

"Va bene."

Corre nella sua stanza. Dalla parete la sento scuotere Theo, che si lamenta mezzo addormentato. Quando l'anta del loro armadio si apre con un cigolio, spalanco le finestre.

Il mattino è limpido e frizzante, con un presagio d'inverno nell'aria. La nebbia si è ritirata nel bosco, e la radura risplende nei colori caldi dell'autunno: il giallo dei larici, il verde scuro degli abeti e il marrone dei rovi di more che si inarcano al margine del pendio come filo spinato arrugginito. Nessuno ci terrà più prigionieri. Chiudo gli occhi e respiro a pieni polmoni il profumo di sole, foglie, rugiada e legno che circonda la casa come un incantesimo, facendola apparire luminosa e gigantesca. Adesso mi sento ridicola per essermi lasciata suggestionare dall'incubo di Henna. Papà era l'ombra che copriva di nero ogni angolo di questo luogo, e se veramente fosse ancora vivo me ne accorgerei. La sua vicinanza caricherebbe l'aria come l'arrivo di un temporale, una scossa elettrica quasi impercettibile che crepita sulla pelle. No, Jannik ha ucciso il mostro.

Dopo essermi vestita e aver tirato indietro la frangia castana con un fazzoletto, faccio un salto da Theo. La testa spunta dalle coperte come una zucca nera dalla terra, mentre all'altra estremità le dita dei piedi si muovono su e giù.

"È sveglio," bisbiglia Henna, che non sa scegliere tra due vestitini. "Però fa finta di dormire!"

"Allora dovremo prendere un secchio d'acqua."

"No, ora vengo," dice fiacca la voce di Theo. "Altri cinque minuti."

"Ma la colazione la prepariamo adesso!" Henna decide per quello rosso e si infila eccitata gli stivali di gomma. È l'unico paio di scarpe che ha. Gli stivali rallentano, perciò papà li considerava il metodo migliore perché non scappasse via. È arrivato il momento di cambiarli.

"Vieni, piccola, lasciamo in pace Theo. Se non vuole mangiare, resterà a stomaco vuoto fino all'ora di pranzo."

Mentre Henna corre di sotto ad apparecchiare, do un'occhiata in camera di Nika. Le spesse tende impediscono ai raggi del sole di portare un po' di gioia nell'oscurità. La lavanda essiccata che ho appeso ovunque alleggerisce la putrefazione nell'aria. Ieri stava un po' meglio, ha fatto perfino due passi nel bosco con Henna, e le chiedo se dorme.

La sagoma raggomitolata sotto le coperte non si muove, ma una voce stridula domanda: "Papà è tornato?"

"Ti ci metti anche tu? Papà è morto."

Lei ride.

Cosa diavolo avrà da ridere?

"Menti." Fatica a parlare, e passa un'eternità prima che trovi la forza di proseguire. "Se fosse morto sul serio... mi portereste in ospedale."

"Jannik te l'ha già detto. Senza assicurazione sanitaria nessun medico ti curerebbe. Papà raccontava un mucchio di balle, ma su questo aveva ragione. Penseremo a qualcosa, te lo prometto. Guarirai."

Nika scalcia la coperta con un piede, poi inizia a tossire. Un accesso sempre più forte e convulso. Sto per passarle i fazzoletti di carta, ma lei me li strappa di mano e sputa china in avanti. Un filo di saliva e sangue le bagna il mento.

"Vattene!" mi ordina. "Esci di qui! Sparisci!" Mi tira dietro il fazzoletto appallottolato.

Faccio come vuole, perché so che ha bisogno di calma. Dalla soglia borbotto qualcosa sulla colazione e il sole, ma appena ricomincia a tossire lascio perdere e scendo le scale.

Henna ha portato in tavola tutto quello che ha trovato in dispensa: pane, cetrioli in salamoia, marmellata, uova e speck. Quando le spiego che non mangeremo i cetrioli a colazione, mette il broncio e prende una tavoletta di cioccolato.

"A questo punto, meglio i cetrioli," sospiro aprendole il barattolo.

Mentre lei mangia, vado a cercare Jannik. Per lui non è insolito alzarsi presto, spesso va a caccia e a volte corre come un pazzo o si arrampica su una parete di roccia, per avere l'impressione di poter usare il proprio corpo per qualcosa che non sia sotterrare cadaveri. Guardo in direzione della rimessa all'ombra dei sorbi, l'ultimo avamposto tra la radura e il bosco, poi verso la Lada, e infine giù nell'orto. Non lo vedo da nessuna parte.

Mezz'ora dopo, quando Theo si presenta insonnolito a colazione, Jannik non è ancora rientrato.

"Ha detto dove andava?" domando a Henna che mi aiuta a lavare i piatti. Ma invece di rispondere, lei gioca con la schiuma.

Theo mangia svogliato un pezzo di pane. "Quando torniamo a casa?"

"Eh?"

"Sì, a casa. Da mamma e papà."

"Torniamo da mamma e papà?" Henna toglie le mani dalla schiuma e se le passa eccitata sulla bocca e sulle guance. "Papà ha detto che non volevano più vedermi! Allora non era vero? Quando partiamo, Ronja, quando partiamo?"

Ho l'impressione di camminare su una sottilissima lastra di ghiaccio che minaccia di rompersi da un momento all'altro sotto il peso delle mie bugie.

"Ne abbiamo già parlato," replico, e smetto di lavare i piatti per sedermi accanto a Theo. "Non possiamo tornare subito a casa. Dobbiamo aspettare un po'."

"Perché?" bofonchia lui masticando. "Papà non c'è più."

"Sì che c'è!" si intromette Henna. "Stanotte l'ho visto, era accanto al mio letto e voleva..."

Le infilo in bocca un pezzetto di pane perché smetta di spaventare tutti con il suo incubo. Funziona.

Theo invece non si lascia zittire altrettanto facilmente. "Non capisco. Perché non prendiamo la macchina e ce ne andiamo? L'abbiamo già fatto!"

"È stato uno sbaglio. Inoltre in questa stagione è pericoloso, lo sai anche tu. Le strade sono piene di fango, tra poco arriverà l'inverno e saremo bloccati. Dobbiamo aspettare."

"Ma a primavera torniamo a casa, vero?"

Tutta quella speranza nei suoi occhi, nel suo cuore ferito. Non ce la faccio a mentirgli e tanto meno a dirgli la verità. "Vedremo," concludo sottovoce.

"Che significa, vedremo?"

"Significa esattamente quello che ho detto!"

Henna inizia ad agitarsi sulla sedia. Theo ha abbassato lo sguardo e traffica inespressivo con la sua fetta di pane. La mia risposta non l'ha soddisfatto, ma per il momento lascia cadere l'argomento, e io sono grata di non essere costretta a inventare altre scuse. In queste discussioni, senza l'appoggio di Jannik, finisco sempre per arenarmi. Ma dove si è cacciato?

Durante la giornata torna la nebbia, che risveglia in me la vecchia sensazione di smarrimento. Gli sarà successo qualcosa? Irrequieta, mi aggiro da una stanza all'altra, per cercare di distrarmi spolvero i mobili, lavo i vetri opachi delle finestre e passo lo straccio stanando topi e ragni, che con la luce si rifugiano in angoli e fessure e con il buio sgusciano fuori dal loro nascondiglio. Prendo l'insetticida ed elimino brutalmente il problema alla radice. Alla fine, la casa non è mai stata così pulita, e provo l'assurdo impulso di dare fuoco a tutto.

E se Jannik non torna più? E se papà la notte scorsa si è materializzato anche accanto al suo letto e lui lo ha seguito?

Mentre stiamo cenando, Henna tira fuori la forchetta dal barattolo di aringhe e guarda la finestra con gli occhi che brillano. "Ecco Jannik!"

Dico ai bambini di aspettarmi al caldo nella Stube e gli vado incontro con una torcia. Ormai le stelle sono alte nel cielo. Il silenzio è inquietante, e al riflesso freddo della luna i colori scompaiono lasciando solo il nero ingannevole della notte.

Già da lontano mi accorgo che è imbrattato di terra. Ha lo zaino con l'attrezzatura da arrampicata, i capelli gli ricadono sulla fronte. Si trascina a passi pesanti e, quando gli punto di proposito la torcia in faccia, distoglie lo sguardo.

"Dove ti eri cacciato? I bambini erano preoccupati!"

Lo zaino gli scivola dalla spalla, lui non reagisce. È completamente ricoperto di fango, come se ci si fosse rotolato dentro.

Starà congelando, lo vedo tremare, ma non accenna a entrare in casa, mentre io batto i piedi per il freddo.

Indico lo zaino. "Cosa c'è lì?"

"Che ore sono?" Ha un tono stanco, sembra in trance. Vorrei guardarlo negli occhi, ma lui continua a evitare il fascio di luce, ritraendosi al riparo del buio.

"Quasi le nove. Sei stato fuori tutto il giorno." Aspetto che venga con me, invece non si muove, la testa voltata dall'altra parte.

"Henna ha raccontato anche a te il suo sogno?" domanda.

Risento la sua voce acuta, carica di una paura che non mi spiego del tutto. Adesso capisco cos'è. Anche se papà è in fondo al crepaccio, è ancora qui con noi, è nelle ombre e negli specchi, un viso nero che ci segue ovunque.

So dove è stato Jannik. Perché è ridotto così. Dovrei dirgli che è stupido lasciarsi contagiare in quel modo dal panico di Henna, invece gli chiedo in un sussurro angosciato: "Era ancora là?"

"Sì." Raccoglie lo zaino e apre la cerniera, poi però esita, non vorrebbe che guardassi all'interno. "Volevo esserne sicuro."

Faccio luce con la torcia. Vedo la corda, i chiodi da roccia e la sega che teniamo in officina. Ma sotto c'è qualcos'altro, qualcosa di bagnato e sporco…

"No," mi blocca quando allungo la mano. Ora i suoi occhi sono puntati nei miei. Nella durezza del suo sguardo leggo la risposta alla domanda che non ho il coraggio di fargli.

A cosa ti serviva la sega?

Jannik ha tagliato la testa a papà.

14

La porta del bagno è aperta, ma busso ugualmente. “Ti ho preso dei vestiti puliti.”

“Grazie.”

È appena uscito dalla doccia, l’asciugamano intorno ai fianchi. Mi chiedo sempre cosa veda, quando fissa lo specchio senza battere ciglio. Nota la linea dei muscoli sotto la pelle o vede solo le cicatrici, recenti e vecchie, sulle braccia e sul torace? Con gli anni il suo corpo si è adattato alle condizioni della montagna, è diventato forte e resistente, ma al tempo stesso anche un utensile, un oggetto che esegue gli ordini e si piega alle cose. Mentre lo guardo così, con il viso impassibile ed ermetico, non sono sicura che riesca ancora a percepirsi, e forse è per questo che si ostina a fissare lo specchio, alla ricerca di se stesso.

Forse però è inevitabile, forse mantenere una distanza è l’unica possibilità di resistere. Mi cade l’occhio sullo zaino, che ha gettato sul pavimento insieme ai vestiti sporchi, accanto alla cabina doccia. Nella mia mente si svolge la scena, reale e cruenta: Jannik che afferra la sega, che inizia e non smette finché non ha terminato il lavoro. Un’ostinazione che conosco soltanto negli animali, insieme alla capacità di restare perfettamente immobile, come se in lui non esistesse altro al di fuori dell’istinto. Mi spaventa.

Appoggio i vestiti sulla cassettiera accanto al lavandino e indico le escoriazioni che ha sulla scapola. “E quelle?”

“Secondo te devo rasarmi a zero?”

La domanda mi coglie di sorpresa. Non so cosa rispondere. Perplessa, scuoto la testa.

“Ora non sono costretto a tenere i capelli lunghi. Papà non c’è più.”

"Jannik, le ferite."

Lui distoglie lo sguardo dallo specchio e il suo viso si distende leggermente. "Un graffio mentre risalivo. Non è niente."

"Ti sei disinfettato?"

"Non sono bravo in queste cose." Mi porge il flacone di alcol che doveva avere già in mano quando sono entrata. "Pensaci tu, per favore."

Inumidisco un fazzoletto e tampono con cura la ferita. Non è così superficiale, alcuni tagli sono profondi e lunghi diversi centimetri. Non sta mai attento, è imprudente, sembra che non tenga a se stesso. Gli ispeziono anche il resto della schiena, ma a parte le solite cicatrici è illesa. Senza volerlo, sfioro le ciocche bagnate sul collo. Non riesco a immaginare come starebbe rasato. Forse somiglierebbe un po' a papà. Spero che non ci pensi più.

Metto un cerotto sui due tagli più grossi. Forse non se n'è accorto, ma la mia mano ha iniziato a tremare. Butto via il fazzoletto, e lui si tocca la ferita con aria critica.

"Dici che basta?"

Sì, accidenti. Questa stanza è troppo stretta per entrambi, le pareti ci obbligano a stare quasi appiccicati, l'umidità mi accelera il battito. E in più non so nemmeno se lui si sente come me. Non prova proprio niente quando lo tocco? Quando lo guardo come nessun altro? Inizio a temere che non saremo mai abbastanza vicini perché si renda finalmente conto di cosa mi si agita dentro.

"Disinfettati da solo, se credi che serva," sbotto. "Forse però sarebbe meglio che ti sbarazzassi della testa nello zaino."

"Sì, sì, tra un attimo."

"Dico sul serio, leva di torno quella schifezza!"

"Prima posso almeno vestirmi?"

Ci guardiamo, e lui sembra pentirsi del suo tono nello stesso istante in cui io mi pento del mio.

"Certo." Indietreggio di un passo. "Fai con comodo."

Prende i vestiti che gli ho portato e si gira per togliersi l'asciugamano. Poi si volta di nuovo, le sopracciglia sollevate.

"Scusa," mormoro e lo lascio solo.

È tutto talmente assurdo. Se non capisce le occhiate, i gesti e le parole, almeno una cosa dovrebbe capirla: che non potrei mai stare lontana da lui. Non importa quante teste taglia.

Metto a dormire i bambini, chiudo a chiave la porta e busso da Nika per chiederle se ha bisogno di qualcosa. Non risponde. Sbircio dal buco della serratura e la vedo seduta nel letto, in grembo un libro aperto. Almeno ha smesso di tossire. Mi infilo l'ampia felpa che indosso la notte e mi rannicchio in fretta sotto le coperte, prima che il freddo mi penetri nelle ossa. Anche se in camera mia e di Jannik c'è la stufetta elettrica, per risparmiare corrente la teniamo spenta finché fuori la temperatura non scende sottozero.

Jannik esce dal bagno e sale le scale facendo meno rumore possibile. Augura rapidamente la buonanotte ai bambini, poi entra e il profumo del sapone riempie la stanza. Si è messo i pantaloni della tuta grigi che usa come pigiama. I capelli ancora umidi si arricciano sulle punte, mi ricorda Theo quando si alza la mattina.

Senza fretta, chiude le tende e imposta la sveglia alle sette. Domani vuole tornare sulla montagna per seppellire i resti di papà. "Non possiamo certo lasciarlo lì così," è stato il suo commento. Infine si siede sul letto, e solo quando si distende lentamente sollevando poco alla volta il corpo martoriato, capisco che gli fa male ogni singolo muscolo per lo sforzo. È stato in piedi tutto il giorno, ha scalato pareti di roccia e quasi certamente non ha mangiato nulla, mentre la fatica più grande che ho affrontato io è stata impedire a Henna di impiastricciarsi i capelli con i fondi di caffè. Eppure non si lamenta mai, non permetterebbe che mi preoccupassi per lui.

"Stai rimuginando di nuovo, eh?" La sua voce è sorprendentemente energica, considerando lo stato pietoso in cui si ritrova. Si gira verso di me, nel buio sento frusciare le coperte.

"Che ne hai fatto della testa di papà?" domando.

Sembra soffocare una risata. "Indovina."

"Dai, dimmelo e basta."

"L'ho gettata nella stufa."

"Cosa?" esclamo disgustata.

"Rilassati. Con l'alcol si fa in fretta. Domani l'incubo è finito."

O anche prima. Che ironia perversa: papà usava spesso l'alcol per bruciare i vestiti e le scarpe dei bambini, e ora gli tocca la stessa sorte. Speriamo che non puzzi. Appoggio il braccio sulla fronte e mi impongo di fare respiri profondi. Se non altro così siamo sicuri che non ne resterà assolutamente nulla.

"Nika è uscita anche oggi?" chiede Jannik riscuotendomi dai miei pensieri.

"No, oggi no."

"Non sono passato da lei perché non volevo rischiare di svegliarla. Tu l'hai vista, come sta?"

Non so cosa vuole sentirsi dire. Benissimo? Alla grande? Migliora? Avremo anche eliminato papà, ma per noi la vera sfida inizia adesso. Per quanto crudele fosse, era anche premuroso, ci rendeva sopportabile l'isolamento. Amministrava il bilancio, si occupava della manutenzione della casa. Le macchine sono intestate a lui, le assicurazioni sono a nome suo... Senza indicazioni su come gestisse tutto, presto avremo seri problemi. Parola chiave: soldi. Da qualche parte aveva di certo un indirizzo postale e un conto in banca, ma se li è portati nella tomba. Dobbiamo fare la spesa prima che inizi a nevicare, e dovremmo anche trovare in fretta una soluzione per Nika, altrimenti è probabile che non arrivi alla primavera. Senza ricetta, i medicinali sono inaccessibili. Deve esserci un altro modo per curarla, non possiamo correre il rischio di rivolgerci a un medico.

"Ce la mette tutta," rispondo.

Lui resta in silenzio per un attimo, poi si allunga verso la lampada e accende la luce. Ha una faccia preoccupata.

"Ha tossito ancora sangue?"

"Un po', credo. Quando ci sono io, nasconde i fazzoletti."

"Appena il tempo migliora, andiamo a Dimbach e le prendiamo qualcosa. I soldi bastano per le medicine?"

Dimbach è il paese più vicino in direzione della valle, a una trentina di chilometri verso sud-est. È un paese striminzito, con la chiesa, tre vicoli e un pugno di case intorno, però ci sono un negozio di alimentari e un ambulatorio medico con la farmacia.

Papà ci mandava a Dimbach solo per le piccole spese fuori programma, oppure quando finivamo il gas per il congelatore e dovevamo sostituire le pesantissime bombole in una fattoria della zona. Lì la gente ci considera persone normali. Ogni tanto il proprietario dell'alimentari mi regala qualcosa per i bambini. Mi spaventa l'idea di tornare a Dimbach, qualcuno potrebbe chiedere notizie di papà e insospettirsi. La mia esitazione innervosisce Jannik.

"Allora, abbiamo abbastanza soldi o no?"

"Sì. Scusa, ero... stavo pensando a..." Mi interrompo e osservo la chiave che ha preso dal cassetto più alto del suo comodino. Come tutte le chiavi di questa casa, è molto vecchia e verniciata di nero, ma capisco immediatamente a quale serratura appartiene. È la chiave della camera di papà. La prima cosa che Jannik ha fatto dopo la sua morte è stata sprangare la porta e nascondere la chiave nel comodino, affinché quella stanza venisse dimenticata per sempre. Ora lo guardo angosciata mettersela in tasca e infilarsi le scarpe.

"Dove vai?"

"A cercare i soldi. Sono stufo."

La porta sbatte alle sue spalle senza lasciarmi il tempo di replicare. Sento dei rumori di là dalla parete. Ha svegliato i bambini. Per evitare che butti all'aria mezza casa, mi infilo le scarpe anch'io e lo seguo in camera di papà, dove è già impegnato a rovistare nei comò e negli armadi.

"Devi farlo proprio ora?" sussurro perché il freddo mi mozza la voce. "Sveglierai tutti e in più si gela. Andiamo a dormire."

"Sono sicuro che ha nascosto qualcosa. Lo conosco. Un gruzzolo segreto, da tenere a portata di mano come faceva con i preservativi."

"Smettila, lo cerchiamo domani. È buio pesto, non si vede un accidente. Cristo santo, Jannik!"

Lui continua imperterrito, malgrado sia a torso nudo e abbia la pelle d'oca. Andrà avanti tutta la notte, perciò mi rimbocco le maniche della felpa e lo aiuto, frugando sui ripiani e nei cassetti finché sono piena di polvere e non sento più le dita.

Niente soldi. Niente oggetti di valore. Solo libri e riviste, attrezzatura per la caccia e vestiti. L'esistenza di quell'uomo era così spartana che la sua brama di bambini acquista una dimensione completamente nuova. *Come faceva con i preservativi*... Una volta o l'altra scaraventerò fuori tutta questa catasta di roba e la brucerò, ma non stanotte. Per oggi abbiamo bruciato abbastanza di papà.

Torno a letto, Jannik mi raggiunge qualche minuto dopo, torvo in viso. Ci sdraiamo sulla schiena e fissiamo un futuro incerto. Ciò che fino a poco prima era solo un pensiero vago, adesso è la dura realtà: senza soldi la nostra libertà è soltanto un regalo in prestito.

È una notte inquieta, Jannik non riesce a stare fermo. Al sorgere del sole, quando suona la sveglia, ero appena sprofondata in un sogno confuso dal quale vengo strappata con violenza, la testa che mi scoppia.

Jannik si è già alzato e si sta infilando una maglietta. Poi si siede sul letto e si allaccia gli scarponi. Mi puntello controvoglia sui gomiti e guardo i suoi occhi scuri e infuriati che non smettono di osservarmi.

"Alla Lada tra dieci minuti," dice piano, prende le chiavi di casa e scende di sotto.

Non occorre conoscere Jannik come le mie tasche per capire che non è in vena di traccheggiare. Dopo aver indossato in fretta calzoni, maglia e scarpe, esco e lo trovo ad aspettarmi con il motore acceso all'inizio della radura. Sul sedile posteriore noto la pala. A quella vista mi si gela il sangue.

Il rombo della macchina rompe il silenzio del bosco. Jannik guida in maniera più spericolata del solito, ma senza provarci gusto, spinto da una determinazione rabbiosa. Superiamo il pick-up, rimasto all'incrocio vicino al vecchio mulino, e proseguiamo sulla strada sterrata invasa dalla vegetazione finché diventa talmente stretta che dobbiamo fermarci e continuare a piedi. La luce del giorno filtra a malapena tra gli alberi. Jannik porta la pala, io illumino il sentiero con la torcia. Mi conduce con accanimento su per la montagna, lungo il ruscello che scorre quasi senza vita sopra rocce, alberi morti e piante bagnate.

Durante la notte, nella conca sotto un masso erratico si è formato un rigagnolo in cui galleggiano aghi e foglie. L'acqua ha riflessi rossastri. Sangue. Sembra che sia gocciolato dal ceppo abbarbicato con le radici nella pendenza sopra il masso. Deve averlo fatto lì. Su quel ceppo. Mentre ci passo davanti vedo i solchi lasciati nel legno dalla sega e una macchia scura e secca. Mi blocco. Con quanta forza bisogna segare per separare una testa dal tronco? E per quanto? Jannik si accorge che sono rimasta indietro e si volta per venire a prendermi. Non degna di uno sguardo il ceppo.

La vetta mostra ancora i segni della notte scorsa, impronte, schizzi di sangue e tracce di un peso trascinato. Quando Jannik conficca la pala nel terreno, involontariamente reagisco con veemenza.

"Vuoi farlo qui? Proprio accanto al crepaccio?"

"È un posto come un altro."

"No. Qui no. Ovunque, ma non qui!"

Lui si appoggia al manico della pala e mi fissa negli occhi, pronto ad attaccare briga. "Vuoi che lo portiamo in giro? È questa la tua proposta?"

Il suo sguardo si sposta a sinistra, verso un grosso abete dietro cui spunta qualcosa di scuro. Gambe, che finiscono dentro un paio di scarponi sporchi di fango. Deglutisco e raddrizzo la schiena.

"Qui no," ripeto.

Jannik mi sbatte in mano la pala così bruscamente da farmi barcollare. Raggiunge a grandi falcate l'abete e si china sul grosso corpo rigido nascosto nell'ombra. Ottanta chili di carne morta. Un gemito strozzato quando se lo carica in spalla. Torna indietro stringendo i denti, lascia cadere in mezzo a noi il cadavere senza testa e resta in silenzio.

Sbuffando, sollevo la pala e inizio a cercare un posto adatto per seppellirlo, mentre Jannik mi segue facendolo rotolare.

Potremmo sotterrarlo nel cimitero allo Spuntone del diavolo, ma sarebbe una mancanza di rispetto per tutte le bambine che sono finite lì per colpa sua. Deve trovare riposo da un'altra parte, lontano dalle sue vittime.

Scelgo un faggio solitario, circondato da un tappeto di ciclamini rosa, incuranti del freddo e dell'altitudine. Ora è il momento della pala. Niente tomba, solo un buco in cui quell'ammasso sporco sparisca come in una pozza nera. Jannik lo ricopre, e io lo aiuto con le mani. Quando abbiamo finito, inizia a piovere e i fiori delicati si agitano al vento, sembra che tante piccole campane suonino a morto per papà.

Nonostante la pioggia, non ci muoviamo. Sembra uno di quei sogni che ti lasciano inquieto e spossato, dandoti l'impressione di non aver chiuso occhio. Abbiamo dovuto farlo a pezzi e seppellirlo per sentirci davvero al sicuro da lui, eppure ho ancora paura che a un tratto la sua mano spunti dalla terra e mi afferri. È pazzesco. Da morire dal ridere. Devo dominarmi perché le risate non prorompano come un fiotto di sangue, ma a Jannik non sfugge il guizzo agli angoli della mia bocca. Mi guarda sorpreso, imbrattato fino al mento, e io dico: "Sai cosa vorrei adesso? Una macchina fotografica."

Lui non ricambia il sorriso.

15

È una casa piccola, con il giardino e la targhetta di benvenuto sulla porta. Con l'erba tagliata e le finestre pulite. Assolutamente normale. Sarah rimane sempre colpita dalla capacità che hanno alcune persone di dissimulare l'infelicità. Se lei avesse un figlio che le è stato strappato, molto probabilmente non riuscirebbe a fare i conti con la vita di tutti i giorni. Lavoro e sfera privata non avrebbero più importanza. Esisterebbero solo l'assillo dell'ignoto, i sensi di colpa e l'insopportabile sensazione di impotenza, che trasformerebbero ogni singola ora in un'eternità. Tra sé ammira le persone come Thomas e Marie Wagner. Persone che vanno avanti, per quanto difficile sia. Persone che hanno il coraggio di scendere a patti con la realtà, anziché lasciarsi rovinare l'esistenza dal dolore e dalla disperazione. Ha un po' paura a bussare a quella porta proprio adesso. Avrebbe riaperto una ferita che ha impiegato fin troppo tempo a rimarginarsi. Avrebbe regalato una nuova speranza a due genitori che hanno fatto i salti mortali per smettere di restarvi aggrappati. Stava camminando su un sottilissimo strato di ghiaccio.

Mentre scende dalla macchina, Richter la chiama al cellulare. "Ci sono novità?" domanda Sarah saltando i convenevoli.

"Ho qui la lista dei pick-up e delle Lada immatricolati nel raggio di cento chilometri. Indovina quanto è lunga."

"Dobbiamo restringere il campo. Escludi i veicoli chiari e concentrati su quelli intestati a un uomo sui cinquanta o a una donna tra i venti e i venticinque."

"Non servirà a molto. Hai idea di quanti modelli esistono?"

"Prova e basta. Da qualche parte bisogna pur iniziare."

"Magari per il momento mi limito alle Lada. Per fortuna non sono molte."

"Ok."
"Sei già dai Wagner?"
"Sono appena scesa dalla macchina."
Una breve pausa. "Mi auguro che tu sia davvero sicura. Ci hanno messo parecchio a metabolizzare la faccenda."
"Lo so. Ma se fossi al loro posto vorrei saperlo."
"Però pensa che potresti anche sbagliarti. In questo caso alimenteresti false speranze."
"Ma se invece avessi ragione, sarebbe un importante passo avanti. Fidati di me, so quello che faccio."
"Va bene. Tienimi aggiornato. Intanto mi occupo delle Lada scure."
"D'accordo."
Sarah riattacca e spinge il cancello, che non è chiuso. Un vialetto in pietra conduce alla casa. Lo sguardo di Sarah si posa di nuovo sul prato ordinato, sulle rose spoglie ma potate con cura che nascondono la recinzione. Sotto un albero è sistemato uno scivolo per bambini, accanto un'altalena appesa a un ramo dondola al vento. A quanto le risulta, oltre alla bambina scomparsa i Wagner non hanno figli. L'altalena e lo scivolo devono essere vecchi di anni. Ricordi tristi di un tempo felice.
Suona il campanello, poco dopo la porta si apre. Davanti a lei c'è una donna bionda, con le palpebre che tremano e un sorriso stremato.
"Signora Wagner, sono Sarah Wiesinger, della polizia criminale di Linz. Ci siamo sentite per telefono."
"Ma certo. Prego, entri."
Sarah la segue lungo un ampio corridoio luminoso fino al soggiorno, che profuma di caffè e deodorante per ambienti. Il signor Wagner, un uomo slanciato, è seduto sul divano e si alza di scatto per stringerle la mano con un gesto nervoso. La invita ad accomodarsi rivolgendole uno sguardo pressante, in cui si mescola una punta di angoscia. Naturalmente Sarah sa cosa provano in quel momento. Lo sa perché, in maniera diversa, ma ci è passata anche lei. Si avverte il bisogno di ricevere spiegazioni, malgrado non ce ne siano. Si cerca un senso, dove si trova soltanto il vuoto. E la consapevolezza di non poter fare niente uccide.

Il giorno precedente, quando ha telefonato per informarli che erano emersi nuovi sviluppi sulla scomparsa della figlia, la signora Wagner è ammutolita per lo shock e la gioia. Chissà da quanto aveva aspettato quelle parole, quante volte si era ripetuta allo specchio che prima o poi si sarebbe risolto tutto, doveva solo crederci abbastanza. Ora Sarah deve agire con estrema cautela. Tutto ciò che ha sono supposizioni e qualche immagine indistinta ripresa da una telecamera di sorveglianza. Nella totale mancanza di prove rappresenta una svolta positiva, ma è davvero un motivo sufficiente per riaccendere in due persone una speranza che, se disillusa ancora, li distruggerebbe per sempre?

"Vi ringrazio molto di aver accettato di vedermi," inizia. "Mi rendo conto quanto debba essere difficile per voi."

"Ha parlato a mia moglie di nuovi indizi," replica agitato il signor Wagner. "Che genere di indizi? Avete trovato Ronja?"

"Per ora non posso dirvi niente, ma vorrei mostrarvi una foto." Apre la cartellina che ha portato con sé e consegna ai Wagner una delle stampe fatte al distributore. "Si tratta di questa donna. Purtroppo l'immagine non è molto chiara. Riflettete con calma. Potrebbe essere vostra figlia?"

La signora Wagner prende il foglio con entrambe le mani. Trema, sull'orlo del pianto. Pochi secondi dopo distoglie lo sguardo, mentre il marito studia la foto con espressione concentrata. Entrambi scuotono la testa.

"Guardate bene, per favore," insiste Sarah. "Valutate che adesso sarebbe adulta. Vi ricorda Ronja?"

"Non saprei," risponde piano il signor Wagner.

Fissa impotente Sarah, poi osserva di nuovo la foto. Strizza gli occhi, come per trattenere le lacrime. La moglie posa il foglio e si alza dal divano con un singulto soffocato.

"Gradisce un caffè?" domanda. "Torno subito," aggiunge, e sparisce in cucina.

Il signor Wagner fa un respiro profondo. "Ci scusi, per noi non è facile."

"Lo immagino. Le chiedo solo di dare un'altra occhiata. Cerchi di ricordare. Questa ragazza non ha proprio niente in comune con vostra figlia? Nemmeno una vaga somiglianza?"

"Ecco... forse... forse sì! Non ha mai portato i capelli corti, e il suo viso non era così incavato."

"Anni di prigionia possono cambiare molto una persona."

"Anni di prigionia?" ripete lui con voce rotta. "Cosa... cosa sta cercando di dirmi? Crede che Ronja sia ancora viva? Che per tutto questo tempo... che per tutto questo tempo era viva... e non è tornata da..." Si blocca, incapace di dominarsi.

"È per questo che sono qui," lo sprona Sarah con delicatezza. "Vorrei delle risposte, esattamente come voi. La guardi ancora, per favore."

Il signor Wagner si passa la mano sul viso, osserva la foto e sospira. "Non saprei," dice di nuovo. "Potrebbe essere lei, ma potrebbe anche non esserlo."

"Cosa glielo fa pensare? Cosa le dice che non è sua figlia?"

"Io... io non la conosco." Il tono di quelle parole è piatto, le lacrime si esauriscono. E all'improvviso Sarah si rende conto che è successo: l'uomo ha perduto la speranza. "Non la conosco. Questa donna è un'estranea."

Sarah prende il foglio e lo infila nella cartellina. Non era quello che si aspettava. Il suo istinto l'ha ingannata? Con la coda dell'occhio vede arrivare la signora Wagner con una tazza. Ha riacquistato il controllo. Sarah ringrazia e beve un sorso, riflettendo su come procedere. Ha davanti a sé due persone a pezzi, tormentarle con ulteriori domande non porterebbe a niente. Ciò nonostante in lei cova quella sensazione, un labile presentimento che rischia di farla impazzire. Finalmente adesso ha una traccia da seguire e che forse la condurrà non a Lola, ma direttamente all'origine del male. Non permetterà che quella traccia si perda nel nulla.

"C'è ancora la camera di vostra figlia?" domanda. La signora Wagner annuisce perplessa. "Potrei vederla?"

Marito e moglie si scambiano un'occhiata confusa.

"Non capisco," replica il signor Wagner. "Sono passati dieci anni, cosa spera di trovare nella sua camera?"

"Non ne ho idea," ammette sinceramente Sarah. "Ma a volte saltano fuori cose che si credeva non esistessero più."

La signora Wagner indica le scale. "La accompagno."

È la tipica stanza di una bambina. Con poster di cavalli alle pareti e una fila di peluche sul letto, allineati in base alla grandezza. Per sua figlia, Sarah ne avrebbe voluta una così. Un regno colorato fatto di giocattoli e amore. Un ricordo balena per un attimo alla soglia della coscienza, qualcosa di antico, doloroso, che ha sepolto a fondo dentro di sé: un letto d'ospedale in una camera sterile e la pioggia contro il vetro della finestra. Una pioggia fortissima. L'ago di una flebo nel braccio. Markus con gli occhi gonfi che le tiene la mano. Parole che fanno male e visi afflitti che non la guardano in faccia. *Ci dispiace molto. Abbiamo fatto il possibile.* Era una femmina. Forse un giorno Sarah le avrebbe regalato un berretto rosso.

La voce della signora Wagner la raggiunge attraverso il ricordo. "Questa è la stanza di Ronja. Dia pure un'occhiata, se vuole."

Sarah tossicchia e si concentra sul motivo che l'ha portata lì. Sua figlia è perduta per sempre, invece la figlia di quelle due persone ha ancora una possibilità. Passa in rassegna arredi e suppellettili. Le lenzuola sono fresche di bucato, l'aria profuma di ammorbidente. I giochi sono in ordine e sistemati con cura sulle mensole. Cosa sperano esattamente i Wagner? Di riavere indietro una bambina? Per questo faticano così tanto a identificare la ragazza della foto? Nella loro testa, Ronja è ancora la piccola che giocava con le bambole e si faceva fare le trecce dalla mamma. Non sono preparati a ritrovare una giovane donna. E forse nei loro cuori non c'è posto per una giovane donna, perché il ritorno di Ronja dopo tutti quegli anni sarebbe la prova inconfutabile che la bambina che conoscevano non esiste più. È comprensibile. E immensamente triste.

"Se tocca qualcosa, lo rimetta dov'era, per favore," dice la voce della signora Wagner in sottofondo. "Non voglio che venga spostato niente."

"Non si preoccupi, starò attentissima."

Sarah si muove di mensola in mensola, di mobile in mobile. Non un granello di polvere, tutto è tirato a lucido. Quella camera è un reliquiario. Di preciso non sa nemmeno lei cosa sta cercando. Apre rispettosamente i cassetti della piccola scrivania. Una scatola di matite colorate, accanto una pila di disegni.

"Posso?"

La signora Wagner annuisce.

Con i fogli in mano, Sarah si siede alla scrivania. "Sono molto belli," commenta osservandoli uno per uno. "Proprio un gran talento."

"Le piaceva disegnare. Era la più brava della classe. Ecco, guardi qui." La signora Wagner le si avvicina e prende un disegno. Raffigura tre persone sulla spiaggia, devono essere Ronja e i genitori. "L'ha fatto mentre eravamo in vacanza in Italia. E questo è il cane della nonna. Ora non c'è più."

"Una vera artista."

"Già, lo penso anch'io." La signora Wagner si volta, sentendo affiorare di nuovo le lacrime.

Sarah esamina gli ultimi disegni. In uno si vede un edificio con la scritta "Scuola". La piccola Ronja corre mano nella mano con un'amica verso un filare di alberi, sotto i quali è parcheggiata un'auto blu. Fari rotondi e il finestrino oscurato. Sarah fissa a lungo il disegno. Non è diverso dagli altri, ma la macchina le sembra strana.

"Questo lo ha mai visto?" chiede, mostrando il foglio alla signora Wagner.

La donna strizza gli occhi, pensierosa, poi scuote la testa. "Mi sembra di no, ma è la sua scuola."

"E la macchina?"

"Non la conosco."

"Non le viene in mente niente? Forse Ronja gliene ha parlato."

"No... non che ricordi..."

Sarah sfila dalla cartellina la stampa del fotogramma ripreso dalla telecamera all'esterno del distributore e confronta la Lada con l'auto sul disegno. La signora Wagner le si avvicina a braccia conserte. Anche il suo sguardo passa da un'immagine all'altra.

"Vorrei farle una domanda," dice Sarah. "La prego di riflettere con calma, non c'è fretta. Ronja le ha raccontato qualcosa a proposito di una macchina scura o di qualcuno incontrato lungo il tragitto da casa a scuola? Può sembrare irrilevante, ma ci pensi bene, per favore."

Sul viso della donna si alternano emozioni contrastanti. Dolore e paura, turbamento e meraviglia. Si guarda intorno, come se i ricordi fossero sommersi da qualche parte in quella camera, e stringe le labbra per non singhiozzare.

"No," risponde in lacrime. "Non mi viene in mente niente."

"Non importa, va bene lo stesso." Sarah inspira a fondo. Ogni volta che crede di poter afferrare un bandolo della matassa, le sfugge di nuovo. Ma ha fatto di più che risvegliare false speranze. L'auto su quel disegno le dà coraggio. Naturalmente potrebbe essere un caso. Una macchina qualunque. Ma non lascerà stabilire al caso se quell'incontro ha avuto un senso oppure no.

"Quale scuola frequentava sua figlia?"

16

Un violento temporale si abbatte sulle montagne e ci costringe a tapparci in casa per i due giorni successivi. Ci azzardiamo a mettere il naso fuori solo per andare al gabinetto o a prendere la legna, e quando rientriamo siamo zuppi nonostante l'ombrello.

Per i bambini le giornate di pioggia sono particolarmente difficili, a rimanere chiusi al buio si annoiano in fretta. Il più delle volte approfitto del maltempo per farli studiare un po', leggo e ripasso le tabelline insieme a Theo e cerco di avvicinare Henna alla magia dell'alfabeto. Ma non hanno molta voglia, da quando non c'è più papà a minacciare di prenderli a botte se non si impegnano. Sapeva che senza un minimo di istruzione non gli saremmo serviti a nulla, quando si trattava di sbrigare delle commissioni o di salvare le apparenze. Sulla lettura era particolarmente severo. Naturalmente ormai i bambini non hanno più motivo di stare chini sui libri e se ne infischiano di quello che dico io. Mentre Theo si dedica con entusiasmo alla vecchia scatola di costruzioni in legno, scovata in un armadio maleodorante sotto riviste, piatti e tovaglie, Henna è fermamente convinta che farò comparire per incanto la casa di Barbie se solo mi assilla ripetendo in continuazione: "La voglio, la voglio, la voglio." Non riesco a muovere un passo senza che mi venga dietro.

"Ma io non voglio scrivere!" si lamenta quando perdo la pazienza. "Voglio uscire!"

"Diluvia, lo vedi anche tu! Dobbiamo aspettare che smetta e dopo usciamo."

"Uffa!" Corre al piano di sopra, fa il diavolo a quattro e torna giù ancora più infuriata. "Voglio andare a casa!" Batte i piedi sul pavimento, gonfia le guance arrossate. "A casa, a casa, a casa!"

"Non si può, Henna." Cerco di mantenere la calma.

"Perché no?"

"Perché piove, brutta stupida!" esclama Theo da dietro le sue costruzioni.

"Jannik, mi ha detto brutta stupida!"

"Ora basta, tutti e due!"

A lui obbediscono. Forse perché con in mano il ciocco che stava per gettare nella stufa incute una certa soggezione.

Theo torna alla sua torre di legno, Henna si siede al tavolo e tiene il broncio. Nella stanza cala un silenzio allarmante. Anche Jannik è stanco di quell'attesa forzata, lo capisco dal tono spazientito e dal fatto che da un'ora sta impalato davanti al fuoco. Un'altra parola sbagliata ed esplode. Riempio un bicchiere d'acqua e salgo in fretta da Nika per vedere come sta. Con la coda dell'occhio mi accorgo che Jannik registra con espressione truce la mia ritirata, però non se ne va, si siede accanto a Henna e inizia a parlarle sottovoce. Un attimo dopo li sento ridere di nuovo.

Nika è sveglia e in piedi. Non le interessa il bicchiere d'acqua, ma la pioggia che picchia sul tetto. "La senti? Questo fracasso mi fa diventare pazza! Voglio uscire di qui!"

"Calmati, vedrai che passerà presto."

Lei scoppia a ridere, una risata secca e colma di scherno. Alle mie ripetute preghiere, smette di girare in tondo come un giocattolo caricato a molla e si siede rigida sul letto.

"Voglio andare via," dice nello stesso tono perentorio di Henna. "È assurdo. Devo crepare in questo buco? Portatemi da un dottore!"

"Lo sai che non si può. Come facciamo a..."

"Tutte scuse! Siete solo dei vigliacchi, ecco la verità. Se necessario, prendo la macchina e parto da sola, poi voglio vedere che fate!"

"Ora calmati, per favore." Tiro fuori un paio di compresse dalla scatola sul comodino. È un forte antidolorifico che papà le ha comprato su mia richiesta. Non ne resta molto. "Tieni, prendi queste."

"Così... così... divento un vegetale?" Fatica ad articolare le parole, i muscoli si irrigidiscono. Tra poco avrà un altro accesso di tosse.

"Sciocchezze, ti fanno bene."

"No, no!" esclama scuotendo la testa e si alza. "Non potete... sedarmi per sempre... Un giorno..." Si interrompe e tossisce con forza. Tutto il suo corpo cerca di resistere, si contorce dagli spasmi. È costretta a sedersi di nuovo sul letto, afferra disperata i fazzoletti e se li preme sulla bocca. Qualche goccia di sangue macchia la carta.

"Prendi le medicine, starai meglio!" ripeto.

Lei stringe le compresse nel palmo, sembra voglia stritolarle, ma ci ripensa e le ingoia riluttante. La tensione nel suo corpo si allenta. Respira profondamente e chiude gli occhi, stremata.

"Ma non capisci?" sussurra. "Non ce la faccio più."

"Lo so. Fidati di noi, troveremo una soluzione."

Quello stesso giorno io e Jannik andiamo a Dimbach. È sempre rischioso guidare durante un temporale. Le strade sono allagate, e perfino la Lada 4x4 perde colpi sui canali di scolo scavati da papà, che fanno solo in parte il loro dovere. Ma Jannik conosce bene l'auto e ancora meglio il sentiero sterrato. Ci vuole un po', alla fine però raggiungiamo sani e salvi la stretta strada asfaltata piena di curve che porta a Dimbach attraversando campi e boschi.

È venerdì. I negozi chiudono alle sei, abbiamo solo mezz'ora. Mentre lui pensa alle medicine, io mi precipito all'alimentari e compro il minimo indispensabile. Essenzialmente scatolette, bevande, zuppe pronte, riso, pasta, latte a lunga conservazione e qualcosa di dolce per Theo e Henna, poi i trenta euro che mi ha dato Jannik sono finiti. Alla cassa il proprietario del negozio, il signor Knecht, sistema la spesa in due borse di plastica.

"Che tempaccio, eh, Ronja?"

"Già, da lupi."

"Sta scoppiando una guerra nucleare, che avete bisogno di tutta questa roba?"

"Non si sa mai."

Lui sorride, e intorno ai suoi occhi si apre un ventaglio di rughe sottili. Conosco il signor Knecht da quando sono arrivata qui. È ingrassato, e con l'età i suoi baffi cespugliosi sono diventati grigi, ma lo sguardo è rimasto quello di sempre: affabile, in buona fede.

"E naturalmente un piccolo regalo per i bambini," aggiunge strizzandomi l'occhio, mentre infila nella borsa un'altra tavoletta di cioccolato.

"Un pensiero gentile, ne saranno felicissimi."

"Porta anche loro una volta. Quanti anni hanno adesso?"

Non so cosa rispondere. Sul serio, non lo so. Il signor Knecht ha visto crescere me, Jannik e Nika, ma non può avere idea di quelli che sono venuti dopo di noi. Mona, Lisa, Gerlinde e tutti gli altri. Per lui sono sempre gli stessi bambini... Inizio a sudare, mi manca il respiro. Il nostro sporco segreto è rimasto nascosto per anni, e all'improvviso ho paura che gli basterebbe guardarmi in faccia per scoprire la verità.

"Purtroppo adesso devo scappare," dico agguantando le buste ed esco dal negozio.

Raggiungo la macchina correndo sotto la pioggia e carico la spesa sul sedile posteriore. Jannik non è ancora tornato. Resto immobile, raggelata, e fisso il parabrezza.

Il parcheggio davanti all'alimentari è vuoto, come se il temporale avesse spazzato via tutti gli abitanti del paese. Nella Lada comincia a fare freddo. I vetri sono appannati, non riesco a distinguere se le sagome di fronte a me sono persone, alberi o lampioni. Il mio sguardo saetta dal parcheggio alla chiesa e al vicolo in discesa, in fondo al quale c'è la farmacia. Ogni cosa è velata dalla foschia. Quanto ci mette Jannik?

Qualcuno bussa al finestrino. Sobbalzo dalla paura. Accanto alla macchina c'è un'ombra, batte di nuovo con le nocche, sembra avere fretta.

Sono paralizzata perché l'ombra mi ricorda papà, papà con il suo enorme fucile in spalla.

"Apri il finestrino, ragazza!" grida il signor Knecht.

Riprendo fiato per calmarmi e abbasso il vetro con un sorriso forzato. "Qualcosa non va?"

"Dovrei chiederlo io a te. Sembra che tu abbia visto un fantasma."

"Mi ha spaventata," spiego esitante.

Il signor Knecht si china sotto l'ombrello corrugando la fronte. "Dov'è tuo fratello?"

"In farmacia. Nostra sorella non sta tanto bene."

"Ahia, ancora la tosse? Provate con gli impacchi al limone, funzionano."

"Ok. Grazie del consiglio."

Lui sorride, getta un'occhiata all'interno dell'abitacolo e di colpo diventa serio. "Sicura che vada tutto bene? Ti ho vista seduta qui e ho pensato che ci fosse qualche problema con la macchina."

"No, davvero, sto solo aspettando Jannik."

Il signor Knecht non si muove. Perché non se ne va? Ha letto qualcosa nei miei occhi, la colpa, il nervosismo? Per un attimo rischio di spiattellare tutto, il peso della sua espressione diffidente è troppo grande. Sa qualcosa. Lo sento, sa cosa abbiamo fatto a papà e avviserà la polizia! E salterà fuori anche il resto, quello che papà ha fatto a noi, quello che ci siamo dovuti fare a vicenda, le fosse, tutte quelle fosse!

"Ehi, ragazza, che ti prende?"

"Niente. Non voglio trattenerla, Jannik sarà qui a momenti."

"E come sta tuo padre? È un po' che non lo vedo."

"Sta bene." La portiera si spalanca di scatto, una folata di aria gelida e umida mi investe. Jannik scuote i capelli bagnati e mi getta in grembo un paio di confezioni colorate. Capisco il suo cenno e le nascondo con le mani, mentre lui chiacchiera con il signor Knecht da sopra il tettuccio.

"In questo periodo è solo un po' fuori forma. Sa, la sciatica."

"Poveretto, che condanna. Salutatelo da parte mia e ditegli che per la carne non c'è fretta, ne ho ancora dall'ultima consegna."

"Certo, riferirò."

Jannik sale in macchina, fradicio dalla testa ai piedi. Con calma si allaccia la cintura, mette in moto e prima di partire sorride ancora al signor Knecht. "Saluta," mi ordina tra i denti. Obbedisco impacciata.

Non fiato finché non ci siamo lasciati alle spalle Dimbach nella bruma della pioggia. Solo al riparo del bosco le parole mi escono di getto.

"Perché ci hai messo così tanto? Hai attaccato bottone con qualche bella ragazza? Knecht mi ha fatto il terzo grado! Sa qualcosa, ci giurerei. Se ci dice male, parla con la polizia e ci portano via i bambini! Dobbiamo..."

"Chiudi la bocca, Ronja. Te lo chiedo per favore, chiudi la bocca."

Io sto zitta, imbronciata come Henna oggi pomeriggio. Lui però non cerca di tirarmi su con parole dolci. Più ci avviciniamo a casa e più la strada diventa impraticabile. Il silenzio ostinato trasforma ogni scossone in un *Chiudi la bocca*, benché Jannik mi ignori quasi fossi invisibile.

Quando arriviamo è buio pesto, ma almeno ha smesso di piovere. I bambini ci corrono incontro in giaccone e stivali di gomma e allungano impazienti le mani verso le borse della spesa.

"Anch'io, anch'io!" strilla Henna quando Theo ce le strappa entrambe e fugge via.

"È tutto mio!" la provoca lui. "Non ti do niente, è tutto mio!"

"Smettila! Torna qui!"

"Mmm... quanti dolci! Tutti per me!"

"Ronja!" piagnucola Henna indicandolo con il dito.

Dico a Theo di fare il bravo e lui commenta tirando fuori la lingua, alla fine però il mio sguardo severo ha la meglio e consegna a Henna la borsa più leggera. Jannik sale di sopra per portare a Nika le medicine e qualcosa da mangiare, io svuoto il bottino sul grande tavolo da pranzo e lo smisto insieme ai bambini.

"Evviva, cioccolato!" Henna è la più veloce, ma Theo glielo ruba all'istante. E ricominciano a bisticciare.

"Dividetevelo," ordino a Theo.

Si siedono fianco a fianco sul piccolo divano vicino al televisore e scartano la tavoletta con una solennità reverenziale. Un attimo dopo ridacchiano a bocca piena. Staranno tranquilli per la prossima mezz'ora. Ho tutto il tempo di sistemare la spesa, poi metto a bollire l'acqua e riscaldo una densa zuppa di patate per la cena. Mescolo un paio di volte, e il profumo riempie la casa. Taglio anche qualche fetta di pane fresco, così Jannik non si lamenterà che non c'è niente da masticare. Scende con Nika, e come al solito mi meraviglio della facilità con cui la convince a uscire dalla tomba in cui è murata viva, mentre io non riesco mai a spuntarla con la sua cocciuta autocommiserazione.

Mangio in silenzio. Appena tutti hanno finito, mi ritiro in cucina a lavare i piatti. Ogni tanto sbircio verso Jannik, nella speranza che mi raggiunga per poter riprendere il discorso sul signor Knecht. Il pensiero non mi dà pace da quando siamo partiti da Dimbach. I bambini non se ne accorgono, ma a Nika non sfugge l'aria pesante che si respira tra me e Jannik. Mi tiene d'occhio dal suo posto vicino alla tv, immergendo con calma il cucchiaio nel barattolo di Nutella insieme a Theo.

Il vecchio orologio appeso accanto alla porta della cucina segna le nove. La pioggia batte di nuovo contro le finestre e il lampadario della Stube inizia a sfarfallare. Jannik va nella rimessa degli attrezzi per azionare il generatore. Al suo ritorno, Nika è venuta in cucina con la scusa di aiutarmi ad asciugare i piatti.

"Vi avviso," dice a voce bassa perché senta solo io. "Qualunque cosa abbiate in mente voi due, non contate su di me. Sono rimasta qui anche troppo."

Lo crede davvero? Non sa affatto cosa significa "anche troppo", ossia abbandonare definitivamente le speranze, dopo che per una vita hai tentato di vedere la luce in fondo al tunnel e di colpo devi prendere atto che è arrivato il momento di dimenticare il passato e accettare un futuro incerto. La consapevolezza ti tiene legato a luoghi e pensieri che non avresti mai creduto possibili. Se avesse anche solo una vaga idea di come si sta, con questa zavorra gelida e pesante come il piombo che rende così maledettamente difficile allontanarsi di un passo, allora saprebbe che con tutto quello che abbiamo subìto non possiamo prendere e partire. In particolare Jannik.

"Abbi pazienza," sussurro. "Non è così semplice."

"Pensi che non mi sia accorta di cosa sta succedendo? Potevamo andarcene da un pezzo! Fingete che sia tutto rose e fiori, come se papà non fosse mai esistito, ma io non ci sto. In tutti questi anni vi ha plagiati a tal punto che non riuscite a liberarvi di lui? Nemmeno ora? Siete malati!"

Sussulto. Di tutte le offese possibili, proprio questa.

"Per me fate quello che vi pare. Continuate a vivere in questo posto sperduto. Ma non potete obbligarmi a restare con voi."

"Hai ragione, non possiamo," sbotto. "Ma devi capire che dobbiamo avere un piano! Se ci presentiamo in un ospedale, chiamano la polizia. E a quel punto cosa gli raccontiamo?"

Lei si stringe nelle spalle, come se la questione non la riguardasse.

"Non essere stupida," dico, continuando a lavare con rabbia lo stesso bicchiere. "Siamo tutti e tre maggiorenni. Per la legge siamo colpevoli. È vero, è stato papà a rapire i bambini, ma noi siamo rimasti a guardare. Peggio ancora, gli abbiamo dato una mano! Possibile che non ci arrivi? Ci rinchiudono in galera o in manicomio!"

Lei sbuffa. "Ti ha convinta Jannik? È sempre stato il pappagallo di papà."

Lascio perdere il bicchiere e la afferro per il collo. Il pollice preme con forza sulla pelle delicata della gola, tanto che la sento deglutire e annaspare in cerca di aria. "Glielo ha piantato qui. Il coltello. Proprio qui. Jannik ci ha salvati tutti, perciò non azzardarti mai più a parlare di lui in questo modo."

Nika ha il viso stravolto, e quando la lascio di scatto boccheggia con un gemito soffocato. Il silenzio si allunga. All'improvviso la sua espressione diventa serafica.

"Io sono costretta a letto." Mi ride in faccia. "Nessuno mi riterrà responsabile. Incolperanno voi, Ronja, solo voi due."

La fisso. Lei si gode il momento. Chi di noi è stato plagiato qui dentro?

Jannik compare in cucina, e io mi concentro sul bicchiere, che dalla rabbia scaglierei contro il muro.

"Guardi ancora la tv?" le chiede. "Altrimenti spengo."

"No, lascia acceso. Resto alzata ancora un po'."

Lui le sorride scostandole i capelli corti dalla fronte. "Allora le nuove medicine fanno effetto."

"Per lo meno non mi sento più fiacca." Nika torna a sedersi sul divano, e Jannik finisce di lavare i piatti.

In quel momento li odio entrambi. Per la semplice e schietta indifferenza che provano l'uno per l'altra.

17

Solo quando mi sdraio, mi accorgo di essere stanca morta. Ho le gambe rigide come tronchi, e a ogni respiro sento crescere la spossatezza. Stasera tocca a Jannik mettere a dormire i bambini, perciò mi raggomitolo sotto le coperte e pregusto un lungo sonno.

Sbagliato in pieno. Mezz'ora dopo, quando Jannik entra in camera, sono ancora sveglia a fissare il soffitto, mille pensieri che mi frullano in testa. Ha ragione Nika, ci stiamo illudendo da soli? Fino a una settimana fa ero decisa a voltare le spalle per sempre a questo posto, ora cerco in ogni modo di tenere prigioniere nel loro inferno persone che si fidano ciecamente di me. Andarsene è molto più difficile di quanto immaginassi. Il mondo là fuori è pieno di luce, e ogni lato torbido del nostro passato verrebbe a galla in un attimo. Non solo i corpi nelle fosse, anche la morte di cui siamo morti così tante volte. Non ci darebbero tregua. Ci assillerebbero, tartassandoci di domande e obbligandoci a raccontare i particolari, a rivivere di continuo le esperienze umilianti e sbandierarle ai quattro venti. Certi giorni non riesco a guardare negli occhi Jannik o i bambini senza vedere le schegge insanguinate della mia immagine riflessa. Dove troverei la forza di affrontare dei perfetti sconosciuti, di essere esposta alla loro compassione e al loro disgusto?

Questi dubbi mi divorano il cervello, mi giro e mi rigiro, mordendomi le labbra. Jannik ha finito di prepararsi per la notte e ha spento la luce. Aspetto che mi chieda su cosa sto rimuginando, ma resta in silenzio. Ce l'ha ancora con me per l'attacco di panico che ho avuto in macchina? Comincio a pensare che ci sia dell'altro.

"Mi dispiace per oggi," pronuncio le parole magiche. Se è arrabbiato, ora dovrebbe farsela passare.

"Eh?" domanda sorpreso.

"Di averti risposto male. Non mi parli da allora."

"Ah, quello."

A questo punto potrebbe scusarsi anche lui. Invece continua a tacere.

"Che medicine hai preso per Nika?"

"Antibiotici. Purtroppo però solo una scatola, più le solite cose per la tosse. Il medico se n'era già andato, e senza ricetta la farmacista non voleva darmi nemmeno quella. Allora le ho spiegato che con le altre medicine Nika è sempre stanca e le ho promesso che la prossima volta porteremo la ricetta e... così via."

Criptico, quel "così via". Mi tiro su, e nello stesso momento lui fa altrettanto.

"Come hai avuto gli antibiotici? La versione vera."

"Con il mio fascino."

Trattengo un sorriso. "Lo stesso che hai sfoderato in macchina?"

Lui si sdraia e scalcia irritato le coperte.

"Insomma, cos'hai?" domando, sull'orlo della disperazione.

Non risponde, e avverto la sua tensione riempire la stanza, soffocando il poco spazio che siamo costretti a condividere. Avevo frainteso, non è rabbia: è il terrore che non lo molla un istante da quando papà non c'è più. Non mi meraviglia che non voglia parlare, la mia crisi deve avergli scosso i nervi, e visto che è abituato a essere quello che protegge, non sa più cosa fare. Le vecchie abitudini sono dure a morire.

Senza pensarci troppo, mi alzo e mi infilo nel suo letto. Lui mi fissa disorientato, poi si sposta per farmi sdraiare accanto alla parete. Non ha dimenticato tutte le volte che dormendo sull'altro lato sono caduta nel sonno. Mi rannicchio al caldo, a un palmo da lui. Prima lo facevamo spesso, di solito durante i temporali o quando avevo freddo. Eravamo smarriti e, nonostante le nostre debolezze, tentavamo di darci sicurezza a vicenda. Ora siamo cresciuti, e il letto stretto ci obbliga a stare attaccati. Si è voltato verso di me, come in attesa di qualcosa.

"Avevo freddo," mi giustifico.

Lui non replica. Mi avvicino ancora un po'. È il momento di riempire il silenzio con le parole troppo a lungo non dette. Sento il suo sguardo su di me, e il peso dei pensieri quasi mi schiaccia. Tutti quei pensieri che non ho il coraggio di confessargli.

"Era tanto che non stavamo più così." La sua voce è pigra, rilassata, ma quando lo osservo i suoi occhi sono vigili. "Perché abbiamo smesso?"

"Perché siamo diventati adulti."

"Adulti..." Il termine sembra divertirlo.

"E tu non hai mai..."

"Non ho mai?"

"Reagito." È l'unico concetto che renda davvero l'idea. "Quando prendevo l'iniziativa, tu non hai mai reagito."

"Ronja, di che parli?"

"Non rendere le cose ancora più difficili." È chiaro dove stiamo andando a parare, e il mio corpo si irrigidisce. "Hai capito."

Lui gira la testa dall'altra parte con un sospiro. Temo che si rifugi di nuovo nel silenzio, ma sta solo cercando le parole e fissa concentrato il soffitto.

"Non ci ho mai pensato," commenta infine.

"Perché... perché non vuoi?"

"Perché era fuori discussione. Per via di papà e tutto il resto."

"Ma papà non c'è più."

Lui deglutisce. "Giusto."

Gli volto delicatamente il viso verso di me. Adesso non dobbiamo più parlare. È sufficiente la smania che ci pervade. È un vortice, ci spinge l'uno verso l'altra, risucchia l'aria dalla stanza e la sostituisce con un bagliore che avvampa. Gli accarezzo la guancia, il mento, sento il suo respiro sulle dita, vedo lo sconcerto nel suo sguardo. Mi chino in avanti. Potrebbe ritrarsi, ma non lo fa. Resta fermo. Le nostre labbra si sfiorano, timide, innocenti. Il mio cuore esplode, e una cascata di scintille mi riempie il petto.

Di punto in bianco, una botta. Il suo gomito mi colpisce in faccia, e urto la parete con la schiena. Una fitta lancinante mi attraversa dalla testa ai piedi. Mi sanguina il naso, rimango senza fiato. Jannik si solleva di scatto, il respiro corto.

"Scusa," dico d'istinto, anche se dovrebbe dirlo lui.

Si guarda intorno, le mani aggrappate al lenzuolo. "Non posso... ora non posso..."

"È tutto a posto. Non mi devi dare spiegazioni." La mia voce è attutita dalla coperta che mi tengo premuta sul naso. Rimaniamo seduti immobili, fianco a fianco. Il mio cuore galoppa impazzito. Infine le sue mani lasciano il lenzuolo, e provo a sfiorargli con cautela la spalla.

Non avrei dovuto baciarlo. In fondo è un bambino, cresciuto in mezzo a un bosco e sotto shock. Entrambi siamo bambini, due bambini che hanno appena infranto le regole e sono entrati nella stanza segreta in soffitta: una terra buia e inesplorata, dalla quale non usciremo mai più.

Jannik si alza per prendere un fazzoletto. Mentre mi tampono il naso in silenzio, lui cammina avanti e indietro passandosi nervoso la mano tra i capelli. All'improvviso va alla finestra, la spalanca e si affaccia con un gemito esausto. In parte fa effetto. Il gelo che inonda la camera anestetizza il dolore al naso ma anche ogni altra sensazione, dilatando l'imbarazzo. Finalmente, dopo quella che mi sembra un'eternità, Jannik chiude la finestra e torna a sedersi sul letto.

"Non volevo," dice.

"Lo so."

"È che ero... Non potevo..."

"Va tutto bene, Jannik. Va tutto bene." Sento l'impulso di toccarlo per smorzare il panico che gli affiora negli occhi, ma al tempo stesso ho paura. Ogni gesto potrebbe essere di troppo, ogni respiro potrebbe far volare via la nostra fragile vicinanza.

Lui mi consegna il secondo fazzoletto. Ha in mano il pacchetto intero, quasi lo schiaccia nel pugno. Mi accarezza i capelli, e a un tratto il suo sguardo è talmente affettuoso, talmente colmo di tenerezza da farlo sembrare un altro. Quello che avrebbe potuto essere se papà non avesse distrutto così tanto dentro di lui.

"Sei bellissima," dice. Quasi stupito.

"Sono rimasta qui perché ci sei tu, Jannik. Non per i bambini o per timore. Non posso vivere senza di te." Non gli dico *Ti amo*. Non saprebbe che farsene, di una dichiarazione d'amore.

Ci guardiamo impotenti. Dopo questa notte niente tra noi sarà più come prima.

14 ottobre

Io e il gatto facciamo progressi. Dopo avergli portato da mangiare per diversi giorni, sono riuscito a convincerlo a seguirmi fino alla soglia di casa seminando una scia di pezzetti di pane bagnato, di cui è ghiotto. È ancora un po' timoroso, ma sento di aver conquistato la sua fiducia. Appena si lascerà toccare, lo porterò dal veterinario per capire se ha i parassiti o qualche malattia. Giusto per precauzione, perché a parte il pelo arruffato sembra sano.

Mamma dice che se ho intenzione di tenerlo devo dargli un nome. Pensavo a Tridente. Mi piace, e si intona alla macchia che ha sulla schiena. Prima però devo capire se è maschio o femmina.

Qualche sera fa a cena papà mi ha dato un'idea divertente. Visto che il libro di Friedhorn mi appassiona così tanto, secondo lui potrei addestrare il gatto come segugio. Perché no. Un gatto da caccia…

Papà ride delle mie iniziative. Se fosse per lui, dovrei dire sempre di sì come la mamma, essere apatico e morto dentro. Resterà a bocca aperta quando vedrà cosa riuscirò a fare con il gatto.

15 ottobre

Stanotte, quando mi sono alzato per andare al gabinetto, ho notato delle impronte nella neve che dalla porta di casa si inoltravano nel bosco. Dalla piccola croce sulla suola ho capito che erano di papà. Nonostante il freddo, le ho seguite per un tratto, ma si perdevano all'incrocio vicino al vecchio mulino. Mentre stavo per tornare indietro, ho visto balenare una luce nel buio. Mi sono nascosto in fretta lì dietro e sono rimasto in attesa. Poco dopo è arrivato papà con una torcia elettrica. Camminava leggermente chino in avanti, come se avesse una zavorra sulla schiena, e gli abiti pesanti lo facevano somigliare a un orso dritto sulle zampe posteriori. Fuori si gelava, ma sembrava non avere fretta. Dava quasi l'impressione di essere... sì, di essere sonnambulo.

Non so cosa pensare. Stamani era rilassato e di buon umore, come sempre dopo le sue imprese notturne. Quello che mi preoccupa sono le impronte. Gli scarponi con la croce sulla suola li usa soltanto quando scala la montagna.

18 ottobre

Ormai sono sicuro: dietro le uscite di papà non c'è semplicemente l'insonnia. Stanotte mi sono accorto che prima di partire ha fatto un salto nella rimessa degli attrezzi. Non sono riuscito a distinguere cosa ha preso, ma stamattina quando ho controllato, la corda da arrampicata e i moschettoni erano fuori posto. A che gli serviva l'attrezzatura?

Mamma sa qualcosa. Il suo disinteresse è sospetto. Dovrei lasciar perdere, con la mia curiosità rischio di trovare qualche scheletro nell'armadio, ma non sarei un codardo se non provassi nemmeno a scoprire il segreto di papà?

Il sole è appena tramontato. Se questa notte uscirà di nuovo, lo seguirò. Ho già preparato uno zaino con la torcia e il coltello. So che è sbagliato. Dovrei fidarmi di mio padre. Ma se vedo mamma piangere un'altra volta di nascosto per colpa sua perdo le staffe.

Perciò ho deciso.

19 ottobre

Il sole sta sorgendo. Sono stanco morto e non so come... Devo assolutamente scriverlo finché le impressioni sono ancora nitide.

Ho seguito papà nel bosco. Equipaggiato con scarpe robuste, giaccone e zaino, gli sono andato dietro protetto dall'oscurità, temendo che mi scoprisse da un momento all'altro. Ma stranamente era poco attento, faceva parecchio rumore, così è stato più facile di quanto pensassi. All'inizio vedevo la sua sagoma in lontananza, poi mi sono orientato con le orme sulla neve. Per un tratto procedevano lungo il sentiero e all'altezza del mulino curvavano nel bosco, continuando sulla salita.

La testa mi scoppiava di domande, cercavo di immaginare cosa mi aspettava e se davvero volevo saperlo. Non conoscevo quella zona. Quando tra gli alberi è guizzato il fascio luminoso della sua torcia, mi sono tenuto a maggiore distanza. Alla fine ho raggiunto la vetta. Non ero mai stato lassù. Una falesia a picco su un oceano verde innevato, battuta dalle onde del vento. Tra le rocce c'era un'apertura, sbarrata con assi di legno come una porta proibita. Papà era fermo sul bordo e calava una corda. Acquattato tra i pini che svettano alti sul pendio, osservavo la scena.

Non so se è stato il buio a giocarmi uno scherzo o se la paura mi ha fatto vedere cose che non esistevano. Perché non riesco ancora a credere a quanto è successo.

Una bambina è uscita dal buco arrampicandosi sulla corda. Smunta e deperita come Tridente, non avrà avuto più di dodici, tredici anni. Era infagottata in un giaccone, ma tremava così tanto che le gambe sottili le hanno ceduto e papà ha dovuto sorreggerla. La luce della torcia l'ha spaventata, piagnucolava per l'angoscia e la mancanza di forze.

Papà si è seduto sotto un albero, l'ha presa in grembo e ha iniziato a parlarle sottovoce. Le ha dato anche il pane e l'acqua che aveva nello zaino. Lei non si muoveva, sembrava una bambola tra le sue braccia. Il cuore mi batteva talmente forte da sovrastare ogni altro rumore intorno a me, ma gli ho sentito pronunciare il suo nome. La chiamava Fanni. La sua piccola Fanni.

Ero pietrificato. Ora mi vergogno della mia paura, mi vergogno di essere fuggito, invece di affrontarlo e chiedergli spiegazioni. Ma le mie gambe hanno deciso per me, ho iniziato a correre come un pazzo lungo il pendio e all'improvviso ho perso l'equilibrio e sono ruzzolato giù. La prima cosa che ricordo è di essere stato svegliato dal primo chiarore dell'alba. Ero coperto di neve fresca, e qualche metro più avanti c'era il mio zaino mezzo sepolto. Anziché farmi coraggio e cercare di nuovo il crepaccio alla luce del giorno, mi sono trascinato fino a casa, confuso e intirizzito.

Ancora adesso sono come in trance. Non riesco a pensare lucidamente. Non so cosa fare. Devo smettere di scrivere e andare a letto prima che il mal di testa diventi insopportabile, ma devo annotare un'ultima cosa, così quando mi sveglio non me ne dimentico:

TORNA LÀ!

Post scriptum

Ho dormito tutto il giorno. Verso sera, quando ho aperto gli occhi intontito, mamma era seduta accanto al mio letto e mi teneva la mano.

"Cosa è successo?" ho domandato, notando la sua espressione triste.

"Dormivi come un sasso. Credevo che non ti saresti più svegliato."

Mi sono alzato e ho visto il mio diario sulle sue gambe. Lei ha seguito l'ultima riga con il dito.

"Che vuol dire? Dove vuoi tornare?"

"È una cosa personale," ho ribattuto bruscamente togliendoglielo di mano.

Lei ha sussultato, un'aria confusa sul viso magro. L'ho osservata, docile e remissiva, sempre con quello sguardo vuoto, e non riuscivo a smettere di pensare alla bambina che si è arrampicata fuori dal crepaccio. La somiglianza era impressionante.

"Dov'è papà?" ho chiesto, e lei ha abbassato la testa.

"È andato a caccia. Oggi era di ottimo umore."

TORNA LÀ!

Lo farò.

18

In camera di papà c'è da sempre una vecchissima libreria con le ante. Quel genere di mobile che sembra uscito da un racconto dell'orrore, un catafalco di epoca remota, con i piedi intagliati a testa di leone e i pomelli consumati che traballano. Il legno è roso dai tarli ed emana un persistente odore di marcio e di morte. Da piccola mi faceva paura quasi quanto papà, con la sua forma massiccia somiglia a un gigante in agguato in un angolo che, se non sei abbastanza veloce a scappare, ti acciuffa e ti ingoia in un solo boccone. Jannik diceva che proprio per questo è così putrido e minaccioso, perché è intriso del sangue dei bambini cattivi. Già da piccolo era bravo a spaventarmi. Quella storia mi è rimasta impressa a tal punto che non ho il coraggio di sgombrare i ripiani e deve farlo lui per me.

"Ancora la Seconda guerra mondiale," commenta alla terza pila di volumi che infila nella cassa.

Insieme alla caccia, la guerra era la grande passione di papà. Possedeva così tanti testi sull'argomento, che per leggerli tutti sarebbe dovuto campare duecento anni. Aveva anche un'enorme collezione di romanzi di Karl May, riposti in uno scaffale a sé nascosto da una tenda.

La maggioranza dei libri è decrepita e ammuffita come il mobile. Molti rischiano di disfarsi appena li tocchi, la carta è ingiallita e appiccicosa. All'inizio Jannik li maneggiava con cautela, forse perché sotto sotto anche lui teme il fosco gigante affamato che custodisce i tesori letterari di papà, adesso invece li getta nella cassa come capita. La polvere si solleva in ogni direzione. Io mi occupo dell'armadio con i vestiti, in parte perché mi sporco decisamente meno, ma soprattutto perché non mi impressiona troppo.

"Cosa ne facciamo?" domando mostrandogli il cappello da caccia che ho trovato sulla mensola più alta.

"Buttalo."

"E questo?" Un piumino bello imbottito, praticamente mai indossato. Capisco che dovremmo sbarazzarci in blocco della roba di papà, ma considerando l'inverno ormai vicino, non mi pare il caso di essere melodrammatici. Tanto la cosa peggiore sono i ricordi, e quelli li conserveremo finché vivremo.

Jannik non lo degna nemmeno di un'occhiata. "Butta tutto."

"Sei sicuro? Nuovo, un giaccone come questo costa un mucchio di soldi."

"Sì, sono sicuro."

Sembra irritato. Svuota il ripiano successivo scaraventando a terra quello che ci sta sopra, incurante dei piccoli reggilibri di ceramica che vanno in frantumi.

È di cattivo umore da quando abbiamo iniziato a ripulire la stanza, più o meno un'ora fa. Ha borbottato perfino che dovremmo dare fuoco all'intera casa. Sarà meglio che non gli chieda più se tenere qualcosa o no. Probabilmente ha bisogno di aria fresca, qui dentro è così viziata che ogni respiro gratta la gola.

Infilo gli altri indumenti in grossi sacchi della spazzatura e li porto fuori. Un attimo dopo volano dalla finestra i primi libri.

"Gettali nella stufa!"

"Potresti essere un po' più civile?"

Nessuna risposta, in compenso un'altra bracciata di libri. No, la colpa non è solo dello stress. Dal bacio di due notti fa Jannik è distante e scortese. La mattina dopo è uscito appena si è svegliato e non si è più visto per metà giornata. Si è presentato soltanto a pranzo, ha mangiato in fretta senza neanche rivolgermi la parola, poi si è chiuso per ore nella rimessa a tagliare la legna. E alla notte scorsa non ci voglio nemmeno pensare. Siamo rimasti sdraiati ognuno nel suo letto come due mummie, incapaci di guardarci in faccia e, perlomeno io, di chiudere occhio. Ho sbagliato a credere di dovergli lasciare tempo per riflettere. Avremmo dovuto affrontare subito l'argomento. Tenere vivi in qualche modo il coraggio e la vicinanza. Così invece abbiamo perso l'occasione e ora ci ritroviamo impantanati in questa frustrante incertezza fatta di silenzio.

Incarico Theo di radunare i libri, non è un lavoro faticoso.

"Anch'io voglio buttare di sotto qualcosa!" fa i capricci.

Proprio quando riesco a convincerlo che scagliare oggetti in giro non è divertente, Nika si affaccia alla finestra della camera di papà e con un ampio gesto scaraventa un paio di libri sulla scarpata.

"Guarda cosa faccio!" grida in direzione del bosco. "Guarda tutti i tuoi bei libri! Prendili! Eccone un altro! E un altro! Strozzatici, maledetto bastardo!" Tossisce e ride, ma la gola malconcia la costringe a riprendere fiato prima di continuare a lanciare.

Agguanto Theo per il maglione di lana impedendogli di correre di sopra e dare man forte a Jannik e Nika.

"Invece è divertente!" insiste. "Senti come ride!"

"Va' dentro a vedere cosa fa Henna."

L'ultima volta l'ho vista mentre fissava rapita il dolce al cioccolato che avevo messo a raffreddare sul davanzale. Non mi stupirebbe se lo stesse divorando.

Volano giù altri libri, a quanto pare è diventata una gara in piena regola. Dopo essere rimasto in casa per un po', Theo torna con una scatola di fiammiferi e cerca di dare fuoco alla catasta di volumi. Henna schiaccia il naso contro il vetro e ridacchia con la bocca sporca di cioccolato.

Un pensiero mi attraversa la mente, tanto assurdo quanto vero: *Senza papà sprofondiamo nel caos...*

Finalmente verso sera abbiamo finito di fare pulizia. Molti libri li abbiamo gettati davvero nella stufa, altri portati in soffitta dentro grosse casse insieme ai vestiti e ai pochi averi di papà, un orologio e un ricevitore GPS. Teniamo soltanto gli attrezzi. Mentre diamo un'ultima occhiata alla sua stanza prima di chiuderla a chiave per sempre, una lacrima mi bagna la guancia. Vederla vuota mi mette tristezza, quasi avessi perduto qualcosa che con il tempo è diventato una parte di me. Come un filo di sutura tirato via lentamente da un cuore infranto: finché c'era faceva male, ma ora che è stato tolto niente ricuce i pezzi.

Mi asciugo in fretta gli occhi prima che Jannik se ne accorga. Qui non troverò soddisfazione, solo turbamento.

Esco, Jannik chiude la porta a doppia mandata. Scendiamo e buttiamo la chiave nel pozzo. Insieme la guardiamo affondare nell'acqua.

Dopo cena Nika sputa di nuovo sangue. È normale che la sua malattia non sia svanita nel nulla, eppure avevo sperato che le nuove medicine funzionassero. La accompagno a letto e le faccio bere una tisana al finocchio, che vomita subito perché le manca il respiro. Mentre pulisco in silenzio il pavimento, scoppia in una risata rauca.

"Guardati… ancora in ginocchio… Non è cambiato niente, eh?"

"Cerca di riposarti. Domani starai meglio."

"Ronja, Ronja, Ronja…" rantola, poi annaspa per riprendere fiato. Passato l'accesso di tosse breve ma violento, appoggia la testa sul cuscino e abbassa le palpebre come se non volesse sollevarle mai più. "Sto morendo," mormora debolmente. "E voi restate a guardare… Mi guardate… crepare…"

"Non morirai, Nika." Lascio lo straccio e le poso la mano sulla fronte. "Scotti. È meglio misurare la febbre."

"E dopo… mi butterete in una fossa come tutti gli altri. Cominciate a pensare a un posto adatto. Guai a voi se mi seppellite accanto a papà, perché poi… poi torno e… non vi do pace… vi faccio impazzire." Ride ancora, ma non resiste a lungo. Le si spegne la voce, non ha la forza di parlare.

"Dai, alza il braccio." Le sistemo il termometro sotto l'ascella. "Non ti muovere."

Il suo sguardo diffidente resta fisso su di me. Le pulisco una goccia di saliva all'angolo della bocca, e il suo sguardo continua a trapassarmi.

"Tu vuoi… tagliare la corda," gracchia con un sorrisetto cattivo.

"In che senso?"

"Andiamo, come se non fosse evidente. Tu e Jannik."

Ho l'impressione di avere un cappio intorno al collo. A un

tratto non è più soltanto il freddo a paralizzare ogni centimetro del mio corpo.

"In che senso?" ripeto calma.

"Vi siete evitati per tutto il giorno. Allora mi chiedo... cosa combinate di notte, che di giorno non avete il coraggio di guardarvi in faccia? Ho sempre voluto saperlo. Voi due, soli soletti in camera." Il sorriso si allarga.

Le sollevo il braccio per togliere il termometro. Malgrado il mio silenzio, o forse proprio per questo, mi legge dentro neanche fossi uno dei suoi dannati libri.

"Oh, lo sapevo... lo sapevo... Maiali."

"Trentotto e sette, dobbiamo farla calare. Tieni, prendi la medicina."

"No!" La parola le schizza fuori dalla bocca con l'intensità di un conato, forte e piena di rabbia. "Non continuerete ad avvelenarmi, hai capito? Non mi avvelenerete!"

Mi dà una botta sulla mano facendo cadere la scatola. Spaventata, la guardo negli occhi. Sono gli occhi di una pazza, scuri e iniettati di sangue. Il suo corpo sotto la camicia da notte è pelle e ossa, il viso grigiastro. Un fantasma. Sembra quasi che quel deterioramento si sia verificato all'improvviso, anziché per gradi durante le settimane di tormenti da quando si è ammalata. Un frutto marcio.

Raccolgo la scatola e la rimetto al suo posto sul comodino. "Ti serve niente? Vuoi una tisana o qualcosa da mangiare?"

"Bella mossa, nasconderti da lui. Ma non ha funzionato. Papà è appena morto e ce n'è già un altro che cerca di portarti a letto."

"Ok, ora basta. Chiudi la bocca o te le faccio ingoiare, quelle stramaledette medicine!"

Ma la mia minaccia le strappa l'ennesima risata. Sa benissimo di avermi scoperta.

"Sono curiosa..." medita. "Chissà come avrebbe reagito papà. Oppure lo sapeva? È per questo che lo avete tolto di mezzo?"

"Non ti azzardare," sibilo.

"Avevate pianificato tutto, eh? La tua fuga con i bambini era solo un pretesto per attirarlo fuori di qui. Mica male, come idea. E vi ci sono volute parecchie notti in bianco per escogitarla? Come è andata, avete scritto una lista dei modi migliori per ucciderlo o pensavate di improvvisare dando libero sfogo alla fantasia?" Mi osserva e aspetta. "Santo cielo, ho toccato un tasto dolente?"

Per la prima volta avverto l'impulso di farle del male, il buio che papà ha lasciato dentro di me non è mai stato così fitto. Devo dominarmi per non premerle il cuscino sulla faccia, per non stringerle il collo sottile fino a sentirlo sbriciolarsi tra le mie dita come sabbia. Uno spasmo mi percorre le braccia. Mi alzo di scatto, prima di non riuscire più a controllarmi.

Lo sguardo di Nika non mi molla. Sarà anche debole, quasi troppo debole anche per respirare, ma adesso raduna tutte le proprie forze.

"Tu e Jannik siete uguali a lui. Vigliacchi e assassini."

Parole... sono solo parole che dice senza pensare, perché la paura della morte le annebbia la mente. Però feriscono lo stesso. Colpiscono un punto nel profondo, che nonostante gli anni di indurimento, di assuefazione, di insensibilità, ha conservato l'ultimo rimasuglio della mia anima. E ora questo rimasuglio si rompe in mille pezzi, si perde nel vuoto del mio cuore.

"Chiama, se hai bisogno di qualcosa," dico con voce piatta. "Vengo appena posso."

E me ne vado.

Jannik è disteso a pancia in giù sul letto e sfoglia un libro. Il mio arrivo lo innervosisce, sobbalza e il suo viso si contrae.

"Cosa leggi?" domando per rompere il ghiaccio.

"L'ho trovato tra quelli di papà. Nulla di che." Chiude il libro e si mette seduto.

Su una cosa Nika aveva ragione: ho preso tempo, mi sono nascosta da lui perché non so come andrà avanti. E se mi respingesse ancora? Se il nostro bacio non gli fosse piaciuto e questa penosa incertezza non finisse mai? Rischiare di nuovo mi spaventa, ma non ho scelta. Non posso stare qui senza fare niente tutta la notte.

Mi cambio dietro il divisorio e lo sento rigirarsi irrequieto. Quando torno di là, evita con determinazione il mio sguardo. Da non credere. Il bacio avrebbe dovuto abbattere le barriere tra noi, non innalzarne altre. Mi siedo sul mio letto per togliermi i calzini. Lui è sdraiato sulla schiena, gli occhi fissi davanti a sé e le dita che tamburellano nervose sul materasso.

"Tutto bene?" tasto il terreno.

"Certo."

"Potrei… potrei venire lì. Da te. Se ti va."

Più impacciata di così non potevo essere. Lui non dice niente. L'aria si riempie di un fastidioso calore soffocante. Afferro la coperta e me la tiro fin sopra la testa, vorrei scomparire, di più, vorrei che scomparisse il mondo intero, e in quel momento Jannik risponde: "Ok."

Riemergo esitando. "Sei sicuro?"

"Sì."

Sguscio da lui, lo scavalco e mi sdraio al suo fianco. Fin qui tutto bene. E ora? Rimaniamo impalati per un po'. Devo fare qualcosa. Una cosa qualunque. Allungo la mano, molto lentamente, la tengo sospesa, infine la poso sul suo petto. Riesco a sentire il battito del suo cuore. Lui mi lancia una rapida occhiata, accenna un sorriso e distoglie lo sguardo.

"Nika ha la febbre," lo informo. "Non alta, ma ce l'ha. E a quanto pare è convinta che abbiamo ucciso papà di proposito."

"Ah."

"Potresti parlarle tu? Sei l'unico che ascolta."

"Sì… d'accordo."

Aspetto un attimo. "Preferisci che tolga la mano?"

"No. Va bene così." La sua voce è stranamente rauca. Chiude gli occhi, come se dovesse concentrarsi.

Faccio scivolare con delicatezza la punta delle dita sul suo torace. Lui deglutisce e tende i muscoli, però mi lascia continuare. Dal collo alla spalla e di nuovo al petto. Seguo la linea della clavicola. Mi avvicino, finché i nostri corpi si sfiorano. Il suo respiro è corto e accelerato. Volta la testa verso di me, sembra che voglia dire qualcosa, ma quando ci guardiamo gli mancano le parole. Forse ha finalmente capito, percepisce il desiderio che non so più reprimere, e ho talmente tanta voglia di baciarlo che mi bruciano le labbra e mi sudano le mani, che non riesco a pensare ma solo a provare emozioni. È tutto così bello che quasi mi uccide. Assorbo avidamente quelle sensazioni, ne voglio ancora e ancora.

"Baciami," sussurro.

Lui sbatte le palpebre come risvegliandosi. In preda al panico, si allontana da me con uno scatto improvviso e per poco non cade dal letto. Sul suo viso passa un'ombra di lucida consapevolezza. Scuote con foga la testa.

"Forse dovresti tornare nel tuo letto."

Tutto diventa incolore.

Respinta. Un'altra volta.

Mi alzo barcollando e vago per la stanza, senza sapere cosa fare, la testa piena delle domande che vorrei urlargli in faccia. Perché non è abbastanza forte da ricambiare il mio bisogno di vicinanza? Perché insiste a tormentarci entrambi con il suo distacco, anche se ormai dovrebbe essergli chiaro che in questo modo finirà solo per allontanarci sempre di più? Perché se ne sta lì a fissarmi invece di venire da me e abbracciarmi come desidera anche lui?

Dopo un lungo momento chiede: "Cosa c'è?"

"Niente."

"Io… io non volevo…"

"Lasciamo stare."

Lui stringe le labbra e mi osserva preoccupato. Sprimaccio rapidamente il cuscino, mi sistemo la felpa e mi infilo sotto le coperte. Mentre allungo la mano verso l'interruttore mi blocco a metà gesto. Jannik è diventato pallido, evita il mio sguardo.

E a quel punto succede, crollo. Una crisi di pianto, violenta e dolorosa, lo sfogo che ho rimandato per tutto questo tempo. E forse non è solo per Jannik, ma anche per Nika, per papà, per la mia vita distrutta. È difficile capirlo, quando non provi altro che una tristezza infinita. L'indistinto presentimento che non otterrai mai ciò di cui hai bisogno. Perché hai dovuto perdere l'innocenza troppo presto.

Jannik si alza e si avvicina. Sta pensando a come comportarsi, poso la testa sul suo petto e lui mi stringe tra le braccia senza un attimo di esitazione. Così forte e così a lungo da togliermi il respiro.

"Mi dispiace," dice. Sembra non sapere nemmeno lui a cosa si riferisce, se lo dice con sincerità o semplicemente per darmi un pezzo di sé.

Quello che c'è tra noi, la distanza, la vergogna e la vertiginosa sensazione di essere perduti, è l'unica forma di amore possibile. Nessun tuffo a capofitto. Nessuna frenesia travolgente. Solo un soffio che ci accarezza leggero. Qualunque altra cosa disperderebbe le nostre anime in frantumi.

19

Un vento gelido spazza il parcheggio e fa tremare gli alberi. I primi bambini si riversano fuori dalla scuola. La campanella è appena suonata, e uno sciame rumoroso con le giacche pesanti e le cartelle colorate si incammina verso casa.

Sarah osserva la scena seduta al volante. Lo spiazzo è riparato, bisogna essere attenti per notare un'auto ferma all'ombra degli abeti. Probabilmente un cacciatore paziente potrebbe restare appostato lì per ore senza dare nell'occhio. È quello lo spiazzo in cui era posteggiata la macchina blu? Una macchina che la piccola Ronja considerava abbastanza importante da disegnarla?

Sarah scende e si dirige all'ingresso. I bambini le passano accanto di corsa, non fanno caso a lei. Le basterebbe allungare la mano, acchiapparne uno e trascinarlo nell'ombra, dentro l'auto e poi chissà dove. Nella confusione non se ne accorgerebbe nessuno. In fondo è così facile.

In sala insegnanti la attendono la direttrice e la signora Brandner, che dieci anni fa era la maestra di Ronja. Le due donne la salutano con gentilezza e la invitano ad accomodarsi. Sarah preferisce restare in piedi.

"Conoscete questa macchina?" chiede, mostrando sia il disegno sia l'immagine registrata dalla telecamera al distributore.

La direttrice scuote subito la testa, mentre la signora Brandner riflette con calma.

"Mi faccia capire bene," dice. "Avete trovato Ronja?"

"Non ancora, ma abbiamo motivo di credere che si tratti di questa ragazza."

Sarah tira fuori la seconda immagine. Le due donne la osservano a lungo, concentrate. Sembrano perplesse.

"Non saprei," dice la signora Brandner. "È passato tanto tempo. Ronja non la ricordo quasi più. Con tutti questi bambini, anno dopo anno..."

"Certo, mi rendo conto. Però vorrei farle lo stesso qualche domanda. A scuola Ronja le è mai sembrata spaventata? Ha raccontato qualcosa di particolare a lei o a qualche sua collega?"

"Mi lasci pensare... No, direi di no. Sa, era una bambina molto taciturna, questo lo ricordo ancora. Non parlava quasi mai con gli adulti. Ecco perché è stato uno shock ancora più grande per tutti, quando abbiamo saputo che era stata rapita. Non dava confidenza agli sconosciuti."

"Forse lei non considerava il rapitore uno sconosciuto. Dal disegno sembra quasi che stia correndo incontro alla macchina. L'ha mai notata qui davanti? Deve essersi fermata spesso. Sotto quegli alberi laggiù." Sarah indica dalla finestra, ma lo sguardo delle due donne resta fisso sul suo viso.

"Ci sono sempre delle macchine nel nostro parcheggio," dice la signora Brandner. "E sempre le solite, degli insegnanti o degli addetti alle pulizie."

"Non mi riferisco a quelle. Si metteva dietro l'angolo del muro. Dalla finestra si distingue appena."

"Allora come potrei averla vista?"

"Forse gliene ha parlato un altro bambino. Non le viene in mente proprio niente?"

La signora Brandner si stringe nelle spalle, sulla difensiva, e a quel gesto Sarah sente la rabbia montarle dentro. "È successo più di dieci anni fa! Ho già risposto a tutte le domande all'epoca, ormai tante cose le ho dimenticate."

"Allora cerchi di ricordare, per la miseria!" Di colpo Sarah butta fuori tutto: la frustrazione, la collera, la fatica delle ultime settimane. Ha una gran voglia di dare una botta in testa a quella vecchia strega, ma si riprende e riesce a dominarsi. "Mi scusi," si costringe a dire. "Sto solo cercando di fare il mio lavoro."

La direttrice prende la parola in tono conciliante. "Saremmo felici di aiutarla, ma temo che nessuno abbia notato quell'auto."

"Potreste chiedere ai vostri colleghi? Ci sono altri insegnanti che erano qui quando Ronja frequentava questa scuola?"

"Be'... in effetti, qualcuno sì."
"Vorrei incontrarli."
"Tutti?"
"È un problema?"
La direttrice la guarda disarmata. Allunga la mano verso il telefono, poi la ritrae esitante. "Mi dispiace, ma prima dovrei controllare i nominativi. Non... non ci aspettavamo la sua visita."
Fin lì c'era arrivata anche Sarah, quella faccenda sta cominciando a diventare sfiancante. Sente che c'è qualcosa, un segreto che deve essere preservato a ogni costo. Raduna i fogli e guarda di nuovo verso gli abeti. Sa che la sua macchina è parcheggiata laggiù, eppure da dove è lei si vedono solo i rami fitti. Il nascondiglio perfetto.
Non avrebbe senso parlare con gli altri insegnanti. È pronta a scommettere che avrebbero tutti le stesse facce disorientate.
"Conoscete nessun altro a cui potrei rivolgermi? Qualcuno che frequentasse Ronja?"
"Ha già provato dai genitori?" commenta la signora Brandner con aria di sufficienza.
"Certamente, ma non hanno saputo dirmi niente sulla macchina blu."
"E Viktoria Albrecht?" interviene la direttrice. "Non era la migliore amica di Ronja?"
"L'unica, in realtà," rettifica la signora Brandner.
"Stando ai verbali non ricorda nulla," replica Sarah. Ma è pur vero che potrebbe sempre fare un tentativo di persona.
La direttrice sembra leggerle nel pensiero. Con un cenno della testa indica la porta aperta. "Da sei mesi fa il tirocinio da noi. Credo che oggi abbia il doposcuola. Vuole scambiare due parole con Viktoria?"
"Molto volentieri." Una volta tanto, una coincidenza fortunata. "Mi accompagni da lei, per favore."

Viktoria Albrecht è minuta e graziosa, con i capelli mori e gli occhi schivi che involontariamente evitano lo sguardo di Sarah. Dopo la scomparsa di Ronja era stata interrogata più volte. Aveva appena dieci anni. Cosa può dire una bambina di quell'età sul rapimento dell'amichetta del cuore?

Sarah si presenta e attende pazientemente che affidi il gruppetto di alunni alla custodia di una collega. Poi escono in corridoio, e Viktoria chiede agitata di cosa si tratta.

"Un tempo era amica di Ronja Wagner, esatto?"

"Sì," risponde lei turbata. Sbatte le palpebre e si chiude in un breve silenzio. "Mi scusi... era tanto che non sentivo nominare Ronja."

"Dieci anni fa è scomparsa senza lasciare traccia mentre tornava a casa."

Viktoria annuisce rigida. "Lo so."

"Eravate buone amiche?"

"Era la mia migliore amica."

"Cosa può dirmi a proposito di questo disegno?"

La ragazza sbianca. Riesce a malapena a gettare un'occhiata al foglio, si schiarisce la voce e distoglie lo sguardo. "Dove lo ha preso?"

"In camera di Ronja. Riconosce la macchina?"

"No."

"Sta mentendo."

Viktoria chiude gli occhi. In quell'istante, pallida e tesa, non è diversa dalla ragazza al distributore: smarrita e alla disperata ricerca di aiuto.

Sarah le si avvicina. "Mi dica ciò che sa," insiste.

"È... è passato tanto tempo."

"Cerchi di ricordare. Ha già visto questa macchina? Laggiù sotto gli abeti?"

Viktoria fatica a respirare, come se all'improvviso per lei fosse troppo. Ora la sua espressione è supplichevole.

"Cosa sa di questa macchina?" ripete dura Sarah.

"Non molto. A volte si fermava accanto agli alberi. Io non l'avevo notata, ma Ronja ogni tanto ne parlava."

"Cosa diceva?"

"Niente, solo... che era di un uomo che qualche volta chiacchierava un po' con lei."

"Chi era quest'uomo? Ronja ha fatto il suo nome?"

"No. Io non… non gli ho dato peso. Non credevo che fosse importante, capisce?"

"Perché non lo ha riferito quando Ronja è scomparsa?"

Gli occhi di Viktoria si riempiono di panico. Si torce le mani, si guarda intorno. "Non lo so," risponde con un filo di voce.

"È stata interrogata e non ha pensato di accennare a una macchina sospetta?"

"Ero solo una bambina!" esclama affranta. "Non capivo nemmeno cosa fosse successo! Di punto in bianco Ronja non c'era più, e ovunque spuntavano poliziotti che mi facevano domande! Avevo paura, se ne rende conto?"

"Paura? Di cosa?"

"Di tutto! In qualche modo sentivo che qualcosa non andava con quell'uomo, ma non ho detto una parola. Né ai miei genitori né a Ronja, a nessuno! E poi lei è scomparsa e… ho avuto paura di essere nei guai!"

"Per questo ha preferito tacere?"

"Sì." Viktoria appoggia la schiena alla parete e fa un respiro profondo. "Ho preferito tacere," sussurra sfinita.

La rabbia di Sarah svanisce. A volte sono le brave persone a commettere un errore. Non possiamo farci niente, come non possiamo fare niente contro il male.

"Potrebbe essere questa, la macchina?" domanda tirando fuori la stampa della Lada.

"Sì." Viktoria è sicura. "Era una Lada blu."

"E questa ragazza? Le sembra familiare?"

Viktoria abbassa lo sguardo sull'immagine in bianco e nero. Si porta la mano alla bocca e sussurra: "Oh mio Dio!"

Sarah prende il cellulare. Richter risponde all'istante. "Come procedono le ricerche della Lada?" domanda.

"Lentamente. Nella zona interessata i veicoli che rispondono alle caratteristiche sono sessantasette. Una bella cifra, ma comunque ragionevole."

"Restringi il campo alle Lada blu. Quante sono?"

"Un attimo…" Rumori in sottofondo. Un leggero fruscio di carta e dita che battono sulla tastiera. "Quindici."

"E quante appartengono a uomini di mezza età?"
"Tutte."
"Mandami gli indirizzi."
"Tutti e quindici?"
"Sì, tutti e quindici!"
Richter brontola qualcosa che ricorda un'imprecazione. "Ti faccio sapere," dice, e riattacca.
Sarah rimette il cellulare in tasca. Il viso di Viktoria ha perso anche il poco colore che gli restava. Si stringe le braccia intorno al corpo, come se avesse freddo.
"Mi considera una persona cattiva?" chiede con voce tremante. "Perché ho taciuto?"
"No. Era una bambina che aveva paura."
"Avrei potuto parlare dopo." Guarda Sarah negli occhi, il suo tono è piatto. "Ma non ho parlato. Per dieci anni. È colpa mia?"
Magari fosse così semplice, si incolpa qualcuno e il caso è risolto. Ma la causa della tragedia che ha distrutto tante vite non è il silenzio di Viktoria. Forse tutti i bambini scomparsi sono ancora da qualche parte là fuori.
Cosa aspetta Richter a mandarle quegli indirizzi?

20

Inizia a nevicare e va avanti per due giorni. Molti alberi hanno ancora le foglie, per il peso i rami si piegano quasi fino a terra. Quando il gelo ghiaccia anche i ruscelli e le sorgenti, i pochi raggi di sole si riflettono in ogni direzione riempiendo il bosco di luce.

L'arrivo dell'inverno è sempre un momento di grande pace. Il mondo sembra prepararsi al letargo, e per chi resta si prospetta un periodo di freddo e privazioni, ma anche di silenzio e splendore.

C'è molto da fare. Jannik deve tirare fuori la fresa da neve, altrimenti le macchine restano bloccate, e io ricalcolo ossessivamente le spese che ci attendono da qui alla primavera. Le medicine di Nika hanno aperto una voragine nel nostro bilancio. Finché papà era ancora vivo, i soldi non sono mai stati un problema. Una volta al mese andava in città con la cassetta e la riportava piena zeppa, senza una parola di spiegazione. Da qualche parte deve esistere un conto su cui versava i guadagni della caccia, ma a quanto ne so per prelevare serve la sua firma.

La nostra unica possibilità sarebbe avere un'entrata. Come, però? Quello che mi ha insegnato papà non va oltre il livello delle elementari, e il resto l'ho raffazzonato da sola nel tempo, leggendo libri e riviste e guardando i pochi canali che prendiamo con la nostra vecchia parabola. A essere sincera, non me la cavo bene neanche con i lavori manuali. E Jannik? Le sue doti di cacciatore sono utili per i giorni difficili, ma non danno uno stipendio. Non senza papà.

Quando suggerisco cautamente che dopo l'inverno ci converrebbe abbandonare questa casa e rivolgerci alle autorità, reagisce con insofferenza.

"Ogni due per tre la stessa storia. Non ci aiuterebbero, Ronja, ci toglierebbero tutto, e sai perché? Perché per il sistema noi non esistiamo. Non abbiamo nemmeno un cognome, cosa ti aspetti che facciano?"

"Forse ci viene in mente. Forse... non lo so, stando in mezzo alla gente tornano anche i ricordi."

Lui però riesce sempre a convincermi del suo punto di vista. *Per loro siamo solo una seccatura. Nessuno ci prenderebbe sul serio. Ci considererebbero dei bugiardi.* E così via. Jannik è guidato dall'odio fomentato da anni di isolamento, dal rancore perché coloro a cui è stato strappato non sono venuti a salvarlo. In me prevale la paura, soprattutto dell'emarginazione e del disgusto. Più di ogni altra cosa sogno una vita senza timore del domani, ma come è possibile in un mondo che mi tratterebbe come un animale selvatico? Papà l'ha sempre detto. I miei genitori non mi riconoscerebbero, nessuno mi vorrebbe e finirei su una strada. Voleva solo spaventarmi, però aveva anche ragione: se io non mi ricordo più dei miei genitori, perché loro dovrebbero ricordarsi di me? E se non ho un posto nel mondo, a che scopo tornarci?

L'impresa più ardua è farlo capire ai bambini. Henna ha solo sette anni, fa quello che le dici e si lascia distrarre da una tavoletta di cioccolato. Theo, al contrario, ha dimestichezza con le menzogne. Si accorge subito se le sue domande mi mettono alle strette, e anche se poi cambia argomento, mi accorgo che la sua diffidenza aumenta.

Una sera, quando la neve si è già ammucchiata sui davanzali e per colpa del brutto tempo siamo dovuti restare chiusi tutto il giorno in casa, si presenta con un piccolo fagotto in mano. Ha il naso e le orecchie rossi per il freddo e sporca la Stube con i grossi Moon Boot. Mentre posa il fagotto sul divano e si toglie giaccone, berretto e sciarpa, noto allarmata lo sguardo accigliato di Jannik.

"Non dovevi andare a prendere la legna?" gli chiede.

"Invece ho trovato questo." Eccitato, Theo si siede sul divano e apre il fagotto. "Guardate qua. Era nascosto sotto la segatura."

Un micetto grigio, tutto pelle e ossa.

Henna salta giù dalla poltrona e cerca di prenderlo. "Un gattino, un gattino!"

"Vai via, gli fai male!"
"Jannik, Theo non mi lascia toccare il gattino!"
"Non teniamo animali in casa," intervengo prima che lo faccia Jannik. Se non ho interpretato male la sua espressione, avrebbe risolto la questione in maniera ben più severa.
Theo e Henna mi fissano increduli, poi Theo si stringe il gatto al petto.
"Ma io voglio tenerlo!"
Il gatto emette un lungo miagolio lamentoso. Mi volto verso Jannik, che riflette seduto al tavolo.
"No," dice infine.
E che no. Theo è talmente sorpreso che resta immobile per almeno cinque secondi. Poi batte i piedi, in genere una prerogativa di Henna.
"Ma è affamato e ha bisogno di aiuto! Ci penso io, tu non devi fare nulla."
"Non sappiamo se ha qualche malattia. E inoltre non possiamo permettercelo."
"Ma gli basta poco. Non ti accorgerai nemmeno che c'è, te lo giuro."
"Devo alzare la voce?"
"Parli come papà!"
È vero. Tutti, compreso Jannik, restiamo impietriti.
"E se lo lasciassimo nella rimessa?" suggerisco cercando un compromesso. "Sarà al riparo dal freddo, e Theo potrà occuparsi di lui."
"Sììì!" strilla euforica Henna. "Un gattino nella rimessa, un gattino nella rimessa! Posso dargli del latte? Posso, Jannik, posso?" Visto che lui non risponde, prova con me. "Posso, Ronja, posso?"
"Meglio l'acqua," dico, e la accompagno in cucina a cercare un recipiente adatto.
Quando torniamo, Theo è seduto sul pavimento dietro le scale e gli spazzola il pelo con le dita. Henna gli mette davanti al muso la ciotola, e dopo una breve esitazione il gatto allunga il collo e beve.
"Però state attenti," raccomando a entrambi, che lo osservano incantati. "Se vi morde o vi graffia, dovete dircelo subito.

Non vogliamo che vi attacchi qualcosa." Ci mancherebbe solo quello.

Mi siedo accanto a Jannik, assorto nei propri pensieri. Sarebbe ridicolo chiedergli cosa lo preoccupa: dal piano superiore arrivano i colpi di tosse sempre più forti di Nika, e il vento ulula intorno alla casa come una legione di anime insofferenti. Non lo ammette, ma neppure lui sa come andare avanti.

"Non è successo niente," dico. "Il gatto sta nella rimessa e fine."

Lui fissa con aria assorta un punto oltre la mia spalla. "Theo non aveva mai ribattuto quando gli dicevo qualcosa."

"È nervoso per il freddo. Non dargli troppo peso."

"Sembra che non capisca qual è il punto. Non può fare tutto quello che gli pare. È sotto la nostra responsabilità, e deve accettarlo."

"Sì… hai perfettamente ragione." Non mi piace la durezza che ha nella voce e nello sguardo. Il carattere ribelle di Theo sta diventando un problema, ma non è il caso di fasciarsi la testa. "Non essere arrabbiato con lui," dico sfiorandogli il braccio.

Jannik fa un lungo sospiro stanco, poi si gira verso di me. Mi accarezza la guancia abbozzando un sorriso. Il cuore mi schizza in gola. Controllo che i bambini non ci vedano e mi chino per baciarlo. Lui si tira indietro e ritrae la mano, come se si fosse accorto solo ora di cosa faceva.

"Scusa," mormora, voltandosi dall'altra parte.

Vedo la frustrazione sul suo viso, la stessa che consumerà anche me se non supereremo le barriere che abbiamo in testa. Sono i pensieri assillanti a dividerci, il sottile ma ininterrotto senso di ripugnanza: ripugnanza per l'amore, l'uno per l'altra, per il mondo intero. Ogni giorno di prigionia abbiamo perso una parte di noi e fatto nostra la realtà distorta di papà. In questa realtà il contatto fisico è sporco e osceno, la tenerezza alimenta la paura e i sentimenti non sono altro che stupide favole. Soltanto insieme possiamo venirne fuori, ma mettergli fretta non porta a niente. Dopotutto non è certo il tempo che ci manca.

Torno dai bambini ancora impegnati con il gatto, e dico a Theo di portarlo fuori.

"Ma morirà di freddo!"

"È un animale," dice Jannik dalla Stube. "Sono abituati a stare all'aperto!"

Mi accovaccio accanto a Theo per impedirgli di replicare. "È stanco, non te la prendere. Adesso fa' come ti dico. Sarà al sicuro nella rimessa, te lo prometto."

"E va bene."

Si infila giacca e scarpe ed esce di casa con il gatto sotto il braccio. Pochi minuti dopo, quando rientra senza il gatto, Jannik tenta di scusarsi per il tono brusco. Theo sbatte la porta e marcia difilato al piano di sopra. Jannik si alza e lo segue.

Henna è rimasta a bocca aperta. "Ora Theo le prende?" domanda impaurita.

Mi si gela il sangue perché non so cosa rispondere. Poi sento sbattere due porte e sospiro sollevata. "No, topolina. È solo un esempio emblematico della testardaggine maschile."

"Ah." Henna storce il naso e riflette. "Cos'è un esempio emblematico?"

Prima di andare a dormire vado a controllare i bambini, perché la reazione di Theo mi preoccupa un po'. Non si era mai comportato in quel modo. So che dobbiamo aspettarci attriti nei prossimi mesi, quando l'inverno ci costringerà a trascorrere più tempo in casa, ma lui è particolarmente suscettibile. L'ho osservato, mi sono accorta dell'insofferenza che sempre più spesso affiora nel suo sguardo. Forse il litigio con Jannik è stato solo l'inizio. Meglio non mandarlo a letto arrabbiato.

Appena mi vede, Henna schizza su come una molla. "Ci racconti la storia della buonanotte?"

"No, non stasera. Voglio solo parlare un attimo con Theo."

Lui mi volta immediatamente la schiena, però mi siedo lo stesso al suo fianco. "Jannik non voleva dire che non puoi tenere il gatto," inizio. "Ma non ha tutti i torti, devi stare attento. Non possiamo sapere se è malato, potrebbe anche avere i vermi."

Theo mi ignora e si tira la coperta sopra la testa. Henna saltella sul materasso canticchiando: "Storia, storia, storia!"

"In ogni caso, voleva scusarsi e tu non gliene hai dato la possibilità. Non è stato gentile da parte tua. Ma sono sicura che non è più arrabbiato con te, perciò nemmeno tu devi essere arrabbiato con lui. Ti vuole bene, lo sai."

"Diventerà come papà?" Al mio silenzio terrorizzato, sguscia fuori dalla coperta e si gira verso di me. "Ci dice cosa dobbiamo fare. E non ci lascia andare via da qui. Proprio come papà."

"Theo, che razza di idiozie sono queste?"

"Ho ragione o no? Non voglio che diventi come papà. Voglio che rimanga Jannik."

Sento il pianto nella sua voce e lo stringo forte. Non si oppone, gli piace il mio abbraccio, però non lo ricambia. Mi stacco da lui e lo fisso.

"Jannik non diventerà mai come papà. Chi ti ha detto una cosa del genere?"

Lui evita il mio sguardo. È una risposta sufficiente. Nika.

"Ok, ascoltatemi bene, tutti e due." Prendo in braccio Henna e me la metto sulle gambe. "Quello che è successo con papà non succederà più. Ci siamo noi a proteggervi, io e Jannik. Vi amiamo più di ogni altra cosa e non permetteremo mai che qualcuno vi faccia del male. Adesso siamo liberi. Ma dobbiamo restare qui finché fuori non saremo al sicuro. Lo capite, vero?"

Henna annuisce, è attenta e seria. Anche Theo sembra più tranquillo, ma i suoi occhi brillano ancora.

"Voglio andare a casa," dice. "Voglio andare dai miei genitori."

"Ora siete voi i nostri genitori?" Henna mi osserva curiosa. "Ora tu e Jannik siete mamma e papà?"

"No, topolina. Ma vi vogliamo bene come loro e ci prenderemo cura di voi, d'accordo?"

Le do un bacio sulla guancia e lei ridacchia, Theo si gira di nuovo dall'altra parte. Gli accarezzo i ricci scuri e per oggi lo lascio in pace. So come si sente: in gabbia, incompreso, l'unico normale tra presunti malati di mente. Anch'io mi sentivo così quando sono arrivata in questa casa. Quando ero talmente piccola e fragile che ogni contatto, ogni parola scostante poteva spezzarmi. Pensavo solo a fuggire, e che Jannik cercasse di dissuadermi per me era incomprensibile. Invece già allora aveva capito più di tutti noi messi insieme, e ho imparato presto che non posso fidarmi di nessuno come di lui. Lo imparerà anche Theo.

Nella stanza accanto mi aspetta una faccia altrettanto scontrosa, con la differenza che non è nascosta da una coperta ma tra le pagine di un vecchio libro. Che ancora una volta fa discretamente sparire sotto il cuscino appena si accorge della mia presenza.

"Sei stanca?" chiede. "Vuoi che spenga la luce?"

"Non occorre."

Poi cala il silenzio. Un silenzio in cui resto incastrata come in un crepaccio, che mi trascina a forza nella solitudine dalla quale volevo liberarmi. Mi studia quasi fossi una minaccia, ma con una luce nello sguardo che mi incoraggia a sedermi accanto a lui.

"Sei stata dai bambini?" vuole sapere.

"Sì."

"Quanto è grave il danno?"

"Non più di qui. Sembra che tu voglia ammazzare qualcuno."

"Cristo..." Si sfrega il viso, chiude gli occhi e tace.

Gli tocco il mento, costringendolo a voltarsi verso di me. Passo lentamente la mano sulla sua guancia fino alle labbra, che appena le sfioro si contraggono. Mi blocco.

"Non ti piace?" domando.

Lui scuote la testa e per calmarsi fissa il soffitto. Ha intrecciato le dita così forte da sbiancare le nocche.

"Scusa," mormora.

"Smettila. Falla finita di scusarti. Non serve a nulla."

"Cosa vuoi da me?"

"Non... non lo so neppure io... Voglio *te*."

"Ma io ci sono! Sono sempre con te!"

"Non è vero."

"Che significa?"

Mi rendo conto di avere le lacrime agli occhi. Ancora queste maledette lacrime, perché ogni sua parola mi ferisce. "Quando parliamo non mi guardi nemmeno. Hai la mente altrove, come se... come se preferissi che io non ci fossi. Ho sempre l'impressione di sbagliare solo perché voglio stare con te, e non so cosa fare per cambiare la situazione." Mi giro di scatto e guardo a terra, immobile. Troppi sentimenti, e troppo intensi.

Lui sbuffa, pronto a liquidare un argomento tanto impegnativo, ma poi sento la sua mano sulla spalla. Mi solleva il viso e mi asciuga le lacrime con il pollice. Dolcemente.

"Dammi tempo, Ronja. Io non sono forte come te, non... non ci riesco. Non ancora. Dobbiamo..."

"Dobbiamo cosa?" lo interrompo. "Aspettare? Non voglio aspettare."

Sospira, come se avesse contro il mondo intero. La sua resistenza distruggerà tutto quello che c'è tra noi. Non ho scelta, devo rischiare, qui e subito. Lo afferro e poso la bocca sulla sua, in un misto di rabbia e disperazione.

Questa volta non è un bacio, ma una dimostrazione: deve capire che l'intimità non fa male. Che a dispetto delle nostre esperienze traumatiche possiamo stare insieme, baciarci e accarezzarci come chiunque altro. Il mio naso sbatte contro il suo, i miei denti urtano i suoi, mi bruciano le labbra come se avessi preso una botta, e nella mia testa sprizzano scintille.

Lui è troppo sorpreso per spingermi via. Sono io ad allontanarmi, mozzandogli il respiro oltre alle parole. Mi fissa, paonazzo per lo stupore e la collera.

"Cosa ti credi di fare?" sbotta infuriato.

"È stato così brutto?"

"Mi sa che mi hai rotto il naso."

"Evviva! Magari prima o poi riesco anche a romperti quella testa dura che ti ritrovi!"

Lui si piega in avanti, all'improvviso il suo corpo è scosso dai brividi. Strizza le palpebre come per ricacciare indietro le lacrime, ma non sta piangendo, sta ridendo. Non l'ho mai sentito ridere tanto di gusto.

"Santo cielo," dice con voce strozzata. "Sei proprio pazza..."

Non riesce più a parlare. Cade di schiena sul letto, un braccio sulla fronte, stremato dalle risate. Non si accorge che serro i pugni. E picchio contro la parete con tutta la forza che ho. Il colpo lo fa ammutolire, osserva la piccola crepa sul muro come se non avesse mai visto niente di simile.

"Non è divertente," sussurro. Mi pulsa la mano. Non sanguina, ma la sensazione è la stessa.

Lui non ride più. Si tira su, il suo viso ha una strana durezza. Mi mette una mano sulla nuca e mi attira a sé.

"Vuoi fare sul serio? Sei convinta che sia così semplice? Ok, allora facciamo sul serio."

Mi tiene stretta, e all'improvviso ci baciamo con una furia selvaggia, i nostri corpi si scontrano e nella collisione quasi dolorosa rischiano di andare in frantumi. Non c'è tenerezza e non c'è amore, solo un desiderio sfrenato e represso che si sfoga tutto insieme: le sue labbra sulle mie, le sue mani su di me, ovunque, furia, frenesia. Lo butto sul letto, lui mi sfila la maglietta, poi mi tira i capelli. Il dolore non mi spaventa, per me è normale. Inizia a baciarmi il collo, gli stringo i fianchi con le gambe, abbiamo sempre più fretta, sempre più urgenza, finché restiamo senza fiato. Non so dove ci porterà tutto questo. Non so cosa devo fare, perciò continuo. Lui è rozzo, mi spinge contro la parete. Io mi ribello perché è l'unica cosa che conosco, perché la violenza è la nostra idea dell'amore, e a un tratto tutto cambia. L'eccitazione è insopportabile, il batticuore mi strazia. Sto male. Perché sto male? Ho bisogno di spazio, spazio per respirare, spazio per le mie mani che si ritraggono dal suo corpo e cercano un appoggio. Nello stesso momento, come se la mia pelle gli avesse trasmesso i miei pensieri, anche lui mi respinge. Ci scostiamo di scatto, ansimanti, schiacciati dalla paura che si è risvegliata dentro di noi.

"Ora hai capito cosa intendo?" domanda.

Sono di nuovo sull'orlo del pianto, quell'abisso di lacrime e incertezza in cui mi trascina il mio amore. Mi sposto finché siamo divisi da tutta la lunghezza del letto, ma non basta nemmeno quello, non basta la libertà di movimento, non basta l'aria. Lui si avvicina, la mia testa crolla esausta sulla sua spalla e sento il suo cuore che batte all'impazzata come il mio.

"Possiamo fare in modo che cambi," dico affannata. "Non deve essere per forza così. Papà non ci ha annientati del tutto."

Lui mi stringe tra le braccia, più forte che può. Ma io sono lontana, gettata dalle onde su una spiaggia deserta e sconosciuta, e la distanza tra noi sembra incolmabile.

"Lo spero," replica piano.

21

La mattina dopo finalmente smette di nevicare. Durante la notte un forte vento ha disperso la coltre di nuvole, e il bosco splende nella luce fredda.

Jannik si alza molto presto e approfitta del bel tempo per mettere mano alla fresa e rendere il sentiero sterrato di nuovo praticabile. Tira giù dal letto anche Theo, che si è sempre divertito a usarla. Per metà giornata si sente solo il rombo lontano del motore che arranca metro dopo metro, e dato che Theo non si è ancora precipitato nella Stube gridando furioso "Lo odio!", presumo che abbiano sotterrato l'ascia di guerra. In fondo sono molto simili: legati alla natura, tenaci, abituati a lavorare sodo. Entrambi potrebbero resistere per ore al freddo, senza cedere, senza aver bisogno di compagnia, e proprio per questa somiglianza, per il legame esclusivo che li ha uniti fin dall'inizio, il semplice pensiero che ora possano diffidare l'uno dell'altro è ridicolo. Se si allontanassero anche loro, chi non sarebbe solo a questo mondo?

Rientrano a pranzo, sporchi di neve e carichi di adrenalina per la fatica fisica, e si abbuffano come se non mangiassero da una vita. Tra l'altro mi sono limitata a scaldare una zuppa di lenticchie, che non piace particolarmente a nessuno dei due. Una pausa di dieci minuti per digerire, poi ricominciano a darsi da fare. È bello vedere Theo felice. Per me è il gracile bambino con i capelli scuri, che alla sua età ne ha già passate talmente tante che si invecchia di qualche anno solo a guardarlo. Ma sfacchinare all'aria aperta gli fa bene, gli dà l'impressione di essere utile e gli ricorda di cosa è capace.

Quando è sparito insieme a Jannik oltre la salita, rimango con Henna e Nika. Tenere occupata Henna non è facile, nel giro di mezz'ora si annoia di tutto, e dopo un po' sono a corto di idee. Contare sull'aiuto di Nika è inutile, in più non ho voglia di discutere con lei, perciò infilo a Henna stivali, giacca e berretto e andiamo nella rimessa a dare un'occhiata al gatto di Theo.

In genere quello non è un posto adatto a lei. Alle pareti sono appesi forconi, accette, picconi, falci e rastrelli, e la vecchia carriola usata da papà per trasportare gli animali abbattuti nel bosco le si può ribaltare addosso. In fondo è accatastata la legna, un'enorme piramide instabile sulla quale naturalmente vorrebbe arrampicarsi all'istante.

"No!" la blocco subito. "Altrimenti ti fai male un'altra volta con le schegge."

Una sega arrugginita vegeta al buio sotto un telo bucato. Il pavimento è coperto di segatura ammonticchiata. Il gatto sonnecchia su un pezzo di feltro ricavato da una coperta che non usiamo più messo lì da Theo. Io e Henna ci pieghiamo sulle ginocchia senza fare rumore e osserviamo il nostro nuovo ospite. In realtà non è un gattino, anche se è così piccolo e magro. Anzi, credo che sia vecchissimo. I denti sono storti e sbeccati, e sul corpo ha grosse chiazze senza pelo.

Henna allunga il dito e gli dà un colpetto sulla testa. Anziché trasalire, lui apre gli occhi, ci guarda e infila il muso tra le zampe iniziando a leccarsi svogliatamente.

"Secondo me morirà presto," dice Henna.

"Ma no, è solo stanco. Ai gatti piace oziare in giro."

"A casa anche noi avevamo una gatta." Esita, si tormenta le unghie. "Si chiamava Ally. Era bianca e graaassa grassa." Spalanca le braccia più che può. "Mi manca Ally." Esita di nuovo.

"Lo so, piccola."

Ci sediamo a terra accanto al gatto e vegliamo in silenzio sul suo sonno. Henna mi si è raggomitolata addosso e cerca goffamente di aggrapparsi a me, infagottata nel parka. È la prima volta che racconta di casa sua. Sento che dentro di noi scorrono le stesse immagini, immagini di sicurezza e di protezione, visi familiari e fidati, che però non si lasciano toccare. Non è mai stato tanto difficile ricambiare il suo abbraccio che mendica affetto, non mi sono mai sentita tanto sporca. Dovrei lasciarla andare, invece di tenerla stretta. Il suo posto non è qui. Il posto di nessuno di noi.

All'improvviso qualcosa di freddo e duro mi colpisce alla nuca. Un attimo dopo viene bombardata anche Henna, e balziamo in piedi.

"Beccate!" gongola Theo. Sta preparando un'altra palla di neve, quando Jannik lo afferra per il bavero e lo getta nel mucchio che hanno appena spalato.

"Controlla che la fresa sia al suo posto, pagliaccio."

"Ma sono due bersagli facili!" esclama Theo rialzandosi a fatica. È completamente bianco, quasi non si distingue dal paesaggio intorno. Solo le guance rosse lo tradiscono.

"Vigliacchi, avvicinarvi di soppiatto." Spazzolo con le mani i vestiti miei e di Henna e li raggiungo fuori. Faccio appena in tempo ad abbassarmi, prima che Theo mi lanci la palla successiva.

Jannik si toglie il berretto di lana e si passa le dita tra i capelli. Anche lui è ricoperto di neve.

"Abbiamo finito."

"Tutto il sentiero?"

"Tutto il sentiero."

"Andata e ritorno!" specifica Theo e gli si piazza accanto con aria da spaccone.

Mi sforzo di non ridere. "Allora di certo avrai fame. Vieni, c'è una torta che ti aspetta."

"Yeee!" Niente riesce a risvegliare l'entusiasmo di Theo come la parola "torta". Prende per mano Henna, le strofina sulla faccia una manciata di neve e la porta a cavalluccio fino a casa, incurante delle sue bizze.

"Vorrei che fosse sempre così," commenta sottovoce Jannik. Un attimo dopo storce la bocca, come se avesse detto una cosa assurda. "E voi cosa avete fatto, mentre noi ci spaccavamo la schiena?"

"Abbiamo badato al gatto."

"Con scarso successo, a quanto pare."

Mi volto, sorpresa. La coperta sul pavimento è vuota, le orme sulla segatura vanno verso la catasta di legna. "Theo deve averlo spaventato."

Jannik sorride.

Anch'io vorrei che fosse sempre così. La spontaneità tra noi, le lunghe occhiate sincere che mi toccano più intensamente di quanto potrebbero fare le mani. Jannik diventa un'altra persona quando ha la possibilità di essere se stesso, di seguire le proprie inclinazioni. Sono le cose semplici come pulire il sentiero dalla neve a renderlo felice, ad appagarlo nel profondo dell'anima. Come potrebbe vivere in una città, confinato in uno spazio angusto, circondato da frastuono e cemento? Sarebbe infelice nel mondo là fuori. Ecco perché mi spezza il cuore dovergli rivolgere ancora la domanda che lui non vorrebbe sentire.

"Sei sicuro che stiamo facendo la cosa giusta? Dobbiamo davvero portare via anche a loro tutto ciò che avevano per... per questo?" Mi guardo intorno e vedo solo un sogno, un angolo sperduto in una palla di vetro con la neve: isolato e artificiale, un prodotto della nostra fantasia.

Il viso di Jannik è tornato la maschera seria che ha introiettato nel corso degli anni. Ormai leggergli dentro è praticamente impossibile. Il suo sguardo si posa sui vari attrezzi alle pareti, sulla sega circolare e poi di nuovo su di me. "Potremmo rimettere un po' a nuovo," dice. "La casa, il capanno, tutto. Forse dopo non ci ricorderà più così tanto papà."

"Non so se basterebbe. Gli altri non riescono a mettere radici qui come te. Vogliono tornare a casa."

"È questa la loro casa. E lo capirebbero se tu non li assecondassi di continuo!"

Non trovo una risposta a quella colossale fesseria, ma per fortuna non serve. Jannik si siede sul pavimento e sospira prendendosi la testa tra le mani.

"Mi dispiace. Sono stato ingiusto."

Mi siedo accanto a lui e cerco la sua mano, che dopo una breve esitazione ricambia la mia stretta.

"È solo che..." continua, "non riesco a concentrarmi. Devo risolvere un sacco di problemi, i soldi, Nika, e... Ma appena arrivi tu, la mia mente si svuota. Non riesco a pensare ad altro che... che a te e... a quello che mi hai detto. Che tra noi potrebbe essere diverso, io però... non vedo come... Non ho mai provato niente di simile, e mi fa paura." I suoi occhi mi sfiorano timidi il viso, sembrano chiedere se provo lo stesso anch'io.

"L'ultima cosa che voglio è farti pressione," rispondo con dolcezza. Anche se scoppierei a urlare, perché è evidente che considera i propri sentimenti un ostacolo. Anche se questa accortezza, questa attesa straziante finiranno per uccidermi.

Jannik si piega in avanti, e sento le sue labbra sulla fronte, le sue dita tra i capelli. Mi tira a sé, e in un momento di assoluta armonia riesce a guardarmi con lo stesso amore puro e sconfinato con cui io guardo lui.

"Fidati di me, Ronja. Andrà tutto bene. Vedrai, andrà tutto bene."

La sua voce è carica di tristezza. Gli getto le braccia al collo e chiudo gli occhi, aspettando disperatamente che l'angoscia scompaia. Il tempo sembra fermarsi, nella nostra palla di vetro con la neve, nella nostra gabbia di cristallo incantata. E mi chiedo quanto ci vorrà, prima che faccia buio e ci tocchi decidere una volta per tutte se fuggire o morire come i miei ragni nel barattolo.

"Papà era di nuovo accanto al mio letto."

Smetto di rammendare la federa di Henna e la guardo. Il suo viso in genere allegro è pallido e serio. Infila le gambe sotto la coperta e stringe il cuscino nudo come se fosse una cosa viva.

"Hai sognato di nuovo, piccola. Non devi aver paura dei sogni, non sono reali."

"Ha detto che ci farà del male... e che tornerà. Presto!" Tira su col naso e si morde le labbra angosciata. Cerco di accarezzarle la testa, ma lei si ritrae rintanandosi ancora di più.

Lancio un'occhiata perplessa a Theo, seduto a gambe incrociate sulla sua brandina pieghevole e immerso nei fumetti, la sua unica lettura da quando è arrivato. La mia muta richiesta di sostegno viene ignorata.

Vado alla finestra e chiudo bene le tende. Forse è solo la notte a far paura a Henna, da bambina ero come lei. Attraverso i piccoli vetri opachi, il buio somiglia a una massa impenetrabile che soffoca qualsiasi traccia di vita. Come se si guardasse dall'oblò di una nave affondata, a migliaia di metri sotto il livello del mare.

Finisco di rammendare la federa raccontando a Henna la storia di Fiffi lo scoiattolo che le piace tanto. Quando finalmente le si chiudono gli occhi, sono le dieci passate. Spengo la luce, Theo prende subito la torcia e continua a leggere con la testa sotto la coperta. Scendo di sotto a controllare porta e finestre, anche se Jannik è sempre molto scrupoloso. Henna e i suoi maledetti incubi... È ridicolo. Papà è morto, e nemmeno la fantasia più sfrenata può cambiare questo dato di fatto.

Sto per tornare indietro, ma noto che la porta di ingresso è aperta di uno spiraglio. Abbasso la maniglia e sbircio fuori, tesa.

"Santo cielo, mi hai spaventata!" In un misto di sollievo e rabbia, spalanco con forza il battente che urta contro la parete. "Cosa ci fai lì? Vieni dentro, ti prenderai un accidente."

"Ah, tutto a un tratto ti preoccupi?" Nika si volta verso il pozzo, il cui profilo spigoloso si distingue nell'oscurità. Nonostante il gelo, indossa solo la lunga camicia da notte e un paio di vecchie pantofole che affondano nella neve. Non cerca nemmeno il riparo della tettoia, il vento le soffia i fiocchi in faccia.

Chiudo in fretta la porta perché la casa non si raffreddi e la raggiungo. Tremando come una foglia, rifletto se metterle il mio cardigan sulle spalle.

"Non ti disturbare," mi blocca lei mentre mi sfilo una manica. "Non ho freddo."

"Raccontalo ai tuoi piedi, hai le dita blu. Che ti salta in testa? Vuoi ucciderti, forse?"

"Pensavo. È proprio bello qui. Oggettivamente parlando, intendo. Così pulito e tranquillo. Ora che non c'è più papà."

Strani discorsi. Mi muovo verso la porta. "Dai, entriamo."

"Dillo che hai paura dell'uomo nero."

Ci è andata vicina, però no. Ho paura delle sagome scure e immobili dei pini, con le cime che svettano alte sopra il pendio come le lance di un esercito appostato. È inquietante il modo in cui Nika fissa il bosco, quasi in attesa che il buio piombi su di noi.

"Muoviti. È tardi e muoio di freddo."

"Vattene, allora."

"Non ti lascio qui. Per favore, Nika."

Lei si volta verso nord, in direzione del sentiero.

"Ho sentito che Jannik l'ha sgombrato."

"Sì."

"Bene."

Il suono assorto della sua voce mi rende nervosa. Le chiedo ancora di tornare in casa. Lei fa un passo avanti, e un presentimento mi spinge ad afferrarla prima che precipiti nella scarpata. La seguo nella neve, le prendo la mano e la trascino dentro.

"E ora mi dici che diavolo ti è venuto in mente!" le urlo in faccia mentre chiudo a doppia mandata. Invece di appendere la chiave al piccolo gancio accanto allo stipite, la infilo in tasca con un gesto ostentato. "Siamo sottozero, vuoi farmi diventare matta? Sei già abbastanza malata, e tutti ci facciamo un culo così per farti stare meglio!"

Lei sfodera un sorriso sarcastico che si trasforma in una smorfia amara. "Quanto sei ipocrita, Ronja. Ma smetterai presto."

"E questo cosa dovrebbe significare?"

Lei però non parla più. Sale le scale a testa alta, lenta e solenne come una regina. Le pantofole lasciano impronte bagnate sulle assi di legno. Quando dal leggero scricchiolio capisco che è in camera sua, raduno tutte le chiavi e le metto al sicuro nel cassetto del mio comodino, mentre Jannik mi osserva aggrottando la fronte.

"Cosa fai?" domanda.

"Nika è sempre più strampalata. Era fuori al freddo."

"E che c'entrano le chiavi?"

"Per sicurezza, così non esce più. Altrimenti l'uomo nero se la porta via."

Come unico commento al mio atteggiamento paranoico lui scuote la testa, ma vedendo che lascio scivolare la chiave di casa sotto il cuscino, appoggia il mento sul palmo e mi fissa. "Non ti sembra di esagerare?"

"Morirà se va in giro con questo tempo!"

"Perché dovrebbe andare in giro?"

"Che ne so! Forse papà si è materializzato accanto al suo letto e le ha detto di seguirlo!"

Jannik si strofina gli occhi, preoccupato. "Cosa?"
Sono troppo infuriata per rispondere. Muovendomi a scatti, mi tolgo le scarpe e i pantaloni, poi il cardigan, la maglia e la canottiera e resto in mutande e reggiseno.
"È pazza," sibilo, e mollo un calcio ai vestiti. Sono infreddolita e mi tremano le mani. Scaravento nel cassetto anche la chiave di casa. "Non fa altro che piangersi addosso dalla mattina alla sera. Come può guarire, se non ci crede nemmeno lei? Tanto vale che si scavi la fossa con le sue mani!"
La rabbia che ho dentro sgorga senza freni, mi vengono perfino le lacrime agli occhi. Forse però non è rabbia, ma semplicemente paura. Non la sopporto più, questa paura. Mi accovaccio sul pavimento e mi premo le mani sul viso per arginare l'insensato fiume in piena che non comprendo io per prima. Mi accorgo di avere la pelle d'oca solo quando Jannik mi fa sdraiare nel suo letto e inizia a sfregarmi le spalle e le braccia per scaldarmi. Poi tira su la coperta, e il calore del suo corpo mi avvolge completamente. La sua vicinanza mi calma. Il tremito diminuisce, e alla fine si asciugano anche le lacrime. Di colpo mi sento patetica. Allora non sono abbastanza forte per tutto questo, non sono abbastanza forte per la vita che ho deciso di avere?
"Non voglio che muoia." La mia voce è debole, proprio come lo sono io. Tutto in me è annientato dall'ansia e dal freddo che non vuole placarsi.
Lo sguardo di Jannik è caldo e tenero come il suo tocco, ma sento che il mio stato lo ha messo in agitazione. "Non morirà," dice.
"Deve andare in ospedale. Lo sai anche tu."
"E tu sai che non si può."
"E se muore perché non possiamo più fare niente per aiutarla?"
"Pace."
Lo fisso. Il suo sangue freddo non finisce mai di sconcertarmi, quando si mette in testa una cosa non ha pietà. In cuor mio lo invidio, perché a volte sembra essere di pietra, e non sarebbe un'immensa benedizione non avere sentimenti, almeno per un breve momento?

Stanotte non c'è vicinanza, non ci sono contatti né sguardi furtivi. Il nostro abbraccio è piuttosto una necessità, in questo modo scacciamo il freddo e la sensazione di solitudine che all'improvviso mi pervade. Perché non importa quanto siamo vicini, quanto ci teniamo stretti, continuo a non sapere se un giorno mi abbandonerà. Se un giorno andrà nel bosco e scomparirà per sempre, come tanti prima di lui.

Ma la paura passerà, questo lo so. Finora è sempre passata.

22

È un sonno pesante e profondo, che mi avvolge in una nuvola di spensieratezza morbida come seta per quelli che mi sembrano anni. Il suono sommesso del mio nome ripetuto di continuo è un mormorio distante. Solo quando sento un tocco sulla spalla, apro gli occhi e mi trovo davanti il viso di Henna bianco come la neve.

"È successo qualcosa, piccola?" domando intontita.

Indossa ancora la camicia da notte e tiene in braccio il suo cuscino. Il chiarore dell'alba entra dalla finestra riempiendo la stanza di una luce scialba, che aumenta pigramente di intensità. Lo sguardo di Henna vaga sorpreso sul mio corpo.

"Cosa state facendo? Perché siete abbracciati?"

Mi accorgo che Jannik mi ha stretta a sé. Mi libero con delicatezza, e lui si volta dall'altra parte borbottando qualcosa.

"Avevamo freddo," sussurro, e torno nel mio letto. È gelido, ma fingo di mettermi comoda e allungo le braccia per farla rannicchiare al mio fianco. Lei resta ferma dov'è, senza smettere di fissare Jannik.

"Lo faceva sempre anche papà... quando dormiva. Mi stringeva forte. Proprio così." Ammutolisce, ma so cosa le passa per la testa, lo so benissimo.

"Questa volta... è diverso," cerco di spiegare. "Jannik non mi ha... Io e lui... Tra di noi è bello," concludo, arrancando a disagio.

Lei non replica. La costringo a girarsi verso di me, vorrei essere chiara, ma lo sguardo smarrito nei suoi occhi è sufficiente a bloccarmi, e non riesco più a spiccicare parola. Non capirebbe. Vederci abbracciati nello stesso letto ha risvegliato in lei ricordi talmente orribili da riempire di panico il suo cuore fragile. Discorsi avventati sull'amore e sul desiderio servirebbero soltanto a confonderla ancora di più.

Mi alzo e tiro le tende. "Come mai già in piedi? Il sole non è ancora sorto," dico con un sorriso che non mi riesce come vorrei.

"Nika non c'è," risponde lei esitante.

Jannik si tira su mezzo addormentato, e Henna fa un lungo passo indietro.

Non sono certa di aver capito bene. Scambio un'occhiata con lui, che di colpo sembra completamente sveglio. "In che senso, non c'è? Non è in camera sua?"

"No, è andata via. Mi ha ordinato di non dirlo a nessuno," risponde intimidita Henna avvinghiandosi al cuscino. "Penso che voglia tornare a casa."

Di rado ho visto Jannik balzare dal letto con tanta rapidità. Ha i capelli arruffati e un segno rosso sulla guancia, ma la sua mente è lucida.

"Sei proprio sicura?" Tento di strappare a Henna un segnale di cessato allarme, mentre lui si veste in silenzio e prende le chiavi dal mio comodino. Tutte. Anche quelle delle macchine.

Henna annuisce sconvolta. "Jannik va a riprenderla? Per punizione Nika finirà nel buco?"

"Cosa?" domandiamo all'unisono. Io sconcertata, lui furioso. Henna si rintana in un angolo senza fiatare.

"Tu non muoverti di lì," le dice secco Jannik. "E tu vieni con me, corri," mi ordina come se fischiasse a un cane.

Si precipita al piano di sotto, io invece combatto ancora con i pantaloni e le scarpe. Mille pensieri mi attraversano il cervello. Eppure la porta di ingresso era chiusa. Come ha fatto Nika a uscire? Mentre scendo le scale mi vengono in mente le rose. Basta aggrapparsi ai rami e calarsi giù. Avrei dovuto immaginarlo, quando ieri mi ha chiesto se il sentiero era sgombro. E forse una parte di me lo aveva immaginato, però ho fatto finta di nulla perché nel profondo non volevo che morisse tra le sue quattro mura ammuffite. Ora mi rendo conto di quanto sono stata stupida: se non la uccidono prima il freddo o la debolezza, ci denuncerà nel primo centro abitato che incontra. In lei cova abbastanza odio represso, abbastanza sete di vendetta. Dobbiamo fermarla.

Jannik sta già togliendo la neve dal tettuccio della Lada. Esco di corsa nell'aria pungente del mattino e lo raggiungo incespicando. Il mio cuore batte all'impazzata. Sono appena salita al suo fianco, quando sopra le nostre teste si apre una finestra. Theo spunta insonnolito dal buio della camera. Jannik gli grida di restare in casa e badare a Henna fino al nostro ritorno. Sul viso di Theo compare un'espressione cupa. Come me, conosce anche troppo bene il significato di quelle parole e del tono con cui sono state pronunciate.

Jannik fa manovra, e io frugo nel vano portaoggetti in cerca del coltello che papà teneva lì. Poco dopo mi cade in grembo.

"Cos'era quello?" domanda Jannik dirigendosi verso lo sterrato.

"Niente." Nascondo il coltello sotto il sedile. Fuori dalla sua portata.

Finalmente la raggiungiamo dopo una curva. Il sole ha ricacciato le ultime ombre nel fitto del bosco. Sono sorpresa che Nika abbia tutto quel vantaggio. Infagottata in un giaccone pesante, marcia imperterrita accanto ai cumuli di neve alti fino al ginocchio ammassati lungo il ciglio della strada. Quando Jannik spegne il motore, il silenzio è assoluto. Deve averci sentiti arrivare, ma non si è nascosta tra gli alberi per cancellare le sue tracce: lo sa anche lei, che da quel bosco si rischia di non uscire più.

"Lascia che me ne occupi io, per favore," dico trattenendo Jannik, pronto a scendere per acciuffarla. Lui non sembra convinto, però si adegua e aspetta accanto al cofano.

Mi avvicino a Nika e la prendo per un braccio. "Nika! Fermati, maledizione!"

Lei si divincola e prosegue ostinata. Attutita dalla spessa sciarpa di lana, la sua voce arriva come dal fondo di una voragine. "Non mi faccio rinchiudere da voi! Andate via! Marcite pure in quella gabbia."

"Ti prego, Nika, rifletti un attimo! A piedi e con questo freddo non arriverai da nessuna parte."

"Lo vedremo."

Mi getto una rapida occhiata alle spalle per accertarmi che Jannik resti fuori dalla faccenda. I suoi lineamenti tirati dicono chiaro e tondo che non mi concederà molto tempo.

"Torniamo a casa e parliamone con calma! Ci sediamo tutti insieme e cerchiamo una soluzione, te lo prometto! Magari troviamo un modo per portarti in ospedale. Nika, aspetta!"

La supero con facilità, lei però ignora le mie braccia tese che tentano di bloccarla. Attraversa la strada ansimando e scuote con foga la testa.

"Volete solo salvarvi la pelle. Siete falsi. Finché crepavo in silenzio in quella topaia non vi importava nulla, ma appena vedete minacciato il vostro piccolo mondo idilliaco all'improvviso volete parlare!" Fa una risata, breve e secca.

I passi di Jannik che si avvicinano mi riempiono di panico. Il mio tempo è già scaduto? È troppo infuriato per affrontare razionalmente la situazione. Mi piazzo di nuovo davanti a Nika, cerco di impedirle di fuggire. Lei mi spinge via con una violenza tale che finisco contro un tronco e cado nella neve. Rimango paralizzata per qualche istante.

In sottofondo sento Jannik inspirare rumorosamente. Neanche tre secondi dopo mi sfreccia davanti e si scaglia addosso a Nika.

Lei si difende con tutte le proprie forze, urla, morde e graffia, ma lui non batte ciglio. La trascina senza una parola, la carica di peso sull'auto e le allaccia la cintura. Nel tempo che io ci metto a crollare sul sedile, il viso contratto dal dolore, ha già tentato tre volte di scendere. Alla quarta, Jannik le molla una gomitata in faccia, e lei si accascia con il naso insanguinato.

"Jannik!" grido inorridita.

Lui è impegnato a fare inversione. Nika non si muove. Deve aver perso i sensi.

La Lada procede a sobbalzi. Mi volto di continuo, perché di certo lo svenimento di Nika non è un buon segno. Jannik tiene gli occhi fissi sulla strada. Dopo aver parcheggiato davanti casa, la prende in braccio e la porta di sopra. Sia io sia Henna e Theo, che sentendoci arrivare sono corsi fuori, ci teniamo alla larga.

"Aspettate qui," dico ai bambini.

Con il cuore che galoppa, salgo di corsa le scale ed entro in camera di Nika mentre lui la posa sul letto. Con estrema delicatezza e una profonda ruga preoccupata tra le sopracciglia.

"Che facciamo?" domando. Se ha provato una volta, proverà ancora.

Jannik la osserva pensieroso. Poi se ne va e ritorna con una corda.

Non credo ai miei occhi. Gli do uno spintone e mi butto sul letto per proteggere Nika. "Dovrai passare su di me!"

"Hai un'idea migliore?"

"Non la legherai, Jannik. Hai capito? Non la legherai!"

Lui getta a terra la corda e colpisce l'armadio con il piede destro. Un calcio, due calci. Il legno si spezza scricchiolando, l'intera casa sembra tremare, e io anche. Poi all'improvviso si calma, mi guarda e alza le spalle. "Uno dei due deve farlo. O io o tu."

Scuoto la testa, sempre più disperata. "Deve esserci un altro modo... Santo cielo, stiamo parlando di Nika!"

"Che non esiterebbe un istante a fare lo stesso con noi," replica con freddezza. "Ti rendi conto o no di cosa succede? Sta impazzendo! La malattia ha attaccato il cervello. Se non la immobilizziamo, ci metterà tutti nei guai."

Si china a raccogliere la corda e viene verso di me. Molto lentamente. I suoi occhi si sono ammorbiditi, mi spostano di lato con garbo e senza il minimo sforzo. E io lo permetto, in piena consapevolezza. Immobile, lo guardo fare i nodi con gesti esperti. Papà gli ha insegnato bene. Lega insieme i polsi di Nika e fissa la corda alla testiera. Controlla che sia salda. Un brivido freddo mi scuote il corpo a ondate nel vederla così, incosciente e legata al letto come una malata di mente. Jannik avverte la mia inquietudine e mi prende tra le braccia. Da lui emana il gelo dell'inverno, un soffio ghiacciato che si serra intorno a me come una morsa.

"Fidati," dice. "Se non stiamo in guardia, ce ne pentiremo."

Affondo la fronte sul suo petto e chiudo gli occhi. L'abbraccio di Jannik è deciso, ma il gelo non diminuisce. Però non mi stacco da lui.

21 ottobre

Sono seduto in camera mia, davanti a me una vecchia sciarpa sporca. L'ho presa nella tana di papà. Fuori lampi e tuoni infernali, come se dovesse piovere per sempre. La sciarpa è l'unica cosa rimasta della bambina. Ho perlustrato ogni angolo di quel buco buio e sperduto, ma lei non c'era più. Ho trovato solo la sciarpa, in una pozza d'acqua torbida.

Papà deve averla portata via. Significa che ha capito di essere stato seguito.

Non so che fare. Dirlo a mamma sarebbe inutile. La tiene in pugno e comunque, anche se mi credesse, non ha alcun potere contro di lui. Continuo a fissare questa sciarpa e non mi sembra vero. Metterò papà di fronte a quello che ho scoperto. Tutto questo deve finire.

25 ottobre

Un altro temporale. Ho l'impressione che i tuoni non diminuiscano mai.

Mentre ero disteso in fondo a quel buco, solo e sanguinante, cose come il clima e il tempo non avevano importanza. Ha un che di beffardo veder scivolare via la giornata prigioniero in una notte di inchiostro. Scrivo con la sinistra, perché non riesco e tenere la stilografica con la destra. Mi fa uno strano effetto, sembra quasi di mentire.

Da quando mi ha liberato, papà non è venuto neanche una volta a vedere come sto. A mamma ha raccontato che sono andato a caccia e mi sono procurato le ferite cadendo. Solo io e lui conosciamo la verità: che tre mattine fa mi ha buttato giù dal letto prima dell'alba e mi ha ordinato di non dirle niente. Che in quel momento sapeva già cosa sarebbe successo.

Che mi ha portato sulla montagna e mi ha spinto nel crepaccio. Lui, un vecchio. Non me lo aspettavo. Ammetto di averlo sottovalutato.

Mi ha lasciato laggiù soltanto per un giorno, ma le ore diventano anni quando sei al buio e abbandonato a te stesso, quando non sai se rivedrai la luce del sole, e ogni rumore, ogni goccia fredda ti spaventa a tal punto che cerchi di scalare la roccia a mani nude. Ci provi perché sei convinto che altrimenti morirai, e mentre continui a scivolare sulla parete bagnata, ti spezzi le unghie e graffi le pietre, e pensi che quella è la tua fine. Resterai murato in eterno. Come è riuscita Fanni a sopportare un simile orrore? Forse papà non l'ha nascosta da un'altra parte... forse è ancora lì, è diventata parte della montagna, invisibile.

Credo che il sole stesse tramontando quando la sagoma di papà è spuntata all'imbocco del cunicolo. Ha calato una fune e mi ha tirato su. Mi ha dato una pacca sulla spalla, come se avessi superato la prova del fuoco. "Ora ci penserai due volte prima di spiare tuo padre?" ha domandato.

Mamma è distrutta. Da quando sono tornato mi sta sempre addosso. E papà si atteggia a grande eroe che ha riportato a casa il figliol prodigo. Adesso che ho le dita fasciate non posso prendere il coltello che ha gettato ai miei piedi con un gesto di sufficienza. "Rifletti bene su cosa ci farai, ragazzo," ha detto. "O mi tagli la gola o ti fai trovare qui fuori a mezzanotte in punto e impari a cacciare sul serio."

Ancora tuoni. La mia grafia è quasi illeggibile. In quel buco puzzolente, circondato dalla sporcizia e un silenzio così profondo che potevo sentire i miei pensieri, ho avuto molto tempo per ragionare. Incredibile, che strani scherzi giochi la paura di morire. O il buio. Perché l'unica cosa che mi ronzava in testa era una domanda: chi era Fanni, la bambina a cui papà faceva visita quasi ogni notte?

26 ottobre

A mezzanotte in punto papà mi stava aspettando fuori. All'inizio mantenevo le distanze, ma quando siamo saliti in macchina la tensione si è allentata. Abbiamo guidato per ore prima di arrivare in città. Non parlavamo, ma del resto non era necessario. Intuivo quello che aveva in mente. Ci siamo fermati nel parcheggio di una scuola. Papà ha scartato due panini al formaggio. Io avevo lo stomaco chiuso, perciò li ha mangiati entrambi lui. Continuavo a chiedere cosa ci facevamo lì, anche se dentro di me lo sapevo. Abbiamo aspettato. Finché è sorto il sole e sono arrivati i bambini.

Doveva aver già studiato la zona. Altrimenti non si spiega la facilità con cui ci è riuscito.

Ha chiamato la bambina tenendosi in disparte, riparato dall'ombra di alcuni alberi. Io sono rimasto seduto in macchina, senza muovere un muscolo. Ero troppo scosso, ma anche affascinato. Il suo comportamento aveva qualcosa che mi colpiva. Così disinvolto e naturale, come se si fosse esercitato a lungo. E forse lo ha fatto davvero.

Quando l'ha portata in macchina, stavo per scendere e dare l'allarme. In un modo o nell'altro, magari urlando come un pazzo nella speranza che bastasse. Poi però mi sono reso conto che probabilmente papà avrebbe lasciato perdere tutto e io sarei stato punito per essermi immischiato. Era troppo tardi. No, queste sono solo scuse. La verità è che non ho avuto il fegato di tradirlo. Mi tiene in pugno, esattamente come tiene in pugno mamma. E abbiamo portato via la piccola. Si chiama Eva. Ha dieci anni.

Ora Eva vive nel buco.

Mamma non deve scoprirlo.

23

Sono seduta sul letto di Nika e controllo il suo respiro, la cassa toracica che si solleva e si abbassa piano, riconoscibile con chiarezza nell'oscurità soffocante della stanza. La pioggia, che da ore batte sul tetto e sui vetri delle finestre, presto si trasformerà di nuovo in grossi fiocchi bianchi. Il disgelo è tipico di novembre. Si potrebbe regolare l'orologio sui violenti rovesci freddi, e mi chiedo se con la pioggia anche il resto del mondo appare così desolato, dimenticato come un vecchio quadro lasciato ad ammuffire in soffitta.

Tampono la fronte sudata di Nika con un panno umido e, dopo un'occhiata al suo viso addormentato, le allento la corda intorno ai polsi.

Sono stati due giorni difficili. La febbre è salita. Naturalmente Nika non è stata contenta del trattamento e ha cercato più volte di liberarsi. All'inizio volevo risolvere la situazione in maniera ragionevole, slegandola e cercando di convincerla, ma alla fine l'unica cosa che aiutava erano le medicine. Abbiamo ricominciato a darle le solite, quelle che la fiaccano. Da allora alterna fasi di sonno profondo a brevi sprazzi di veglia apatica.

Jannik sostiene che dormire le faccia bene, perché almeno non si affatica troppo. Non ha tutti i torti, e dopo le ultime giornate capisco anche che non aveva scelta ed è stato costretto a prendere una decisione tanto estrema: Nika non è più in grado di distinguere cosa è giusto da cosa è sbagliato. Nel suo corpo esiste solo l'istinto animale verso la fuga, e se non la teniamo a bada potrebbe essere un pericolo per noi o per se stessa.

Però è difficile lo stesso vederla soffrire, anche se ho sempre saputo che prima o poi ci saremmo ritrovati a questo punto. È stato stabilito nel momento in cui Nika è arrivata qui. Accorgendosi che peggiorava, papà avrebbe potuto lasciarla andare. Invece l'ha tenuta con sé, segnando il suo destino.

Bussano alla porta.
"Dorme?" domanda Theo aprendola di una fessura.
"Sì. Vuoi farle compagnia?"
"Non lo so..." Si affaccia titubante e si guarda intorno. Capisco che qualcosa non va.
"Jannik è cattivo con Coda," dice, senza lasciarmi il tempo di chiedere cosa c'è.
"Intendi il gatto?"
Ogni tanto lo chiama Coda e ogni tanto Palla di pelo o Artiglio.
Lui annuisce a testa bassa. "Lo tratta male. Digli di lasciarlo stare."
Mi alzo controvoglia, ultimamente Theo critica spesso Jannik, forse in maniera eccessiva. Si lamenta di continuo che è severo, che lo fa lavorare, che lo sgrida quando stuzzica Henna. Piccolezze, ma la storia del gatto è nuova. È ora di affrontare la questione. Dopotutto anche Jannik deve fare la sua parte perché la nostra vita insieme funzioni.
Incarico Theo di restare con Nika ed esco di casa.
Jannik è seduto sotto la tettoia e lancia sassi nel fango. Lo faceva anche da piccolo, quando pioveva. Detesta il brutto tempo. Bloccato in casa diventa intrattabile, atteggiamento che in passato gli è valso più di una notte nel ventre della montagna. Da allora tollera ancora meno gli spazi stretti. Vede anche noi come uno spazio stretto, che non gli lascia la libertà di muoversi e di pensare, che gli toglie l'aria?
"Ehi, che ci fai qui fuori?" Mi siedo al suo fianco e gli scosto un ciuffo di capelli dalla fronte. Sono bagnati, segno che fino a un attimo fa era sotto la pioggia.
"Devo tagliarli?"
"Come?"
"Mi danno fastidio. Ogni volta che c'è vento mi finiscono in faccia."
Infilo il braccio sotto il suo e lo bacio sulla guancia. "Theo dice che sei cattivo con il suo gatto."
Lui si limita ad alzare gli occhi al cielo.
"Dovresti parlargli. Non voglio che litighiate." Appoggio la testa sulla sua spalla e gli accarezzo il braccio. "Nika dorme

ancora. Credo che non se la passi bene. Fatica sempre di più a respirare. È come se... se la guardassimo morire."

"Ti fai troppi problemi."

"Hai notato quanto è dimagrita negli ultimi giorni?"

Lui mira al secchio di latta rovesciato accanto al pozzo. Lo centra in pieno. "Cosa sono questi discorsi, Ronja? Non eravamo d'accordo su Nika?"

"Sì... lo eravamo."

"Allora basta." Si alza e inizia e raccogliere i sassi sparsi in giro. Sono parecchi. Torna a sedersi al suo posto e li scaglia di nuovo contro il secchio. Tanto forte che lo ammacca.

"Cos'è stato?" domando. "Questo rumore."

"Il gatto." Un altro sasso.

Mi guardo intorno, ma non lo vedo. Però sento ancora il rumore, un lamento acuto e straziante che mi fa accapponare la pelle. È... proprio davanti a noi. Arriva dal secchio.

"Cristo santo!" Scatto in piedi, per un attimo resto paralizzata, poi corro fuori dalla tettoia per sollevare il secchio. E vedo il gatto acciambellato nella melma, che trema di freddo. "Dio mio... Lo hai intrappolato per tirargli addosso i sassi?"

"Voleva entrare in casa."

Qualcosa mi mozza il fiato, un orrore gelido come un pezzo di ghiaccio. Mi inginocchio lentamente, vorrei prendere quella povera bestiola e riscaldarla, ma il gatto mi schizza tra le gambe e sparisce in mezzo ai cespugli sul bordo del pendio. Dubito che tornerà.

Jannik ha ancora in mano i sassi.

"Non guardarmi così," dice. "Avrebbe potuto attaccarci come minimo dieci malattie."

"Jannik... si può sapere che ti prende?"

Lui si volta dall'altra parte, si passa la mano sulla nuca e sulla testa, sembra non sapere nemmeno lui cosa gli sta succedendo. Mentre torno verso la tettoia, lascia cadere i sassi.

"Non ne ho idea," sospira. "Quel gatto... mi dava sui nervi."

Ripenso al corvo ferito sulla strada. Alla testa di papà nello zaino. È il bosco, mi dico, questo maledetto bosco con le sue voci che sussurrano. Le voci dei morti, di chi vuole vendetta, delle tenebre insidiose. Jannik è stato esposto al loro influsso più di tutti noi, e in giornate come queste, quando la pioggia lava via i colori e i rumori del mondo, temo che senta ancora il loro richiamo.

Mi segue in casa, e gli porto un bicchiere d'acqua. Si siede al tavolo e lo svuota d'un fiato, come se stesse morendo di sete.

"Non fare mai più una cosa del genere."

Lui annuisce. "Va bene."

Ma non è vero. Qui niente va bene.

Durante la notte mi sveglio di soprassalto sentendo Nika tossire. Talmente forte che ho paura vomiti i polmoni da un momento all'altro. Ancora mezza addormentata, mi precipito nella camera accanto e cerco di aiutarla, benché non ci sia nulla che posso fare. La tengo ferma, vorrei riuscire a trasmetterle un po' della mia forza prima che questi accessi sconquassino il suo corpo debilitato.

La tosse peggiora, finché Jannik compare sulla soglia, serio in viso. Da un cigolio incerto capiamo che si sono alzati anche i bambini. Lui chiude di scatto la porta prima che possano sbirciare dentro.

La mattina, quando io e Jannik ci sediamo a colazione, una spessa coltre di nebbia si è posata sulla radura. I rami degli alberi si piegano come gomma sotto il peso umido, foglie e rocce scintillano di rugiada, l'odore intenso delle pigne e del muschio si mescola al freddo pungente dell'inverno che si avvicina. Guardare dalla finestra è come gettare un'occhiata al nostro futuro: tutto appare indistinto, confuso, frastagliato, come monete sul letto di un lago profondo.

I bambini erano preoccupati per Nika e stanotte non si sono più addormentati. Adesso devono essere crollati, e il silenzio mi comunica un senso di angoscia. Non mi dà sollievo concentrarmi sull'acqua che bolle nel vecchio bricco per il tè. Il silenzio di tomba di questa mattina è un segno del destino: se non facciamo qualcosa, molto presto sarà sempre così.

Sfrutto il tempo finché siamo soli.

"Bisogna portarla in ospedale."

Jannik osserva il pane spalmato di marmellata che ha nel piatto. Le mie parole sembrano non arrivare fino a lui, come se la nebbia non fosse soltanto all'esterno, ma anche in casa.

Gli tocco la spalla, poi il braccio, aumento la stretta. "Non è un gatto che puoi infilare sotto un secchio. Dobbiamo aiutarla!"

Ha la stessa espressione di quando guarda la sua immagine riflessa nello specchio del bagno, quell'orribile fissità che gli rende il viso così duro e impenetrabile da farmi quasi paura.

"Hai ragione," risponde piano.

Sono troppo sorpresa per aprire bocca. Finalmente lo riconosce... Signore onnipotente, grazie.

"Approfittiamone finché dura il disgelo." Ora è padrone di sé. "Anzi, è meglio partire subito."

"Dici sul serio? La portiamo in ospedale?" Ho la voce stridula per l'eccitazione.

Lui si volta verso di me e sorride. Non ricordavo più come fosse il suo sorriso. È infinitamente triste.

"Vieni, andiamo a svegliarla."

24

"Se te lo sto dicendo," insiste Sarah. "Sono a Dimbach, davanti alla porta. Angerweg 8. È disabitata."

"Non capisco," commenta la voce di Richter dal cellulare. "L'ultima Lada risulta intestata a Silas Thalhammer, e quello è il suo indirizzo."

"Però non c'è nessuno. E la casa cade a pezzi."

Richter tace. Ormai anche Sarah è senza parole. Quindici indirizzi, quattordici insuccessi. Tutte le sue speranze erano riposte in quell'ultimo tentativo. Il viaggio è stato lungo, la neve e gli stretti tornanti che dalla montagna scendono a valle hanno messo a dura prova la sua Ford. E ora si ritrova di fronte quella baracca abbandonata e non ha idea di quale sia la mossa successiva.

Per la seconda volta fa il giro della casa. Alle finestre sporche, alcune con i vetri rotti, non brilla nessuna luce. Sotto la tettoia sul retro è accatastata della legna. Insieme alla cassetta senza nome da cui spunta la posta accumulata è l'unico segno che indichi la sporadica presenza di qualcuno. Nessuna traccia della Lada blu. Sarah si metterebbe a urlare. L'ennesimo vicolo cieco! Blocca il cellulare tra spalla e guancia e cerca di forzare la porta.

"Ehi, cos'è questo rumore?" domanda allarmato Richter. "Non vorrai entrare illegalmente."

"Stavo solo controllando se è chiusa a chiave."

"Non ci sono altri indizi? Cosa dicono i vicini?"

"Quali vicini?" Sarah si guarda intorno. La baracca è in mezzo al niente. La prima costruzione che vede è in fondo alla strada che conduce di nuovo in paese. Attorno solo colline innevate e distese di boschi.

"Prova a dare un'occhiata in zona," consiglia Richter.

"L'intenzione era quella."

"Io intanto verifico di nuovo gli altri nominativi. Forse ci è sfuggito qualcosa."

"Ok. Poi aggiornami."

"Anche tu."

Sarah chiude la chiamata e si incammina. Fa freddo. A ogni passo sul terreno ghiacciato ha l'impressione di allontanarsi sempre di più dalla soluzione. Una catapecchia sperduta e un'auto inesistente. Maledizione, possibile che non abbiano nient'altro in mano? Qualcosa non quadra. Raggiunge la fine della strada, con le piccole case addossate l'una all'altra. Un uomo con una giacca pesante spala il giardino.

"Scusi!" esclama Sarah correndo alla recinzione. "Permette una domanda?"

L'uomo si toglie il cappello. "Come posso aiutarla, signorina?"

"Cerco Silas Thalhammer. Stando alle mie informazioni dovrebbe abitare in quella casa laggiù, ma non c'è nessuno."

"Silas Thalhammer? È morto da un pezzo. Ora la casa è di suo figlio."

"Davvero? Sa dove posso trovarlo?"

"Eh, c'è un bel po' di strada. È sua la Ford?" Sarah annuisce. "Con quella non ce la fa mica. Il giovane Thalhammer vive nel bosco. È un cacciatore."

"Capisco." Sarah si volta di nuovo verso la baracca. "E la casa?"

"Che sappia io, non la usa."

"E abita da solo?"

"No, no," risponde l'uomo scuotendo l'indice. "Con i figli."

"Quanti ne ha?"

"Cinque, credo. Due maschi e tre femmine." Il viso fino a quel momento gentile diventa sospettoso. "Di cosa si tratta, esattamente?"

"Mi chiamo Sarah Wiesinger, della polizia criminale di Linz, e si tratta di un'indagine."

"Si riferisce alla bambina scomparsa?"

"Come lo sa?"

"Qui lo sanno tutti. Ne ho parlato anche con il giovane Thalhammer proprio un paio di settimane fa. Brutta faccenda."

"Potrebbe darmi l'indirizzo del signor Thalhammer?"

L'uomo la fissa meravigliato, neanche avesse parlato in arabo. "Non ce l'ha, un indirizzo. Ogni tanto viene a prendere la posta, ma non so dove abiti di preciso. Da qualche parte in mezzo al bosco."

"Però mi saprà dire come arrivarci."

Lui alza le mani e arretra di un passo. "Posso indicarle la direzione, ma non ho idea di come ci si arrivi."

Sarah respira profondamente. Una casa nel bosco. Un uomo con cinque bambini che non si fa mai vedere. È quasi troppo bello per essere vero.

"Conosce bene i Thalhammer?" torna alla carica.

"Bene è eccessivo. Scambiamo due parole quando ci incontriamo."

"Ha detto che ha cinque figli. Sa come si chiamano?"

"Non tutti. Il più grande Jannik. A volte va a caccia con il padre. Le ragazze..."

"Per caso una si chiama Ronja?"

L'uomo riflette. "Non ne sono sicuro." Appena vede Sarah digitare un numero sul cellulare, aggiunge preoccupato: "I Thalhammer sono brave persone, spero non siano nei guai."

Richter risponde.

"Verifica se Silas Thalhammer ha un figlio," dice Sarah.

"Vado." Richter posa il ricevitore, segue una lunga pausa.

Mentre Sarah aspetta, l'espressione dell'uomo diventa sempre più agitata. "Insomma, cosa è successo?" domanda.

"La ringrazio molto della sua disponibilità," taglia corto Sarah. "Per il momento non la disturberò oltre."

"No, un attimo! Che significa? Il giovane Thalhammer ha fatto qualcosa? Perché non mi dice niente?"

Il battito di Sarah accelera per la tensione nervosa. La confusione che ha in testa si trasforma in energia. Finalmente Richter torna in linea.

"Sì, esiste un Silas junior. Cinquantasette anni, stesso indirizzo."

"Lo usa solo per ricevere la posta. Non ha un altro domicilio?"

"Negativo."

"Merda."

"Sarah, cosa c'è? Hai scoperto qualcosa?"

Il suo sguardo scivola sui campi e le montagne imbiancate all'orizzonte. Sullo spazio fumoso in lontananza, che di colpo è diventato concreto, una pista da seguire. Si dirige decisa verso la macchina. "Penso di sapere chi è il rapitore. Ma non so ancora dove si nasconde."

25

Prima di partire, ripasso insieme a Theo le istruzioni per i prossimi giorni. È stato papà a rapire lui e Henna, ma adesso siamo io e Jannik a tenerli prigionieri, e anche se lo facciamo per proteggerli, di sicuro la polizia la vedrà diversamente. Per questo è importante poter contare su Theo, nell'eventualità che la faccenda prenda una brutta piega. Lui e Henna non devono essere trovati in nessun caso, altrimenti saremmo considerati responsabili della loro scomparsa. Lui lo capisce e mi promette che, se dovesse arrivare una macchina, si nasconderanno nel capanno di caccia vicino alla sorgente. Io lo tranquillizzo assicurandogli che non succederà niente. Porteremo Nika in ospedale e torneremo il prima possibile. Nessuno ci scoprirà. Sono così felice che ci sia Jannik, lui sa esattamente cosa fare e manterrà la calma anche per me.

Mentre lui accompagna Nika che non ha la forza di reggersi in piedi, stringo forte a me i bambini e chiedo loro di ripetere ancora una volta il piano.

"Restiamo in casa e facciamo i bravi," recita Theo concentrato. "Stiamo attenti ai rumori nel bosco e, se sentiamo qualcosa di strano, corriamo subito al capanno e restiamo nascosti finché tu o Jannik non venite a prenderci."

"Esatto. Vi voglio tanto tanto bene, a tutti e due. Lo sapete, vero? Non dimenticatelo mai."

Henna si morde le labbra e lotta coraggiosamente contro le lacrime. "Perché dici così? Non tornate più?"

"Ma certo che torniamo, piccola. Ci vediamo domani."

"E Nika?"

Ora anch'io devo ricacciare indietro una lacrima e sbatto le palpebre. "Lei non tornerà."

"Perché no? La portate solo dal dottore."

“Hai ragione, topolina. Però il dottore la terrà con sé perché è malata. E quando sarà guarita, non le permetteranno di tornare da noi.”

“Ma perché?”

“Perché è così. Molte cose funzionano in maniera diversa nel mondo là fuori.”

Lei si sforza di capire le mie parole, ma non ci riesce e alla fine scoppia a piangere. Theo la abbraccia, accorgendosi che non posso farlo io. Non c’è più tempo, Jannik mi sta aspettando. Prenderemo la Lada, sperando che dia meno nell’occhio dell’enorme pick-up di papà.

“Mi fido di voi,” dico accarezzando la testa riccia di Theo. “Prendetevi cura l’uno dell’altra. Torneremo appena possiamo.”

“Non salutiamo Nika?” domanda Henna disperata.

Ma Theo la trattiene e le sussurra all’orecchio con voce dolce. Come Jannik, anche lui sa cosa fare. Salgo in macchina, e li lasciamo da soli nella nebbia.

Arriviamo a tarda sera. Abbiamo scelto la clinica di Rohrbach, per allontanarci il più possibile da casa. Nika si è addormentata sul sedile posteriore. Non so se ha capito cosa sta succedendo, per gran parte del viaggio ha guardato in silenzio dal finestrino, soltanto una volta ha mormorato debolmente: “Ve l’avevo detto”. Forse è convinta che stiamo andando alla polizia. Forse le basta questa minuscola vittoria per farla finita con noi. Sia come sia. Avrà la libertà che voleva. Quello che le capiterà da ora in poi non dipende più da noi.

Jannik ferma la Lada nel parcheggio di un supermercato a una certa distanza dall’ospedale. Ma l’edificio si vede bene anche da qui, una moderna struttura in vetro, con un’illuminazione sfarzosa che rischiara il cielo buio. Nessuno ha il coraggio di scendere. È stata la decisione giusta? Non stiamo semplicemente correndo un grosso rischio, ai miei occhi il mondo non è mai stato così estraneo, così spaventoso. Per strada non c’è un’anima, eppure ho l’impressione di essere spiata da mille occhi. All’improvviso vorrei fare marcia indietro, fuggire da questa luce artificiale e cercare riparo nell’oscurità protettiva del bosco.

La voce pacata di Jannik stempera il mio senso di panico. "Attieniti al piano, intesi? Lascia parlare me."

"Ok."

Mi sfiora la mano. Anche lui è nervoso, ma è un bravo attore: con la stessa facilità con cui si è adattato alla nostra vita segregata, quando è con altre persone riesce a fingere di essere uno di loro, è capace di sorridere e fare conversazione, come se quanto è stato spezzato dentro di lui tanto tempo fa tornasse a posto in un istante. Sveglia Nika e la tira su con prudenza. Poi ci incamminiamo. Il tragitto fino alla clinica non finisce mai, dobbiamo attraversare due strade e le file di edifici sembrano una muraglia che si innalza intorno a noi. Quando superiamo l'imponente ingresso vetrato ho il cuore in gola. L'accettazione è nell'atrio, accanto all'entrata. La donna dietro al banco solleva lo sguardo dal monitor del computer e ci chiede cosa è successo.

"L'abbiamo trovata sul ciglio della strada," risponde Jannik. "Credo che sia grave."

"Venite, ce ne occupiamo subito."

Arrivano due infermieri con un letto. Cerco di tenere la testa bassa come mi ha detto Jannik, però quando lui aiuta Nika a distendersi non riesco a trattenermi e le afferro la mano. Non è un gesto di saluto, ma una preghiera: *Non tradirci*. Lei ha le palpebre socchiuse, sotto la maschera dell'ossigeno la sua bocca si muove debolmente, il respiro è affannoso. Mi stringe la mano, e per un attimo mi sembra che non voglia essere lasciata lì. Come se a un tratto si pentisse di non aver avuto fiducia in noi e si rendesse conto che dobbiamo stare insieme, perché l'uno senza l'altro siamo smarriti e indifesi.

Ma è soltanto un attimo, e passa veloce come un lampo nella notte. Sento sul braccio la pressione delle dita di Jannik che mi mettono in guardia, lascio la mano di Nika e gli infermieri spingono il letto oltre la porta del reparto. Separandola per sempre da noi.

Un senso di tristezza mista a sollievo mi pervade, spazzando via tutte le paure e il macigno che mi pesa sul cuore. Per la prima volta da anni posso riprendere fiato. È fatta. Nika è al sicuro. Non c'è tempo per la malinconia, siamo solo a metà dell'opera. L'abbiamo accompagnata qui e ora dobbiamo sparire di corsa. Ogni paio d'occhi che si posa su di noi potrebbe notare un dettaglio: le mie mani nervose, l'aria volutamente controllata di Jannik, il nostro stare troppo vicini, come se avessimo qualcosa da nascondere. Mi guardo intorno per capire se qualcuno ci osserva, scorgo una donna in camice bianco puntare spedita nella nostra direzione e ho l'impulso di fuggire. Invece cerco il braccio di Jannik e lo tiro piano, mormorando che dobbiamo andarcene.

Anche lui si è accorto della donna. Scuote appena la testa, e naturalmente ha ragione. Attireremmo troppo l'attenzione.

Lei ci chiama con un cenno. "Potete venire con me, per favore? Vorremmo farvi un paio di domande."

Tutto sotto controllo, lo avevamo previsto. Niente panico.

Seguiamo la donna in una sala d'attesa e ci sediamo sulle sedie che ci indica. La stanza è piena di piante, in un angolo zampilla una fontanella decorativa. Lo spazio è troppo stretto, manca l'aria. Mi sforzo disperatamente di mantenere la calma e stare ferma, mentre al mio fianco Jannik attende ostentando disinvoltura. Ma non mi sfugge il suo sguardo, che scandaglia ogni centimetro della sala. Anche lui si sente in trappola, chiuso in gabbia, e cerca una via d'uscita.

Il tempo passa. Dieci minuti. Quindici minuti. L'infermiera si affaccia, chiedendoci di avere ancora un po' di pazienza. Trenta minuti. Quaranta. Sono troppi.

"Andiamo via," bisbiglio.

Entra una donna con un tailleur scuro. Ha il viso sottile e serio. Sulla quarantina, ma i lunghi capelli mori la fanno apparire più giovane. Accenna un sorriso gentile e ci dà la mano. Quando stringe la mia mi fissa con insistenza.

"Sarah Wiesinger, polizia criminale di Linz."

Oddio, no!

"C'è qualche problema?" si informa Jannik.

"Stiamo indagando su diversi casi di bambini rapiti. Vorrei farvi qualche domanda sulla ragazza che avete accompagnato qui."

"Bambini rapiti? Cosa c'entriamo noi?" La mia voce è troppo stridula, e mi accorgo che Jannik mi fulmina con un'occhiata furiosa.

"Alcuni rapimenti risalgono a molti anni fa, e stando all'età la ragazza potrebbe essere una delle vittime. Per questo vi sarei grata se potessi parlare un po' con voi. Non ci vorrà molto." Attende che ci rimettiamo seduti, poi si siede anche lei e apre sul tavolino in mezzo a noi una cartellina con dei documenti. "Raccontatemi tutto dall'inizio. Dove l'avete trovata?"

"Era accasciata sul ciglio della strada. Qualche chilometro a sud di Rottenegg."

Il tono di Jannik è misurato, le sue parole studiate. Wiesinger prende nota.

"E vi siete fermati pensando che avesse bisogno di aiuto?"

"Sì. Era molto provata, come se vagasse da giorni."

"E ha detto qualcosa? Come si chiama, dove abita o cosa le era successo?"

"No. Tossiva di continuo. Allora l'abbiamo portata in ospedale."

"Siete stati i primi ad accorgervi di lei?"

"Così sembrerebbe. Accanto alla strada c'è un bosco, forse veniva da lì."

"Un bosco." Scrive qualcosa, ma non credo che corrisponda a quanto ha detto Jannik. Mi fissa dritto negli occhi. "Aveva qualcosa con sé? Soldi, documenti?"

"No," risponde Jannik, anche se la domanda era rivolta a me.

Wiesinger ci guarda, spostando lo sguardo dall'uno all'altra. "State insieme?"

Lui esita.

"Sì." Sorrido e intreccio le dita alle sue.

"Dove eravate diretti?"

"A casa. Siamo stati a trovare i miei genitori a Großraming," prende di nuovo la parola Jannik. Però il suo tono è cambiato, ora è leggermente teso. Si schiarisce la voce, e io gli stringo la mano, implorante.

"Großraming. Allora avevate già fatto molta strada. Rottenegg… Non era più vicina Linz? Anche lì c'è un ospedale."

"Ormai l'avevamo superata, tornando indietro avremmo perso tempo."

"Capisco."

Wiesinger accavalla le gambe e si posa la cartellina in grembo. Qualcosa emette un trillo. Lei tira fuori il cellulare e legge un messaggio.

Quanto andrà avanti questa storia? Inizio ad agitarmi sulla sedia, Jannik mi mette la mano sulla coscia per farmi smettere. È ancora incredibilmente calmo, e quando Wiesinger si concentra di nuovo su di me sudo freddo, di certo il mio viso non è altrettanto impenetrabile.

"Dicevamo che forse la ragazza arrivava dal bosco. È possibile che stesse scappando?"

"Non lo so." Ancora una volta, Jannik risponde per me. "Può darsi. Ci siamo accorti che stava male e volevamo portarla al sicuro."

"Da quanto state insieme?"

"Due anni," dico, e Wiesinger sorride.

"Buffo," commenta. "Appena si parla di voi, il suo ragazzo perde la lingua."

Jannik stringe le labbra, ma per fortuna si ricompone subito. Preme le dita sulla mia coscia, così forte che sussulto.

"Bene, credo che per il momento possa bastare." Wiesinger chiude la cartellina e si alza. "Volete aspettare notizie dai medici?"

"Preferiremmo andare, siamo molto stanchi. Però speriamo che si riprenda presto." Jannik abbozza un sorriso. Un sorriso in piena regola, meglio di quanto saprei fare io. Tuttavia non ci aiuta.

"Come vi chiamate?" vuole sapere Wiesinger.

Aspetta una risposta. Con una prontezza di riflessi davvero notevole, Jannik inventa al volo due nomi, lei però non accenna a scriverli. Il mio cuore perde un battito. Non ci crede.

"Vi ringrazio molto. Riferirò alla ragazza che siete stati voi a salvarla."

"Non è necessario," minimizza Jannik. "Ma le faccia i nostri migliori auguri."

Wiesinger ci scruta attentamente.

"Adesso possiamo andare?" domando.

"Certo. Grazie ancora, e scusate se vi ho trattenuti. La maggior parte delle persone si sarebbe limitata a chiamare un'ambulanza o la polizia, voi invece avete preso in mano la situazione. Non è una cosa da poco."

Non c'è bisogno di farmi capire che devo tenere la bocca chiusa una volta per tutte, eppure Jannik quasi mi stritola il ginocchio.

Salutiamo Sarah Wiesinger e usciamo dalla sala d'attesa. Attraversiamo l'atrio a lunghi passi, tenendoci per mano. Quando finalmente siamo fuori, Jannik inspira una boccata d'aria, come se avesse trattenuto il respiro per l'intero tragitto.

"Un attimo!"

Ticchettio di tacchi sul pavimento di linoleum. Le porte a vetri si aprono, e Wiesinger si ferma davanti a noi con un sorriso. Jannik lo ricambia, anche se a giudicare dalla faccia avrebbe voglia di urlare.

"Dica."

"Vi disturbo ancora per chiedervi se davvero non volete restare. Se fossi la ragazza, mi farebbe piacere ringraziare chi si è preso cura di me. Sono sicura che non ci vorrà molto. Venite, vi offro un caffè."

"È molto gentile da parte sua, ma dobbiamo proprio tornare a casa."

Wiesinger si stringe nelle spalle. "D'accordo, non insisto."

Jannik non si sforza più di fingersi tranquillo, mi afferra la mano e si volta per andarsene. La luce dei lampioni si riflette nei suoi occhi, che saettano nervosi come quando vuole reprimere a ogni costo i suoi sentimenti. Si vede chiaramente che ora è terrorizzato quanto me.

"Dove state andando? Il parcheggio è da questa parte!"

Ci blocchiamo prima di attraversare la strada. Wiesinger indica alla sua destra.

"Abbiamo lasciato la macchina davanti a quel supermercato laggiù," risponde Jannik.

"Ah. E come mai così lontano? Ci sono parecchi posti liberi qui."

Di colpo il viso di Jannik è di nuovo calmissimo, come se si rendesse conto che ha vinto lei e provasse un sollievo irrazionale. "Quando siamo arrivati era tutto pieno."

"Caspita, che sfortuna!"

Wiesinger non cerca di fermarci. Ho bisogno di tutto il mio autocontrollo per non fare di corsa gli ultimi metri che ci separano dalla macchina. Saliamo senza parlare, usciamo dal parcheggio e riprendiamo la strada da cui siamo arrivati. Non restiamo soli a lungo nella notte buia, alle nostre spalle spuntano due fari in lontananza. Le occhiate sempre più frequenti di Jannik allo specchietto confermano i miei sospetti.

"Ci segue," sussurro.

Lui accelera, e i fari retrocedono dietro una curva. In una galleria sembrano spariti, finché spuntano di nuovo dal nulla lungo un rettilineo. Fisso Jannik, in attesa che mi dica cosa fare. Ma non dice niente.

Perché non lo sa nemmeno lui.

26

“Forza… Rispondi, rispondi.” Sarah stringe il volante con tutte le sue forze, gli occhi fissi sulle luci posteriori della Lada che si allontana sempre più veloce. È consapevole di agire in maniera avventata, ma se esita adesso rischia di perdere la sua unica occasione. Quando l’hanno chiamata ha avuto un presentimento. In qualche modo se lo sentiva. E poi ha visto i due ragazzi seduti in sala d’attesa. Ha riconosciuto immediatamente Ronja, quegli occhi spaventati, testimoni di un orrore che non può essere espresso a parole. Lui ha recitato bene. Però si è tradito lo stesso.

“Richter,” risponde in tono stanco il collega al vivavoce.

“Sono io. Sono sulla Donauufer, sto seguendo una Lada blu targata KR 238SZ. Scommetto che è quella intestata a Silas Thalhammer.”

Richter impreca tra i denti. È a casa, nel suo letto. Fino a un’ora prima anche Sarah aveva programmi analoghi. Voleva appoggiare la testa sulla spalla di Markus e dimenticare tutta quella storia almeno per una notte. Ma, come si dice, il male non dorme mai.

“Merda, che ore sono?” domanda Richter.

“Ti sei segnato il numero di targa?”

“Un attimo… Ripeti.”

“KR 238SZ!”

Un breve silenzio. “Ok, fatto. E ora andiamo per ordine. Dove sei esattamente?”

“In macchina, sto seguendo una Lada blu.”

“Motivo?”

“Abbiamo trovato Veronika Kessler.”

Questa volta la pausa dura più a lungo, in sottofondo si chiude una porta. “Come hai detto?”

"Veronika Kessler. Siebert mi ha appena dato la conferma. L'hanno portata all'ospedale di Rohrbach un ragazzo e una ragazza. Sostengono di essere fidanzati, ma giurerei che non è vero. Lei deve essere Ronja Wagner."

La comunicazione è disturbata. Un respiro affannoso e una cerniera che si chiude.

"Sarah," dice Richter serio. "Dove ti trovi?"

"Ce l'ho in pugno. Mi stanno portando da lui!"

"Sei sicura?"

"Sì! Raduna tutti gli uomini che hai, io continuo a seguirli."

"Sarah, ascoltami. Qualunque cosa tu abbia in mente, non farla. Aspetta il nostro arrivo."

"Così li perderei!"

"Abbiamo la targa."

"Ci condurrebbe di nuovo a un indirizzo in mezzo al nulla! Non li mollo."

"Sarah..."

"Starò attenta," gli assicura. "Mi faccio viva quando ci sono novità."

Riattacca prima che lui possa replicare.

27

C'è un vecchio sentiero, a circa due chilometri da casa, che si inoltra fra gli alberi e si perde nella vegetazione. Negli ultimi giorni la neve si è sciolta e riusciamo a parcheggiare, protetti dall'oscurità. Il tracciato curvo della strada ci permette di vedere la svolta sopra di noi, dove si ferma l'auto della donna.

Da non credere che ci abbia seguiti fin qui. Ma più la portavamo fuori mano e più deve essersi insospettita. I fari perforano il buio del bosco. I secondi diventano minuti, poi le luci si spengono e una portiera che sbatte scuote il silenzio.

"E ora che facciamo?" sussurro quando la poliziotta si avvicina. Ha in mano una torcia, la sposta nella nostra direzione. "Ci ha visti? Dio mio, ci ha visti!"

"Vieni e sta' calma."

Jannik scende. È impazzito? Nel tempo in cui mi tolgo la cintura, è già sulla strada e parla con Wiesinger. Le loro voci sono sommesse, oppure è il sangue che mi pulsa nelle orecchie ad attutire i rumori. Con il cuore a mille barcollo nel fango, il fascio luminoso mi abbaglia.

"Però ammetterà che avevo buoni motivi per non crederle," sta dicendo Wiesinger. "Sosteneva di dover andare verso nord, invece è venuto qui. Se ha mentito su questo, mi chiedo su cos'altro abbia mentito."

Ho raggiunto Jannik, l'aria fredda mi gratta la gola. Lui e la donna si fissano come due leoni, e all'improvviso il mondo sembra essere invecchiato, come se solo un brevissimo istante separasse il presente dall'orribile futuro che per tutto questo tempo abbiamo cercato di tenere lontano.

"Forse le interesserà sapere che i miei colleghi sono risaliti all'identità della ragazza. Si chiama Veronika Kessler ed è stata dichiarata scomparsa più di otto anni fa. Ma per voi non è certo una novità, giusto? Non l'avete trovata sul ciglio della strada."

Jannik non risponde. Dentro di me cresce la disperazione. Perché non le spiega cosa è successo? Perché le permette di fare congetture anziché fidarsi per una volta, una volta sola, della comprensione della gente e dire la verità?

"Devo chiedervi di venire con me," conclude Wiesinger.

"Perché?" sbotto. "Cosa abbiamo fatto?"

"Questo si vedrà."

Il viso di Jannik è diventato di pietra. I suoi occhi hanno un'espressione che conosco fin troppo bene: è lo sguardo del cacciatore e del predatore implacabile che fa di tutto per proteggere il branco. È troppo veloce perché possa fermarlo. E forse non lo voglio nemmeno.

La mette fuori combattimento con un unico colpo mirato alla testa. Non so quando ha raccolto la pietra. Probabilmente appena sceso dalla macchina, mentre io armeggiavo con la cintura. Non importa. La donna è a terra priva di sensi. Un rivolo di sangue le riga la tempia. Non ho il coraggio di respirare.

"Apri il bagagliaio," mi ordina.

"Cosa vuoi fare?"

Lui prende il corpo inerte da sotto le braccia e lo tira verso la macchina. Potrebbe sollevarlo senza sforzo, invece lo trascina nel pantano. Come un cadavere.

"Apri il bagagliaio!" ripete.

Obbedisco, la vista offuscata dalle lacrime, cercando alla cieca la serratura. Un crollo come di un albero abbattuto, lo schianto del portellone che sbatte. Silenzio. Il problema sembra essere svanito per incanto, e scoppio in una risata isterica.

Jannik mi afferra il polso. Di nuovo con una rapidità spaventosa. "Controllati!" sibila.

"Sì. Hai ragione. Scusa."

"Ora la portiamo in casa, poi decidiamo cosa farne. E manteniamo la calma. Qualunque cosa accada, manteniamo la calma. Hai capito?"

Annuisco, annuisco e basta. La situazione ci sta sfuggendo di mano... ma ormai è tardi. Adesso è già troppo tardi. Jannik mi lascia il polso per andare a recuperare la torcia di Wiesinger, e a un tratto mi ricordo del coltello sotto il sedile. Forse potrei...? No, lui sarebbe più veloce. Cosa mi viene in mente? Mi siedo in macchina e aspetto che mi raggiunga.

"Jannik..."

"Fidati di me."

"Ma lei..."

"Sta' zitta."

E io sto zitta.

2 novembre

È passata una settimana da quando abbiamo preso Eva. Da quando papà ha preso Eva. Ancora non riesco a credere di essere rimasto a guardare senza alzare un dito, mentre per giorni non ho pensato ad altro che scoprire il suo segreto.

Deve essere colpa della notte nel buco. Il buio mi ha spezzato? Assurdo, io non ho paura del buio. Però sudo solo all'idea di ritrovarmi di nuovo laggiù, abbandonato alla solitudine umida della montagna, senza luce e senza spazio, senza capire se è giorno o notte. Papà sapeva esattamente cosa stava facendo. Non era una punizione perché lo avevo spiato, erano dei preparativi: per la notte che abbiamo preso Eva. Il buio non spezza le persone, le cambia soltanto. Le rende... più buie.

3 novembre

Finalmente stanotte è successo. Papà ha fatto visita a Eva. Mi ha lasciato sulle spine a lungo, e di sicuro si divertiva a tavola, quando per l'angoscia non riuscivo a mandare giù neanche un boccone e invece lui banchettava come un condottiero vittorioso. Cominciavo a credere che l'avesse rapita solo per il gusto di lasciarla morire di fame, di freddo o di paura.

Poi, quasi avesse scelto con estrema cura il momento giusto, è andato da lei e voleva che lo accompagnassi. Io mi sono rifiutato. Ho perfino minacciato di raccontare tutto a mamma, se non liberava subito Eva. Lui ha scosso la testa e mi ha ignorato. Quando sono diventato un vigliacco? Cosa mi terrorizza tanto? Non credo che papà mi getterebbe ancora nel buco finché c'è Eva. È questa sensazione a non darmi pace, il presentimento che sarebbe un errore non obbedirgli.

Se mamma ha subodorato qualcosa, lo nasconde molto bene. Mi chiede spesso di Tridente, si è accorta che da giorni non mi occupo più di lui. E comunque sì, è un maschio. Si sta riprendendo dalla dura vita randagia, diventa grasso e pigro. Stanotte ha fatto la guardia insieme a me, mentre guardavo dalla finestra aspettando di vedere la torcia di papà balenare nel buio. Deve essere proprio sicuro che non lo tradirò, se mi ha permesso di sapere di Eva. Forse era una specie di test, forse pensa che io sia come lui, che sia capace di portare avanti la sua eredità malata. Sì, è l'unica spiegazione. Mi ha messo alla prova. E non è stata la mia presenza al rapimento a rendermi degno della sua fiducia, ma il mio silenzio.

12 novembre

Sono stato da Eva. Non ce la facevo più. Ho approfittato del lungo sonnellino pomeridiano di papà e dei rari sprazzi di sole che per qualche ora hanno trasformato il bosco in un portagioie scintillante di bianco. A mamma ho detto che andavo a caccia. Dopo aver preso di nascosto nella rimessa l'attrezzatura da arrampicata, sono salito sulla montagna e ho parlato con la piccola compagna di giochi di papà per sapere come stava.

All'inizio ho avuto qualche problema. Il cunicolo era troppo buio per distinguerla sul fondo, e l'eco della mia voce copriva il suo debole lamento spaventato. Volevo calarle una cesta con dei panini e un po' d'acqua, ma più o meno a metà tragitto la fune è rimasta impigliata in una sporgenza della roccia e si è rovesciato tutto.

A quel punto sono sceso. Ho vinto le mie paure, e solo per questo Eva dovrebbe essermi eternamente grata. Non dimenticherò mai il suo viso. Bellissimo e pazzo di gioia, perché credeva che fossi lì per tirarla fuori. Per un attimo ho anche valutato quella possibilità. È così piccola e magra che avrei potuto caricarmela sulle spalle. Poi però cosa mi avrebbe fatto papà?

No, sono stato costretto a spiegarle che per il momento non potevo liberarla, e lei si è accasciata piangendo a dirotto. Allora ho cercato di calmarla, le ho detto chi ero e le ho parlato della caccia, di mamma e an-

che di papà. Probabilmente non è stata una mossa saggia. Ma quando l'ho vista rannicchiata nel fango, le braccia strette intorno alle ginocchia e tremante di freddo, non volevo farla stare meglio, volevo solo riabilitare l'onore della mia famiglia, volevo farle capire che noi non siamo tutti come papà e che perfino lui ha dei lati positivi. Lei mi ascoltava, e guardarla è diventato meno intollerabile.

Le ho promesso di tornare domani. La sua piccola mano mi ha stretto la gamba. "Lui verrà anche stanotte?"

Conoscevo la risposta, ma non ho avuto la forza di pronunciarla.

Papà mi ha visto mentre riportavo l'attrezzatura nella rimessa, però invece di chiedermi dove ero stato, ha detto: "È bella, eh? Così agile e morbida. Con le donne adulte è diverso. In loro tutto è vecchio e arrugginito. Tanto vale passare con una carriola sulla ghiaia. La sensazione è la stessa. Le bambine, invece, sono un altro paio di maniche."

Mi chiedo se parlasse sul serio o fosse soltanto una provocazione. Perché deve pur aver capito che non sono stato da Eva spinto dalle sue stesse intenzioni. Mi ha messo ancora alla prova, e questa volta ho fallito. Gliel'ho letto negli occhi, quando non ho replicato al suo commento. Aveva la delusione scritta in faccia, insieme alla rabbia e al disgusto per aver cresciuto un figlio che non soddisfa le sue aspettative. E sarei io a fare schifo a lui? Manterrò la mia promessa e domani tornerò da Eva. Forse riesco a conquistare la sua fiducia e convincerla mangiare come è successo con Tridente. Sarebbe una buona soluzione, finché non capisco cosa fare.

25 novembre

Negli ultimi giorni ha nevicato di nuovo. Ho portato a Eva delle coperte e una torcia. E anche una scatola in cui nascondere tutto quando arriva papà. Ma con questo tempo preferisce restare a casa, anziché prendersi la briga di salire sulla montagna.

Eva lo chiama "l'uomo nero". Probabilmente perché si presenta sempre di notte, e perché lei tiene gli occhi chiusi, sentendo solo la sua voce tetra.

Riesco a farle visita ogni due o tre giorni. Papà provvede a cibo e acqua e svuota il secchio dei bisogni, però le porto sempre un paio di razioni in più e anche qualcosa di dolce. Tutti i miei tentativi di avvi-

cinarla sono falliti, poi è venuta lei da me e mi si accoccolata addosso. Mentre Eva è sempre più smunta, il pancione di Tridente comincia ad assumere dimensioni spaventose. È quasi come se insieme mantenessero un equilibrio cosmico.

A volte le parlo di lui, mi piace vederle brillare gli occhi. Eva è completamente diversa dalle bambine della sua età. Così delicata ed elegante, con un fuoco dentro che nel buio intorno a noi risplende ancora di più. Crescendo diventerà bellissima. Una volta, quando l'ho abbracciata prima di andarmene, lei ha ricambiato la mia stretta e ho provato un'eccitazione improvvisa. Santo cielo, se mi vedesse papà. Morirebbe dalle risate.

Non toccherei mai Eva come fa lui. È il mio tesoro, la mia piccolina. Si fida di me, e sentire il suo sguardo devoto è più gratificante di qualunque contatto fisico. È come la neve che cade dal cielo, impalpabile e ruvida insieme. Il solo pensiero di papà con lei mi dà il voltastomaco. Ma non avrebbe senso liberarla, dove potrebbe andare? Fuori non ha nessuno che la protegga, nessuno che le voglia bene quanto me. Vorrei che esistessimo solo noi due. Allora nessuna parete di nuda roccia ci separerebbe. Deve pur esserci una soluzione!

Infatti c'è. Papà deve sparire.

26 novembre

Ho riletto tre volte l'ultima frase che ho scritto. Volevo cambiarla o, meglio ancora, strappare l'intera pagina. Ma non posso, perché è la verità. Sono così confuso, mi scoppia la testa. Papà non deve sparire, mamma ne morirebbe. Di tutti noi è quella che ha meno colpe. La sua unica responsabilità è essere ingenua, ignorare l'evidenza. Non mi capirebbe.

12 dicembre

È successo qualcosa. Non so cosa, ma papà continua a ripetere che deve sbarazzarsi di Eva. Dopo capodanno vuole tirarla fuori dal buco, sem-

pre che resista al freddo per tutto questo tempo, per portarla nel bosco e darle il colpo di grazia. Come se fosse un vitello malato che rappresenta soltanto un peso. Eppure lo sa, quanto mi sono affezionato a lei. Non ha proprio un briciolo di compassione, nessuna pietà?

Detesto essere così impotente. Lui è una forza della natura, bisogna lasciarla sfogare e dopo contare i danni ringraziando umilmente di essere sopravvissuti. Povera Eva… Non posso abbandonarla! Cosa devo fare, Dio mio, cosa devo fare?

Post scriptum

E se ci fosse davvero un modo per eliminare papà? Saremmo tutti liberi. Io, Eva e mamma. All'inizio lei mi odierebbe, ma alla fine capirebbe. Non precipitiamo. Devo ancora parlarne con Eva.

14 dicembre

Papà vuole togliersi il pensiero prima di San Silvestro. Ha intenzione di tagliarle la gola e sotterrarla sulla montagna, come Fanni. Mi ha raccontato tutto. Tutto il suo piano perverso. È sempre stato pazzo o lo vedo così io da quando so quello che fa? Forse Eva gli ha mandato in pappa il cervello. Se gli spaccassi la testa con l'ascia, cosa ne verrebbe fuori? Parole e menzogne, oppure soltanto una schifosa poltiglia marrone?

No, con l'ascia sporcherei troppo. Meglio un cuscino, oppure una cintura. Qualcosa che non faccia uscire il sangue. D'altro canto, però, l'ascia sarebbe efficace e veloce. O magari una botta in testa…

16 dicembre

Ho tagliato un abete per la Vigilia insieme a papà. È splendido, alto quasi due metri. Mamma ha iniziato i preparativi, ha decorato la casa e portato giù dalla soffitta la base per l'albero. Anche la carpa per la cena è già nel congelatore.

20 dicembre

~~Lo farò~~.
Lo farò.

24 dicembre

Non mi resta molto tempo. Mamma sta addobbando l'albero. Sono venuto in camera di soppiatto a prendere il regalo per Eva. Glielo porterò subito dopo cena, quando papà passerà al vino e mamma sarà impegnata a lavare i piatti. È solamente un foglio di carta, ma le parole che ci sono scritte sopra le piaceranno: domani notte! Domani notte lo farò. Toglierò di mezzo gli ostacoli e la libererò. E finalmente saremo tutti felici.

Post scriptum

Mamma dorme. Papà è seduto davanti alla tv. Non mi ha visto tornare dal bosco. Si è già scordato di Eva? Ha dimenticato che da settimane lotta contro il freddo, da sola e al buio, senza altro conforto che la vana speranza di una morte rapida?

Non le vuole nemmeno bene. Per lui è soltanto un giocattolo, si annoiava e se l'è preso. Mi fa schifo. Forse è convinto di avermi insegnato a stare al mondo, ma in realtà sarò io a dargli una lezione. Tridente non crede in me. È buono soltanto a mangiare topi e sputare palle di pelo, è uguale a papà: una bestia affamata senza coscienza, senza gratitudine per il mio amore. Domani. So già come farò. Con la pala. Eva se lo merita.

28 dicembre

È fuggita.

Eva

è

fuggita!

5 gennaio

Come ho potuto essere così cieco? I suoi occhi mi hanno ingannato. Quando le ho chiesto di aspettare nel bosco mentre mi occupavo di papà, lei mi ha dato la sua parola. Mi ha dato la sua parola, cazzo. Papà lo sapeva, sapeva che non ci si poteva fidare di lei, sapeva tutto perché era un uomo saggio, e io l'ho tradito.

E mamma… Mi dispiace così tanto. Riuscirà mai a perdonarmi? Le ho raccontato tutto, di Fanni e di Eva e che probabilmente prima di loro ce ne sono state molte altre. È rimasta seduta immobile, lo sguardo perso nel vuoto, e quando finalmente si è voltata verso di me, per un attimo ho pensato di farle pena.

"Sei un povero stupido," ha detto. "La felicità non si distrugge mai, non importa quanto falsa e sbagliata sembri."

Almeno Tridente c'è ancora. Lui non mi abbandona. È un compagno fedele.

19 gennaio

La casa è troppo vuota e silenziosa. Senza i passi decisi di papà, senza la sua voce calma e profonda che teneva unito tutto. Mi sento come se fossi sott'acqua, sospinto nel giorno torbido. E se Eva fosse ancora da qualche parte là fuori? Forse non ce l'ha fatta a uscire dal bosco e ora sta marcendo in un crepaccio o in un torrente. Lo spero con tutto me stesso. Da quando ho sepolto papà sulla montagna, la sua ombra mi perseguita. Lui sapeva cosa fare.

Per la prima volta mi sento davvero solo.

23 gennaio

Tridente se n'è andato. La sua ciotola davanti alla porta è piena da una settimana. Oggi l'ho tolta, prima che l'odore attiri qualche animale. Non so se tornerà. Ma lo aspetto ogni giorno.

28

Una stanza buia, senza finestre e senza ricambio di aria. C'è odore di muffa. Come sottoterra. Non si vede a un palmo dal naso. Sarah cerca di acuire i sensi per indovinare cosa succede di là dalla porta. Voci e passi si avvicendano a intervalli irregolari. Ha i polsi legati dietro la schiena e uno straccio in bocca. Ha già tentato di liberarsi, ma è stato inutile. Chiunque abbia stretto quei nodi sa il fatto suo. Il pezzo di stoffa è imbevuto di saliva, la ferita alla fronte brucia e pulsa. Cerca di mantenere la calma. Può avere il controllo della situazione solo se capisce ciò che sta accadendo.

Ricorda il colpo in faccia, troppo improvviso per schivarlo. O forse era semplicemente troppo buio. E lei troppo sicura di sé. Avrebbe dovuto attendere l'arrivo di Richter, ora se ne rende conto. Neppure un principiante sarebbe stato tanto sprovveduto da agire in maniera così impulsiva. Ma in quel momento si sentiva quasi invasata, incapace di pensare razionalmente, e adesso si ritrova nella merda fino al collo. Se non altro tutto questo dimostra con chiarezza che non si sbagliava: la sua intuizione l'ha condotta sulla pista giusta. Può solo sperare che Richter e i colleghi si sbrighino. Prima di scendere dalla macchina gli ha scritto un sms per dirgli dov'era. È solo questione di tempo, e la troveranno...

Resta di nuovo in ascolto, da un po' non sente rumori. È riuscita a distinguere anche le voci di due bambini, un maschio e una femmina. I muri in pietra anneriti attutiscono le parole trasformandole in un borbottio incomprensibile. Qualcuno cammina nella sua direzione, seguito da passi molto meno decisi. Un mazzo di chiavi tintinna. O sono catene? Sarah si appoggia alla parete, cerca di alzarsi, poi i passi si allontanano e tutto torna silenzioso come in un cimitero.

Ha commesso un errore. Quell'unico errore fatale che spesso fa la differenza tra la vita e la morte: ha sottovalutato i due. Credeva che l'avrebbero portata dal mostro. Invece il vero pericolo era un altro.

Dà uno strattone alla corda. Si puntella ancora alla parete, ma le cedono le gambe. Così non ce la farà mai. Deve aspettare. Avere pazienza e restare lucida. È l'unica possibilità di sopravvivere.

29

L'abbiamo rinchiusa nell'affumicatoio. Una piccola stanza fredda davanti alla porta di ingresso, priva di finestre e con le pareti in pietra grezza. È il posto più adatto, finché non capiamo cosa fare di lei: il buio disorienta, e senza la chiave o un maglio non va da nessuna parte. Tutto questo segue una logica orribile: se vogliamo proteggere noi stessi, dobbiamo impedire a quella donna di denunciarci. Con ogni mezzo, sono state le parole di Jannik.

Ieri notte ci ho messo ore a convincerlo che andare a dormire era l'unico modo per chiarirci le idee. Era talmente nervoso che non c'era verso di farlo ragionare. Dopo averla portata nell'affumicatoio, lui ha iniziato a vagare come una tigre in gabbia, respingendo ogni mio tentativo di calmarlo con un brusco "Sta' zitta" o "Devo riflettere". Tra l'altro ero un fascio di nervi anch'io. E lo sono ancora. Mi ha preso alla sprovvista e l'ho lasciato fare, ma adesso mi pento di non aver avuto il coraggio di fermarlo. Tutto quello che è successo qui dentro ha una spiegazione, ma questo?

Abbiamo rapito una poliziotta! Le stesse parole che gli ho gridato in faccia mentre continuava imperterrito a marciare da una stanza all'altra come se stesse combattendo una crociata. Un attimo dopo urlavamo entrambi e i bambini, che non capivano perché, hanno sgombrato il campo e si sono rifugiati in camera loro. A quel punto lui si è trincerato in un silenzio gelido, squadrandomi dall'alto in basso quasi fossi una povera scema. Alla fine ha smesso di agitarsi e ha chiuso gli occhi. Era talmente esausto che credevo si fosse addormentato in piedi. Quando gli ho sfiorato con delicatezza il braccio, ha sbattuto le palpebre, e mi sono accorta che per un breve istante la stanchezza e lo smarrimento avevano reso vulnerabile la sua corazza. L'ho accompagnato di sopra, lui è crollato sul letto e non si è ancora alzato.

Io sono davanti all'affumicatoio e mi rigiro in mano la chiave. Non so cosa dirle, né se sia possibile salvare la situazione a parole. Ma il sonno di Jannik non durerà in eterno, e quando riprenderà il comando non sarò più in grado di dissuaderlo. Il tempo passa in fretta. Non ho altra scelta. Apro ed entro.

Il neon sporco di polvere e ragnatele si accende sfarfallando. Lei è seduta con le spalle appoggiate alla parete e le gambe contro il petto, i capelli lunghi le nascondono un lato del viso. Il sangue sulla tempia è secco. Il tailleur è sporco, la stoffa strappata sui gomiti e le ginocchia. Jannik le ha legato i polsi dietro la schiena e l'ha imbavagliata. Le tolgo il bavaglio, ma non la slego.

"La prego," ansima, e sembra l'inizio di un monologo che ha recitato a lungo tra sé. "Non lo faccia. Servirà solo a peggiorare la situazione, lo capisce anche lei. Mi lasci andare, e le prometto che la aiuterò."

"Aiutarmi?"

Lei getta un'occhiata alla porta. "So cosa sta succedendo. Crede di non avere altra scelta, ma si sbaglia! Posso proteggerla da lui."

"No, no... non è così." Mi sforzo di riordinare i pensieri, di afferrare il senso di quello che dice. "Non mi tiene prigioniera. Non è lui il mostro."

"Mi ascolti, Ronja. È il suo nome, vero?"

Annuisco turbata. Deve averci sentiti litigare. Ma certo che ci ha sentiti. Allora come fa a non capire come stanno veramente le cose!

"Posso aiutarla," ripete calcando le parole. "E posso aiutare anche i due bambini. Non vuole proteggerli?"

"Sì," mormoro. Poi scuoto con foga la testa, raddrizzo le spalle e sollevo il mento per resistere al nero che mi avvolge togliendomi il respiro. "C'è un terribile equivoco! Abbiamo sbagliato a portarla qui, ma cosa dovevamo fare? Eravamo... eravamo in preda al panico, lui era in preda al panico!"

"Ronja..."

"Non è come crede, glielo giuro! Lui è... vuole proteggerci, capisce?" Prova a interrompermi, ma io continuo a parlare, sempre più veloce, sempre più accorata. "Questa è casa nostra. Ci piace vivere qui, vogliamo solo essere lasciati in pace. Perciò la prego, la supplico... dimentichi quanto è accaduto. Noi... non facciamo del male a nessuno, vogliamo solo stare insieme! È la verità! Per favore!"

Mi inginocchio accanto a lei sul pavimento. Ho le lacrime agli occhi, mi trema la voce. Il viso di Wiesinger è impassibile. Leggo solo un velo di compassione nel suo sguardo, quando si sposta in avanti e inclina la testa.

"Non è vero, Ronja. Lo sa anche lei. Vuole tornare a casa, anche se l'ha dimenticato. Si fidi di me."

"Fidarmi? Come posso... Non so cosa..."

"Mi liberi, Ronja. È il motivo per cui è venuta. Sa che questa non è la strada giusta. Mi liberi, e io la porterò al sicuro."

"Glielo ripeto, non è come crede!"

"Mi liberi," insiste lei, calma.

"Perché non mi ascolta? Perché non vuole..."

"Pensi ai bambini! Vuole che faccia anche a loro ciò che ha fatto a me? È questo che vuole?"

Inizio a perdere le staffe. Non riesce a capire o non vuole? Jannik non è il mostro, è quello che ci ha salvati dal mostro. Mi alzo di scatto, puntandole il dito contro. "Si sbaglia! Lui non è... Non potrebbe mai..."

"Mi liberi, Ronja, la prego! Altrimenti sarà peggio, e lei diventerà sua complice!"

"Ora basta! La smetta!"

"Vi tiene in pugno, non se ne rende conto? Mi liberi!"

Indietreggio e barcollo verso la parete. Tremo dalla testa ai piedi, provo il potente impulso di saltarle addosso e ficcarle in gola quel maledetto straccio finché non soffoca. Lei realizza il suo errore e cambia atteggiamento, parla in tono dolce e pacato, come con una bambina spaventata.

"Ronja. Ronja, mi guardi. Non abbia paura. Non volevo farle pressione. La difenderò, glielo prometto. Sia ragionevole. Questa storia può ancora finire bene."

Menzogne, nient'altro che menzogne per realizzare il suo cinico piano. Dopo appena un'ora in questa stanza si illude di aver capito tutto, gli anni di torture e oppressione, di terrore e furia distruttiva che ci hanno devastati. Ormai siamo talmente uniti che faremmo qualunque cosa per proteggerci a vicenda. Qualunque cosa. Si illude di sapere chi siamo perché rientriamo nei suoi schemi preconcetti. Non le importa niente della verità.

La imbavaglio di nuovo ed esco dalla stanza. Mentre chiudo la porta, Theo scende di corsa le scale. Nell'oscurità lo scambio per Jannik e mi si gela il sangue nelle vene. Poi il suo piccolo corpo magro si stringe a me, e sospiro sollevata.

"Chi è la donna lì dentro?" chiede esitante. "L'ha presa Jannik? Ora è come papà?"

"Shhh… Calmati. Va tutto bene, Theo, va tutto bene."

Mi siedo al tavolo con lui e verso il tè freddo in due bicchieri che nessuno di noi tocca. Con la coda dell'occhio intravedo Henna che ci osserva accovacciata su un gradino.

"Purtroppo… c'è un contrattempo," dico. "La donna in quella stanza ci crede responsabili di una cosa che non abbiamo fatto. Prima di lasciarla andare, dobbiamo convincerla che si sbaglia."

"Pensa che Jannik sia papà?" domanda la voce di Henna in sottofondo.

"Sì, più o meno. Ma non dovete aver paura," aggiungo quando lei si getta tra le mie braccia. "Si chiarirà tutto. Ci pensiamo noi. Le spieghiamo la situazione, e poi potrà andarsene."

"Stai mentendo." Il viso di Theo è contratto, la voce carica di rabbia. "Jannik le farà del male. Lo so. È come papà, le farà del male!"

"Theo, non dire certe cose!"

"Ma è la verità!"

"Piantala!" urlo, e lui mi fissa scioccato. "Togliti subito questa idea dalla testa! Jannik non è come papà e non farà nulla a quella donna. Ci siamo intesi?"

Lui balza in piedi rovesciando la sedia. È ancora infuriato, ma adesso ha gli occhi lucidi.

"Stai mentendo," dice di nuovo, però in un sussurro. Corre di sopra e sbatte la porta.

Dio mio. Così non va. Non riesco più a controllarmi.

Henna, che mi è salita sulle gambe, si aggrappa con entrambe le mani al mio maglione. È leggera come una piuma, ma il suo peso quasi mi schiaccia.

"Non piangere," sussurro, anche se non sta piangendo.

Guardo il tramonto dalla finestra di camera nostra. È tanto che non mi fermo ad ammirare questo spettacolo magico e malinconico al tempo stesso. Quando cala la sera il bosco prende vita, si amplificano i rumori che al sicuro alla luce del sole non percepiamo, qualcosa crepita tra i cespugli, qualcos'altro fruscia dietro una roccia, e quando il freddo si è accumulato nelle ombre, scricchiolando come ghiaccio, l'ultimo chiarore si disperde nella massa nera dalla quale sale la notte, e tutto ciò che puoi fare è fuggire. Prima della fine del giorno, definitiva come la fine del mondo.

Mi allontano dalla finestra e mi appoggio alla parete, ascolto tesa il silenzio. Prima di venire di sopra, ho portato di nuovo da bere a Wiesinger. Lei non ha più cercato di convincermi. Non so cosa accadrà. Ho tanta paura.

Dal letto arriva un mugolio assonnato. Jannik si tira su e si stiracchia. Indossa ancora gli stessi vestiti di ieri. I capelli gli ricadono sulla fronte, arruffati dal cuscino.

"Che ore sono?" Sembra rilassato, addirittura di buon umore. Deve aver dormito come un ghiro.

"Quasi le sette."

"Davvero? Caspita." Sbadiglia passandosi una mano tra le lunghe ciocche, poi si annusa un'ascella. "Caspita," ripete, ma con meno entusiasmo.

Mi siedo accanto a lui e liscio la coperta con le dita. Il suo corpo si irrigidisce all'istante, il viso si fa serio. Se nel sonno ha trovato conforto, adesso è svanito.

"Dobbiamo farci venire in mente qualcosa," inizio. "Non possiamo tenerla prigioniera per sempre."

"Lo so."

"È convinta che ci costringi a stare qui con la forza! Se non la convinciamo, lei… lei…"

"Calmati. Calmati, Ronja."

"No. È colpa mia! Se non avessi insistito per portare Nika in ospedale, tutto questo non..."

"Smettila," mi interrompe. Mi prende il viso tra le mani e mi fissa dritto negli occhi. "È stata una mia decisione. Sia Nika sia la poliziotta. Sistemerò tutto. Ora calmati, per favore."

Restiamo vicini, ci rifugiamo nel contatto perché l'evidenza minaccia di travolgerci e trascinarci via: *Non possiamo tenerla prigioniera per sempre*. Qual è l'alternativa?

"Dovresti dormire un po'," consiglia premuroso Jannik.

Lo guardo. Lui è il mio angelo custode, il mio sostegno, la voce tranquilla che da sempre mi dice cosa bisogna fare. E all'improvviso non ho più il coraggio di fidarmi di lui. È come un taglio che recide di netto i fili che mi hanno tenuta insieme nel corso degli anni, una spinta nella direzione sbagliata. Lo circondo con le braccia, come se servisse, come se così potessi non sentire il vuoto dentro di me che fa male e consuma ogni cosa, e lui mi tiene stretta, perché in questo momento è tutto ciò che ci rimane: la fantasia di un amore talmente forte da permettere di superare qualunque ostacolo.

"Giurami che non farai niente di avventato," lo incalzo.

"L'ho mai fatto?"

Scuoto la testa, e lui mi accarezza una guancia.

"Te lo giuro," dice.

Esausta, appoggio la fronte sulla sua spalla. Quando mi spinge dolcemente sul letto vorrei protestare, ma gli occhi mi si chiudono da soli e sprofondo in un sonno di velluto nero.

30

Zampe delicate sulle mie spalle. Lunghi baffi che mi solleticano una guancia. Profonde fusa beate.

Mi giro sulla schiena e mi ritrovo davanti al naso due occhi obliqui.

"Ti ho spaventata!"

Orgoglioso, Theo prende il gatto e lo stringe al petto sorridendo. I raggi di sole che penetrano nella camera gli disegnano piccole chiazze sul viso. Quando mi tiro su, apre le tende e si siede sul letto vuoto di Jannik. Raramente l'ho visto così allegro e felice.

"Che è successo? Festeggiamo qualcosa?" chiedo sbadigliando.

"Ha nevicato! E Jannik mi ha dato il permesso di portare dentro il gatto!"

"Lo avevo immaginato." Ma la mia gioia è contenuta. Jannik è sempre stato molto rigido in proposito, quel ripensamento improvviso mi coglie di sorpresa. "E ora dov'è?"

"Fuori."

"Di già? A quest'ora?"

"Come, a quest'ora? È quasi mezzogiorno. Hai dormito tantissimo." Theo coccola la palla di pelo grigio, che reagisce con un miagolio di protesta all'abbraccio vigoroso.

Mezzogiorno? Scalcio le coperte e salto giù dal letto talmente in fretta che per un istante mi gira la testa e lo stomaco vuoto si ribella al movimento troppo repentino. Possibile che sia già mezzogiorno? Dovevo essere più stanca di quanto credessi. Perché Jannik non mi ha svegliata?

Jeans, maglione e scarpe. Non c'è tempo di andare in bagno. Senza nemmeno guardarmi allo specchio, corro di sotto, attraverso la Stube e raggiungo l'affumicatoio. La porta non è chiusa a chiave. La spalanco, la luce inonda l'oscurità rivelando l'interno della stanza. Il gelo mi risale lungo la spina dorsale, mi circonda il collo come due artigli di ghiaccio e stringe. Vedo solo le pareti annerite. La poliziotta non c'è più.

Mi precipito fuori casa e sbatto contro un grosso ostacolo che non riesco a evitare. L'urto mi strappa un grido. Qualcosa vuole afferrarmi, d'istinto agito le braccia, ma vengo scossa con forza. Solo quando sento la voce bassa e familiare riconosco Jannik, che cerca di tenermi ferma.

"Ronja! Ehi, Ronja! Che ti prende? Buona, sono io."

Resto immobile e lo fisso. È disorientato, però accenna un sorriso.

"Lei dov'è?" All'inizio le parole faticano a uscire, si bloccano in gola, poi prorompono di getto. "Dov'è la poliziotta? L'affumicatoio è vuoto, dov'è la poliziotta?"

"Calmati, Ronja. Va tutto bene. È andata via, l'ho liberata."

"Cosa?"

Lui continua a serrarmi i polsi. Non vuole lasciarmi. "Era l'unica possibilità. Le ho parlato a lungo. Non so se mi ha creduto davvero, lei ha detto di sì. Ha assicurato che non ci denuncerà. Vedremo."

Si accorge che mi rilasso e allenta la presa, infine arretra di qualche passo. Mi pulisco la bocca e il naso con il dorso della mano. L'aria fredda rende le mie gambe pesanti. Mi siedo davanti alla porta, appoggio la fronte sul palmo e rimango in silenzio.

"Ronja, cosa c'è?"

"L'hai... liberata?" Mentre lo ripeto mi sembra ancora più assurdo, forse perché la mia voce è debole e trema, mangiandosi metà delle parole.

"Era quello che volevi, no? Volevi che me ne occupassi io."

"Sì... hai ragione."

I pensieri si affastellano procurandomi un senso di vertigine. Abbasso la testa sulle ginocchia e cerco di assimilare l'accaduto. La risposta di Jannik, l'affumicatoio vuoto, l'insolito buon umore di Theo. I singoli tasselli non vogliono incastrarsi tra loro.

Qualcosa non torna.

Alzo di nuovo la testa, in quella posizione l'emicrania peggiora. Il profilo di Jannik copre il sole che filtra freddo e abbagliante tra gli alberi. Il suo sorriso è svanito.

"Come sei riuscito a convincerla? Cioè… cosa le hai detto?"

"Non lo so di preciso. La verità." Agita perplesso la mano in un gesto che non gli appartiene.

"E ti ha creduto?"

Lui tace, un'ombra gli offusca il viso.

"Non lo so, te l'ho detto," risponde. "Però è salita in macchina e se n'è andata, e fino a pochi minuti fa ero contento."

I suoi occhi scuri non mi mollano. Vi leggo chiaramente la rabbia che le mie domande spaventate gli provocano, ma anche qualcos'altro, qualcosa di molto più profondo, che infrange la sua corazza e per un istante si proietta all'esterno. È solo una sottile crepa superficiale, eppure sembra… paura.

La mia testa non smette di ronzare. Non voglio dubitare di Jannik. Dubitare di lui significherebbe perdere tutto ciò in cui ho creduto finora.

"Scusa," dico. "Non volevo… Anch'io sono felice che la faccenda si sia chiarita."

Lui si sposta, e di colpo il sole sembra ovunque. Quando si siede accanto a me, una lacrima smarrita mi riga la guancia, sento le sue labbra sulla fronte, e il terrore mi stritola il cuore con esasperante lentezza. Il terrore che mi stia mentendo, il terrore della verità. Piango come non ho mai pianto davanti a lui, a dirotto e senza freni.

"È finita," mi sussurra stringendomi più forte. "D'ora in poi andrà tutto bene."

Avverto la gioia nella sua voce, la commozione, perché interpreta le mie lacrime come un segno di sollievo. Ma la verità è un'altra, pura e semplice.

Non gli credo.

Bene o male riesco a far passare il pomeriggio, gioco con le costruzioni di legno insieme a Theo, spazzolo il gatto insieme a Henna e preparo un dolce con quello che è rimasto in dispensa. I bambini sembrano non notare la mia inquietudine. Da stamani sono presi dal gatto, e penso che l'intenzione di Jannik fosse proprio questa. Sapeva di doverli distrarre finché non aveva finito. Ma di fare cosa? Non ha liberato Wiesinger, poco ma sicuro. Ormai sarebbe già tornata da un pezzo con la polizia. Forse si è mosso prima dell'alba, mentre io dormivo ancora. Forse ha davvero parlato con lei, ha cercato di convincerla, però non deve aver avuto fortuna ed è passato al piano B.

C'è solo un modo per scoprire la verità.

"Resti tu con i bambini? Ho bisogno di una pausa."

Jannik scende dalla scala appoggiata al muro. Sta togliendo la neve e i ghiaccioli dalla grondaia accanto alla porta, ha il viso arrossato dal freddo, ma sorride. Come spesso oggi.

"Certo. Dormi un po'?"

"Pensavo più a una passeggiata."

Cerco un segno di nervosismo nella sua espressione allegra e sospetta. Lui si sfila i guanti e prende la scala.

"Come vuoi," dice incamminandosi verso la rimessa degli attrezzi.

Lo aspetto. Deve guardarmi negli occhi mentre risponde alla mia domanda. "Secondo te la poliziotta tornerà?"

"Macché, non preoccuparti."

Sembra sincero. Perché è sicuro di quello che dice.

Entra nella Stube e propone ai bambini di mangiare il dolce ancora caldo, io indosso giacca, sciarpa e berretto e saluto tutti.

"Posso venire anch'io?" chiede Henna, ma Jannik catalizza la sua attenzione battendo il coltello sul piatto: "Chi vuole la prima fetta?"

È troppo semplice. Valuto se restare a casa e credere a quello che racconta. Non sarebbe il mio sogno di sempre che si avvera? Vivere libera, con lui al mio fianco. Ma poi esco.

È una di quelle sere in cui il bosco sembra incantato. Tra gli alberi il silenzio è assoluto, non tira un filo di vento in grado di spazzare via le nuvole plumbee che coprono il cielo. La luna non è ancora sorta. La neve appena caduta si è posata sul terreno e sui rami, è sospesa perfino nell'aria, in una nebbia scintillante che sfuma il paesaggio trasformandolo in un dipinto astratto, in un'illusione ottica.

Non so se ho fatto la scelta giusta. Mi guardo intorno. Con me non c'è nessuno, mi ha abbandonata anche il coraggio. Seguo la strada finché non si biforca, nel punto in cui si era fermata la macchina di Wiesinger, lassù sulla curva. Già da lontano mi accorgo che non c'è più. Non mi basta. Vado avanti. Le impronte degli pneumatici sono fresche. Tornano indietro e percorrono il sentiero che conduce allo slargo dove l'abbiamo aspettata con la Lada. È la direzione sbagliata. È la direzione sbagliata.

Più le impronte si inoltrano nel bosco e più forte mi batte il cuore. Un gruppo di alberi troppo fitti mi obbliga a deviare in una radura appartata che non conosco. L'odore di fumo dell'inverno aleggia come un vapore sovrannaturale. Mi pulsano le tempie. Qui le tracce si perdono sotto la neve. Gli alberi sminuzzano l'ultima luce in sottili brandelli rossi che cadono lentamente a terra e svaniscono.

Ma un raggio sfugge. Vagabonda senza meta, scivola sulle rocce imbiancate per infrangersi su qualcosa che luccica e che, quando mi avvicino, si rivela essere la superficie ghiacciata di un laghetto.

Betulle spoglie si ammassano sulla sponda come assetati che mendicano da bere. I rami piegati dalla neve si protendono disperatamente verso lo specchio d'acqua oscurandolo con la loro ombra. Solo il raggio solitario continua a danzare.

Avanzo verso la sponda. Il raggio si riflette su qualcosa dentro il lago.

Afferro uno dei rami per sporgermi il più possibile. Lo strato di ghiaccio è incrinato fino al centro. Sotto le lastre galleggia una sagoma. Troppo grande per essere un animale o una persona. Distinguo dei numeri. È una targa.

Una scossa mi attraversa. Qualcosa nel profondo della mia anima si spezza per sempre.

La fiducia.

31

"Ronja, guarda!" Una bocca sporca di cioccolato mi sorride. "Sono uno zombie! Buuu!"

"Per favore, Theo, va' di sopra insieme a Henna. Voglio parlare da sola con Jannik."

Nella mia voce deve esserci qualcosa che fa subito effetto, qualcosa che non sono abituati ad associare a me. Entrambi si alzano dalle sedie senza fiatare, si prendono per mano e corrono su per le scale, neanche fosse scoppiato un incendio. Ora come ora non mi dispiacerebbe se andasse a fuoco la casa. Se succedesse una catastrofe, un terremoto o papà che si materializza e ci uccide tutti. Qualunque cosa in grado di mandare a monte il discorso che sto per fare.

Aspetto che si chiuda la porta della camera dei bambini, poi mi avvicino cautamente al tavolo. In tre si sono spazzolati mezzo dolce. I piatti sporchi sono impilati l'uno sull'altro, e Jannik si alza per portarli in cucina.

"È stata bella la passeggiata?"

Ho l'impressione di soffocare per tutte le parole che volevo dire e adesso non riesco a pronunciare perché fanno troppo male. Per il mio stupido amore cieco e incrollabile e per la brutalità con cui lui l'ha calpestato. Mi trascina giù, sul fondo del lago, un'apparizione silenziosa e spettrale che mi perseguita come un incubo. Presto mi mancherà l'aria, e se non parlo subito, la verità morirà con me.

Jannik torna dalla cucina e appoggia la spalla allo stipite.

"C'è qualcosa che non va?"

"Lei dov'è?" Questa è l'unica domanda che conta.

La sua espressione non cambia. Solo gli occhi si stringono appena. "È andata via. Te l'ho già detto."

"Dove l'hai portata?"

Aumenta il volume della mia voce, ma non la mia sicurezza. Una parte di me vorrebbe ancora fidarsi di lui, vorrebbe crederlo incapace di tutte le cose che ha fatto dalla morte di papà. Vorrei poterlo credere, dal profondo del cuore.

"Non capisco cosa intendi. Non l'ho portata da nessuna parte."

"Ho trovato la macchina, Jannik. Non sei stato abbastanza prudente."

Stacca la spalla dallo stipite. Per il resto non muove un muscolo. I suoi occhi sono talmente scuri che non riesco a capire se, pur fissandomi, non mi vede, la mente impegnata a cercare una soluzione. Me lo aspettavo? Oppure ho consapevolmente nascosto la testa sotto la sabbia, mi sono rifugiata nel tumulto dei miei sentimenti folli, mentre l'unica persona che volevo avere vicino si allontanava sempre di più?

"Dov'è, Jannik?"

La sua compostezza va in frantumi, deglutisce a disagio.

"Ronja..." inizia, poi si blocca.

"È ancora qui?" Mi sposto verso le scale, alzo lo sguardo. "L'hai rinchiusa in soffitta? Nella rimessa? No, troppo rischioso, avremmo potuto sentirla. L'hai... l'hai uccisa?"

Scuote la testa.

"Allora cosa le hai fatto?" Adesso sto urlando, ma le mie parole gli rimbalzano addosso, si scontrano con la durezza del suo viso, di nuovo impossibile da scalfire. Quell'atteggiamento mi manda in bestia. Mi avvento su di lui, gli colpisco il petto con i pugni, voglio che ceda, in qualche modo. È inutile. La forza mi abbandona, defluisce dal mio corpo come sangue e sembra passare a lui, sembra renderlo ancora più coriaceo e resistente. Smetto e mi allontano, incapace di trattenere il pianto.

"Dov'è?" grido di nuovo.

"Dove non può più farci del male. Cerca di capire. Se l'avessi lasciata libera, non ci avrebbe dato pace. Dovevo fare qualcosa."

Il pavimento scricchiola sotto i suoi passi, e Jannik è davanti a me. Una determinazione inflessibile gli affila i lineamenti, invecchiandolo di anni. Ha fronteggiato lei come ora fronteggia me, con la stessa convinzione assoluta di essere nel giusto?

"Jannik, ti prego, dimmi dov'è. Dimmelo una buona volta!"

"Tu dove credi che sia?"

Lo supero e barcollo verso la porta. L'orrore mi mozza il fiato. Perché non ci sono arrivata da sola? Perché sarebbe stato troppo atroce, troppo... da papà.

Lui mi segue, mi sposta di lato e mi blocca la strada con il braccio.

"Non pensarci nemmeno."

"Jannik... tu sei pazzo! Dobbiamo andare a prenderla. Togliti di mezzo."

Lui mi spinge via. Non con troppa forza, però mi coglie alla sprovvista e sbatto la schiena contro la parete. Il suo sguardo è ghiaccio nero.

"No," dice.

"Maledizione, come ti è venuto in mente? Hai dimenticato che posto è? Vuoi diventare come papà?"

"Voglio proteggerci," replica, con la calma ostinata che lo circonda simile a un baluardo inespugnabile. Senza perdermi di vista, chiude la porta e infila la chiave in tasca. "Devi fidarti di me, Ronja. Lassù non ci darà problemi."

"E quando inizieranno a cercarla?" lo aggredisco. "Allora cosa farai, eh?"

"Non la troveranno. Nessuno la troverà, come nessuno ha mai trovato noi."

Le sue parole mi tagliano le gambe. Quelle parole definitive e così spaventosamente vere. Chi capita qui viene trascinato nell'abisso, laggiù dove finiscono le radici degli alberi, dove si raduna il sangue, dove esiste soltanto l'oblio, nel profondo cuore nero della prigione. È questo che fa il bosco, inghiotte le persone? Non voglio più esserne parte, non voglio permettere che qui scompaia ancora qualcuno come siamo scomparsi noi. Devo costringere Jannik a ragionare, altrimenti il suo cieco istinto di protezione ci metterà tutti in pericolo.

"Fesserie. Adesso vado a prenderla." Allungo la mano verso la porta. "Dammi la chiave."

"Ronja, lascia perdere."

"Dammi la chiave!"

"Ho detto di no!"

Mi afferra da dietro e mi butta a terra. Un fischio mi risuona nelle orecchie, mentre mi passo la lingua all'interno delle guance e sulle labbra, incredula. Sento il sapore del sangue. Nello stesso istante esplode il dolore alla mandibola, che mi strappa un gemito straziato.

"Vedi cosa mi costringi a fare? Datti una calmata e smetti di frignare!"

I suoi passi sono pesanti come macigni. Il pavimento è ricoperto di vetri, devo aver urtato contro lo specchio. Quando sollevo a fatica la testa, lui borbotta qualcosa tra sé, le braccia incrociate dietro la nuca. Il gusto metallico che ho in bocca mi dà la nausea e sputo saliva rossastra. La porta… devo raggiungere la porta!

"Ronja?"

La voce incerta ci paralizza entrambi. Theo è sulle scale, pallido, gli occhi che vanno da me a Jannik. Anche se mi fanno male le ossa, mi sforzo di tirarmi su. Devo farlo per lui. Devo mostrarmi forte, così non si spaventa.

"Torna di sopra," gli ordina Jannik.

Lo sguardo agitato di Theo cerca una spiegazione. Vedo le sue dita stringere convulsamente il corrimano.

"Perché hai fatto male a Ronja?"

"Per favore, Theo, torna di sopra," intervengo anch'io. "Subito!"

"No!" Scende le scale e si piazza davanti a me per farmi scudo. "Lasciala stare!"

"Theo…" Gli poso le mani sulle spalle, provo a scostarlo, ma lui è forte, più forte di quanto pensassi.

Gli occhi di Jannik brillano di rabbia, e mi viene la pelle d'oca. Prende Theo per il bavero, vuole metterlo in un angolo come si fa con un sacco. Lui scalcia, e Jannik fa partire il colpo. Lo centra in faccia, Theo gira su se stesso, sembra una trottola, e finisce di peso contro il muro.

Lo vedo già riverso sul pavimento, il suo piccolo corpo non può resistere alla furia di Jannik, invece Theo rimane in piedi. Gli sanguina il naso, gli tremano le gambe, ma rimane in piedi. Quello sciocco. Coraggioso e cocciuto come un mulo.

Jannik impallidisce. Si fissa le mani, sembra non si capaciti di ciò che ha fatto.

"Mi... mi dispiace," balbetta. "Theo, non volevo..."

Ma Theo abbassa la testa e carica. L'impatto è così violento, che i due sfondano la porta e rotolano avvinghiati nella Stube. Nel mulinello di polvere, calcinacci e schegge di legno, vedo Theo tirare pugni infuriati.

Reagisco come fossi radiocomandata. Lo immobilizzo e lo trascino via. Lui si dimena, urla e cerca di divincolarsi, mentre Jannik si alza di scatto e si passa le mani sul viso e tra i capelli, in un misto di collera e sconcerto.

"Ora basta!" sbraita, e Theo si affloscia fra le mie braccia come una marionetta a cui abbiano tagliato i fili. Ma gli occhi restano aggressivi.

Jannik raccoglie un pezzo di legno marcio e lo scaraventa contro la parete. Poi, all'improvviso, la tensione lo abbandona. Cade in ginocchio e respira profondamente. China la testa con un lamento impotente, e il suo viso scompare dietro le lunghe ciocche impolverate. Sfrutto il momento e corro al piano di sopra con Theo. Lo spingo in camera insieme a Henna, mi precipito nella nostra stanza e mi butto sul letto, affondando il viso nel cuscino per soffocare anche il minimo singhiozzo.

Per circa un'ora in casa non vola una mosca.

Poi sento Jannik salire cauto le scale.

La porta si apre lentamente, ma non si azzarda a entrare. Resta sulla soglia e mi osserva, smarrito come quella volta quando fissava con il coltello in mano il corpo senza vita di papà.

"Theo sta bene?" domanda esitante rompendo il silenzio.

Non so se adesso ho la forza di parlare con lui. Le lacrime si sono asciugate, ma dentro sto ancora urlando di dolore. Perché deve rendere tutto così difficile? Basterebbe poco... se fosse sul serio come mi ostino disperatamente a vederlo.

"Ho perso il controllo. Non volevo farti male. Lo sai, vero?"

Annuisco, però mi rifiuto di guardarlo. Lui chiude piano la porta e si avvicina. Mi sforzo di non muovermi, anche se la paura cresce a ogni suo passo. Spero si fermi al suo letto, invece esita un attimo e si siede accanto a me. Io balzo in piedi e arretro fino alla finestra.

Lui alza le mani. "Calma. Non ti faccio niente."

"L'hai detto anche a lei?" sbotto. Senza più freni, urlando come una pazza, poi continuo con un filo di voce, agghiacciata dallo sgomento. "Quando l'hai portata fuori dall'affumicatoio... le hai assicurato che non le avresti fatto niente? Le hai detto questo?"

Lui sospira, un sospiro profondo e pesante, poi scuote la testa. "Era necessario, Ronja. Quando ti sarai calmata, lo capirai. Non avevo altra scelta."

"Avresti potuto lasciarla andare!"

"No, non potevo."

Cerco il rimorso nelle sue parole e ancora una volta trovo solo una fredda convinzione. Sono così stanca di gridare e lottare, mi sento svuotata. Lascio che venga da me. Allunga la mano con cautela, mi sfiora con il pollice il labbro rotto, un tenero "Mi dispiace" che avverto sulla pelle come un soffio.

"Promettimi... promettimi che andremo a prenderla," sussurro, mentre il suo pollice scende sul mento e lungo il collo disegnando una linea rovente.

"Dimenticala. Non c'è più."

"No... dobbiamo andare a prenderla... Domani, senza aspettare... Promettimelo..."

Perdo il filo. Ha iniziato a baciarmi, la sua bocca si posa leggerissima sul mio viso. Mi tiene ferma per impedire che mi ritragga. Le sue dita mi accarezzano il ventre, seguono la linea dei fianchi e della schiena, si insinuano sotto il maglione.

Non riesco a pensare. Non più. La sua vicinanza è una stoffa calda e avvolgente che soffoca ogni altra cosa, che chiude fuori il mondo intero, ci siamo solo noi. È sempre stato così. Noi due stretti, il mio cuore che batte più forte, le sue mani su di me, prima delicate, poi decise e urgenti. Gli getto le braccia al collo, lui mi attira a sé e ci baciamo con una tale irruenza che mi sento mancare. All'improvviso il mio cuore smette di battere, e intorno tutto comincia a girare, trascinandoci in un gorgo che ci catapulta lontano dal tempo e dallo spazio.

Mi sbottona i jeans e li abbassa. Mi schiaccia con il suo peso, non posso muovermi. Poi succede tutto molto in fretta. Mi tolgo le scarpe, il pavimento è gelido. Ho il fiato corto, mescolato a mugolii sommessi che non riesco a controllare. È come deve essere, talmente perfetto che quasi non resisto.

No, non è come deve essere. Cosa stiamo facendo? Volto la testa, ma lui continua a baciarmi, mi circonda il collo con il braccio. Gemo più forte, affondo il viso sulla sua spalla, mentre dentro di me esplode il fuoco. Lui si stacca per sfilarmi i jeans. Gli tiro i capelli, voglio che mi guardi.

"Aspetta," ansimo, ma senza troppa convinzione.

Lui non mi dà retta, appoggia i palmi sotto le mie natiche e mi solleva. D'istinto gli intreccio le gambe dietro la schiena, gli bacio la bocca e il viso, lo tiro per il maglione. La sua mano si insinua sotto i miei slip. È una follia, dobbiamo smettere, altrimenti…

"Jannik…"

"No," mi mormora all'orecchio. "Non dire niente."

Alzo le braccia, lascio che mi tolga il maglione e mi sganci il reggiseno. Siamo sudati, ci manca il respiro, ogni muscolo del suo corpo è teso. Lo sento premere su di me, contro la stoffa leggera degli slip, e in un attimo il tempo mi risucchia, proiettandomi di nuovo al giorno in cui è iniziato tutto, tanti anni fa. *Ringrazia di essere piccola, gattina. Quando crescerai sarai dominata dagli istinti. E allora diventerai vittima di te stessa.*

Sgrano gli occhi. Dietro al batticuore, al desiderio e all'incoscienza germoglia un pensiero tremendo che mi riecheggia nelle orecchie: è un tranello!

"Basta. Fermati, Jannik."

Non si ferma. Non. Si. Ferma.

"Basta!" urlo.

Finalmente si allontana.

"Lo stai… lo stai facendo apposta," dico fissandolo. "Vuoi solo distrarmi!"

Lui non batte ciglio. Non risponde. Se ne sta lì e non risponde.

"Almeno nega!" grido.

Jannik si china a raccogliere i miei vestiti. "Copriti."

I nostri sguardi si scontrano. Dentro tremo come una foglia, ma resto immobile. Infine afferro di scatto i vestiti e corro dietro il divisorio. Mi bruciano gli occhi, però trattengo le lacrime. Non devo piangere. Non ora. Mai più. Lo sento sedersi sul letto. Poi il silenzio, un silenzio così lungo che ho l'impressione di vedere gli anni passare e noi, deboli e vecchi, imprigionati in questo istante fino alla morte.

Mi affaccio. Il mio sguardo vaga incerto per la stanza e si posa sul rettangolo debolmente illuminato della finestra. Aria. Ho bisogno di aria. Spalanco la finestra e respiro, respiro, respiro. Lui si muove e io mi volto, nell'assurda speranza che il tempo non voli avanti ma indietro e noi siamo ancora bambini, due bambini che si fidano l'uno dell'altra.

È andato alla porta.

"Ora scendo di sotto," dice. "Non ti azzardare a uscire da questa casa. Ti ho avvisata, Ronja."

Non replico. Fa uno strano effetto smettere di amare qualcuno. Un po' come ritrovare la strada dopo averla smarrita a lungo. Come ritrovare se stessi.

Lui se ne va lasciandomi sola.

Questa volta non gli obbedirò.

21 agosto

È strano tornare qui dopo tanti anni. In casa non è cambiato niente, solo le rose sono cresciute e ora ricoprono le finestre. Mi sono offerto di potarle, mamma però non ha voluto saperne. Lei e le sue rose.

Mi sono sistemato nella mia vecchia camera. Sembra che nessuno ci abbia messo più piede da quando sono partito. I libri sono sullo scaffale dove sono sempre stati, e la coppetta di vetro sul comodino è ancora piena di caramelle alla menta. Ma ogni cosa è tirata a lucido, quindi mamma deve esserci entrata almeno per fare le pulizie.

È sorprendente con quanta cura abbia tenuto in ordine ogni cosa durante la mia lunga assenza. Sì, adesso le porte cigolano un po' più di prima e i generatori devono essersi rotti da un pezzo, ma nel complesso tutto funziona a meraviglia. Peccato. Speravo di rendermi utile, forse qualche lavoretto di manutenzione mi avrebbe distratto. Così invece non mi resta che aspettare. Mamma sostiene che finché è abbastanza in forma per preparare da mangiare, non devo preoccuparmi di nulla. In realtà non giova a nessuno dei due che si affatichi inutilmente. Piuttosto, dovrebbe lasciarsi accudire per il poco tempo che le rimane. Glielo devo.

25 agosto

Come sospettavo, i generatori non funzionano. Ne ho comprati altri, e con l'occasione ho controllato la macchina di papà. Da quando mamma ha smesso di guidare, è ferma ad arrugginire nella rimessa degli attrezzi. Non me la caverò con un cambio dell'olio, magari però riesco ancora a salvare la trasmissione. Sostituirò anche i rivestimenti dei sedili e le darò una bella lavata, sperando di eliminare la puzza di carcassa dall'abitacolo.

3 settembre

Oggi sono salito al crepaccio. È inquietante come non sia cambiato quasi niente nemmeno lì. Quando ho illuminato con la torcia il cunicolo buio pesto è stato come gettare luce su una parte di me. Nei miei ricordi era più stretto, ma è normale, d'altronde ci ho trascorso una notte anch'io, accovacciato nel fango. Allora, papà, come te la passi? Fa caldo laggiù all'inferno? Di certo più che qui, poco ma sicuro.

A cena ho domandato a mamma se era mai stata sulla tomba di papà. Lei ha scosso la testa. In quel momento avrei voluto che fosse seduto a tavola con noi, magari circondato dagli spiriti delle bambine che ha lasciato crepare in quel buco. La cosa importante è che mamma avrebbe sorriso di nuovo. Deve averlo amato con tutta se stessa… Forse però non era amore, ma semplice abitudine. La gente si abitua a tutto, perfino a essere sola.

Dopo la scomparsa di Eva, pensavo che la solitudine mi avrebbe ucciso, ma in realtà era esattamente ciò di cui avevo bisogno. Solitudine, già il suono della parola mi tranquillizza. Come potevo immaginare però che proprio la solitudine sarebbe stata la rovina di mamma? Invece di godersi la libertà, lei è rimasta chiusa nella sua gabbia e ha iniziato a morire di dolore.

Va be', è andata come è andata, ora ci sono io. Troppo tardi, ma ci sono.

19 settembre

Ho dato inizio alla mia battaglia con le rose. Naturalmente potrei aspettare l'arrivo dell'autunno, ma voglio che mamma veda il sole splendere alla finestra, le poche volte che ancora aprirà gli occhi. Mi sono messo all'opera prima dell'alba, così non poteva impedirmelo. Il rumore del decespugliatore l'ha svegliata, e ha iniziato a urlare a squarciagola: "Che il diavolo ti porti, se tocchi un solo ramo!"

Negli ultimi tempi parla spesso del diavolo. Del peccato, del castigo per le nostre azioni e roba simile. Mi chiedo se papà sia apparso in sogno anche a lei. Con le corna e il forcone infuocato. Pensiero che in questi giorni mi ha portato a una curiosa riflessione: se papà era il diavolo – e non sto dicendo che lo fosse, la mia è un'ipotesi puramente teorica –, allora io sono il figlio del diavolo, e non si scampa facilmente a un simile lignaggio. Non è la prima volta che ci penso. Qui le sue tracce sono sparse ovunque. Basta un passo falso e mi ritrovo di nuovo sulla strada sbagliata. Ma davvero è sbagliato quello che ho fatto? Non sento la sua mancanza. Non l'ho mai sentita. Non mi pento nemmeno del modo in cui l'ho fatto. Era un uomo brutale che ha cresciuto un figlio brutale e ha avuto una fine brutale. È il destino, tutto qua.

26 settembre

Mamma è caduta e ha sbattuto il malleolo. Glielo avevo detto di non andare nell'orto da sola. Se non altro adesso ho un buon motivo per cucinare al posto suo, dato che senza aiuto non riesce neppure a scendere le scale.

Ho provato a cimentarmi in un soufflé, ma il risultato è stato a dir poco mediocre. Devo aver sopravvalutato la mia abilità ai fornelli. La macchina però l'ho rimessa in sesto. Il motore gorgoglia come uno scarico intasato, ma almeno cammina.

Ho deciso di rimodernare casa, non appena mamma morirà. Potrei sgombrare la soffitta dal ciarpame e ricavarne una stanza, in bagno serve un boiler nuovo, e la camera matrimoniale sarebbe perfetta come angolo da lavoro. A un tratto mi si aprono mille possibilità. Quando sono partito mi sentivo con le spalle al muro, il silenzio e gli sguardi colmi di biasimo di mamma mi toglievano il respiro. In definitiva è stata lei a cacciarmi, perché non riusciva a perdonarmi. Ma ora non le rimprovero più di non aver aperto gli occhi. Entrambi eravamo vittime di papà. All'inizio, al pensiero che presto mamma non ci sarà più, provavo una sensazione sgradevole, nel frattempo però ho imparato a considerare la sua morte in maniera positiva. Sarà la mia occasione di cambiare, di tentare un nuovo inizio, se vogliamo metterla in questi termini. Si possono fare un mucchio di cose con così tanto spazio. È sufficiente guardarci dentro e scoprire ciò di cui abbiamo bisogno, il resto viene da sé.

11 ottobre

Mamma è peggiorata. Ormai dorme quasi sempre e quando è sveglia dice cose strane. Non manca più molto. Le ho domandato se vuole che la porti in ospedale, però preferisce restare qui con me.

"Ma starei con te anche in ospedale," ho commentato. "Non ti lascerei sola."

Lei ha chiuso gli occhi, e per un attimo ho creduto che non li avrebbe più riaperti. Invece mi ha preso la mano.

"Perché non hai portato i bambini?" ha chiesto debolmente.

"Mamma, ne abbiamo già parlato. Io non ho figli."

"Non è giusto... non è giusto. Non puoi impedirmi di vederli per l'ultima volta. Gli voglio bene, tanto bene..."

"Mamma, ascoltami. Stai vaneggiando..."

Poi si è addormentata, lasciandomi con un pensiero bizzarro: dopo tutto quello che le ho portato via, non sono forse in debito con lei, non ho il dovere di restituirle qualcosa almeno alla fine, anche se è una menzogna?

Sono un paio di giorni che ci ragiono. È folle. E per giunta pericoloso. Ma so come fare, e non c'è tempo da perdere. Per mamma. Se lo merita.

13 ottobre

Ho finito i preparativi. Spero che mamma resista abbastanza a lungo.

"Te ne vai?" mi ha chiesto prima, quando le ho dato la buonanotte. "Dove vai? Non lasciarmi sola."

"Non ti lascio sola. Vado a prendere i bambini."

E se avevo anche un minimo dubbio, in quel momento vedendola raggiante è svanito. "Ah, ragazzo mio... ragazzo mio..." ripeteva felice.

La partenza è fissata per domattina presto. Dovrò sbrigarmi, e forse sarà l'ultima cosa che potrò fare per mia madre. Ma avrà il commiato che desidera.

15 ottobre

Mamma è morta stanotte. Me lo aspettavo, ieri sera l'ho guardata negli occhi e ho capito che era pronta. Ho detto al bambino di sdraiarsi al suo fianco e parlarle, possibilmente senza frignare. Ma tutto sommato è stato meglio che abbia pianto. Mamma ha pensato che fosse triste per lei e ha cercato di consolarlo.

"Devi essere coraggioso, piccolo mio," gli ha sussurrato all'orecchio. "Non piangere. La nonna ti vuole bene. Non piangere."

Forse dentro di sé sapeva che era una recita. Un bambino rubato per un finto lieto fine. Si è addormentata con il sorriso e stamani, quando l'ho trovata, il bambino era ancora sdraiato vicino a lei e la teneva stretta. Mi ha perfino aiutato a seppellirla sulla montagna, accanto a papà. Ha fegato, il ragazzino. Ma ciò nonostante deve sparire. Non posso riportarlo indietro, la posta in gioco è troppo alta. Quindi qual è il modo migliore per sbarazzarmi di lui?

18 ottobre

Volevo abbandonare Jannik nel bosco, ma finché c'è luce e fa caldo, le probabilità che sopravviva sono troppo elevate. Devo proprio aspettare l'inverno? Mentre escogito una soluzione, sarà il caso che si renda utile. Gli ho insegnato a spaccare la legna e gli faccio lavare i piatti. Per fortuna è taciturno, e basta un'occhiataccia a muso duro per intimorirlo. In più impara in fretta, il che renderà di certo più semplice la convivenza.

31 ottobre

La prima neve. Jannik è al settimo cielo. Ha trovato la mia vecchia slitta nella rimessa e l'ha presa di nascosto. Lì per lì pensavo che fosse fuggito, ma quando sono andato a cercarlo l'ho trovato che scorrazzava giù da una collina qui vicino.

Tutto questo non rientrava nei piani. Avrei dovuto liberarmi di lui giorni fa. Più lo tengo con me e più aumenta il rischio che mi abitui alla sua presenza.

E più che altro, come potrà mai rispettarmi se gli permetto ogni capriccio? Deve capire che questa non è una vacanza.

Come si insegna l'obbedienza a un bambino? L'obbedienza cieca e assoluta?

Spezzandolo, direbbe papà.

32

Sarah si sveglia. Il proprio respiro e un gocciolio monotono sono gli unici rumori.

Il dolore alla testa è insopportabile, una fitta breve e lancinante che le si riverbera nel cervello in un pulsare sordo. Ha aperto gli occhi, ma vede solo nero. No, non è esatto. Là c'è un muro. Rocce bagnate che le si chiudono addosso da tutti i lati. È sdraiata su un fianco, non riesce a muovere le gambe. Sono incastrate in qualcosa. Ha i vestiti zuppi dell'acqua fredda che cola ovunque dalle pietre e forma delle pozze sul terreno. Tenta di alzarsi. Non ce la fa. È senza forze.

Brandelli di ricordi le tremolano dietro le palpebre. Una porta che si apre. Una voce che le parla. Lei risponde. Deve aver detto la cosa sbagliata. Due mani la afferrano e la tirano su. Vuole difendersi, ma è legata. Un pugno la colpisce in faccia e la scena va in frantumi.

Si puntella per sollevarsi. La zavorra del suo corpo anchilosato le rema contro. La mano corre alla pistola che però non c'è e subito dopo fruga in tasca. Non le hanno lasciato nemmeno il cellulare. Allunga il braccio e tasta, in cerca di un appiglio a cui aggrapparsi. Il suo corpo si ostina a non collaborare. Il dolore alle tempie aumenta.

Scorge un'apertura, in alto sopra di lei. Esiste una via d'uscita. A fatica, allunga il busto tirandosi in avanti, e finalmente sfila le gambe dalla fenditura in cui erano intrappolate. Ha i pantaloni strappati dalle rocce taglienti, sotto la stoffa intravede del sangue. I pensieri si rincorrono a velocità folle. Si concentra per ricordare se lui si è lasciato sfuggire qualcosa, un indizio su dove la stava portando o cosa voleva farle. Anche se ormai ha capito che posto è quello. È la sua tomba. Una fossa sottoterra. Le sue dita trovano ancora pietre bagnate. È troppo debole per sorreggersi con le braccia. Ci prova lo stesso e ricade di peso. Dalla ferita alla fronte gocce rosse colano nell'acqua. Il campo visivo inizia a sfilacciarsi. No, non deve perdere i sensi. Altrimenti morirà congelata. Deve raggiungere l'apertura. Deve...

Un'immagine da un passato lontano le sfiora la coscienza: Markus, che tiene in braccio una bambina appena nata. È così piccola. Così indifesa. È stata una parte di lei, ma ora è solo un grumo di carne. Le sue minuscole palpebre resteranno chiuse per sempre, senza che abbia mai visto la luce del sole. Markus le dice dolcemente che non deve essere triste, proveranno ancora. In quel momento non sapeva che lei non avrebbe avuto una seconda possibilità. Tutto ciò che aveva, l'aveva perduto con quel corpicino senza vita.

Vuole andare da sua figlia. Non vuole più lottare, non vuole più continuare a rincorrere una liberazione che non trova. Vuole la pace che si è guadagnata. Chiude gli occhi.

33

Il resto della serata si trascina muto e incolore. Ci sono solo io tra queste quattro pareti, che assorbono ogni suono e buttano fuori un silenzio torpido.

A un certo punto Henna esce dalla camera e scende al piano di sotto, probabilmente ha fame o vuole guardare i cartoni animati. Theo non lo sento.

Mi chiedo cosa stia facendo Jannik, se è disperato come me o se invece siede tranquillo davanti alla tv insieme a Henna, mentre per colpa sua quella donna è imprigionata al gelo tra le rocce e teme per la propria vita. Ma forse era scritto che andasse così. Dal momento in cui ha piantato il coltello nel petto a papà, o forse addirittura da parecchio prima. Fa ciò che ritiene giusto, con spietata determinazione.

Il televisore si spegne. Passi sulle scale. Dalla stanza accanto arriva attutita la voce di Jannik mentre mette a letto Henna e chiede di nuovo scusa a Theo, che dopo l'incidente nella Stube non ha più aperto bocca. Non fiata nemmeno adesso. Jannik entra in camera. Io sono voltata di spalle alla porta, imbacuccata nelle coperte, e tendo l'orecchio fingendo di dormire.

Lui si muove con cautela, non accende nemmeno la luce. Avanza verso di me, e sento scattare l'interruttore della piccola lampada tra i due letti. Poi non sento più nulla per alcuni minuti. Capisco che mi sta osservando. Il battito del mio cuore accelera. Cerco con tutte le forze di mantenere il viso rilassato, intanto stringo il lenzuolo tra le dita e conto i secondi. Silenzio.

Alla fine sospira piano e si allontana. Il cigolio del letto, il fruscio dei vestiti. So che mi sta ancora fissando. È una trappola, vuole che mi creda al sicuro e apra gli occhi. Li tengo chiusi. Un altro lungo momento di silenzio, seguito dallo scatto dell'interruttore. La stanza piomba nel buio. I rumori della notte si amplificano: il soffio del vento, i tarli che rosicchiano le travi, il respiro regolare di Jannik. Lo conosco troppo bene per credere alla sua immobilità.

A quindici anni è rimasto nella stessa posizione per una giornata intera, appostato tra i rami contorti di un albero, con sé solo un fucile, gli abiti che indossava e l'irriducibile volontà di sparare a qualcosa prima di sera. Quando finalmente è comparso il capriolo, era intirizzito dal freddo. Mi ha raccontato di averlo colpito per pura fortuna, perché aveva perso la sensibilità alle dita. Ma sappiamo entrambi che la fortuna non esiste. Non qui. Jannik è semplicemente bravo a uccidere. Papà una volta ha detto che non ci vuole molto, basta stare fermi. E aspettare.

Aspetto anch'io. Quando il suo respiro si trasformerà in un sibilo sommesso capirò che si è addormentato davvero. L'attesa è lunga, lunga e angosciante. Jannik inizia a russare, io apro gli occhi e mi alzo lentamente.

La chiave è nella tasca dei suoi pantaloni. Li ha appesi alla spalliera della sedia accanto alla finestra. Un gioco da ragazzi. Il vero problema è uscire dalla camera. Il sonno che tarda così tanto ad arrivare non è mai profondo. Mi avvicino di soppiatto alla porta, a ogni passo uno scricchiolio che alle mie orecchie rimbomba in un fracasso infernale. Lui si muove, borbotta qualcosa. Raggiungo il corridoio. Per sicurezza, mi blocco finché il suo respiro non torna regolare.

Adesso le scale. E qui la faccenda diventa delicata. Nell'oscurità non vedo l'ultimo gradino, anche se questa casa la conosco a memoria. Scivolo, inciampo sul bordo e sbatto sulle assi del pavimento. Nel silenzio assoluto il frastuono è assordante. Resto in ascolto trattenendo il fiato, convinta che dal piano di sopra dei passi mi corrano dietro. Tutto calmo. Ho l'impressione che mi scoppi il cuore. Dallo specchio rotto si staccano alcuni frammenti di vetro. Jannik ha raccolto le schegge più grandi, ma devo stare attenta a come mi muovo.

Giacca, guanti, scarponi… che altro? La torcia, presto. Le altre cose le troverò nella rimessa. Infilo la chiave nella serratura, tremo come una foglia. Un'ondata di aria gelida mi investe. Senza la luce che brilla alle finestre, il nero della notte è impenetrabile. Sono costretta a usare la torcia per vedere dove metto i piedi.

La terra ghiacciata è coperta di neve fresca. Grossi fiocchi mulinano trascinati dal vento. La pesante porta della rimessa è incastrata da anni. Mi puntello con il ginocchio e spingo con le mani. Mi bruciano braccia e gambe, ma alla fine riesco a scostarla abbastanza per entrare. Corda, chiodi da roccia e moschettoni. Metto tutto nello zaino e allaccio la cinghia in vita, torno fuori e getto un'occhiata alle finestre. Tutte buie. Ma di certo Jannik non sarebbe così stupido da avvertirmi accendendo la luce. Devo sbrigarmi.

Supero la Lada e il pick-up, oltrepasso la sbarra e risalgo il pendio. La neve scricchiola sotto le suole. Il tragitto fino al Varco del sole è lungo. In macchina sono appena dieci minuti, ma a piedi e con questo tempo mi ci vorrà almeno il triplo. Ogni istante è prezioso, non so in che condizioni sia la poliziotta. Si sarà difesa, e se fosse ferita sarebbe un problema portarla giù dalla montagna e in ospedale senza che Jannik se ne accorga.

Lascio lo sterrato e mi inoltro nel bosco. La salita è più ripida, la neve più alta. Alla luce della luna gli aghi ghiacciati dei pini scintillano come zanne di animali feroci pronti ad attaccare. Nonostante il freddo, inizio a sudare. La sciarpa davanti alla bocca mi toglie l'aria. Il cono della torcia balena irrequieto, mentre la mia andatura diventa più incerta. *Cammina! Non crollare. Conosci la strada.*

Arrivo al vecchio mulino. All'ombra del tetto sepolto sotto la neve, le finestre inchiodate emergono simili agli occhi di un uomo assiderato ricoperto di ghiaccioli. Devo fare una sosta. Ho il respiro corto, il fiato si condensa in piccoli sbuffi di vapore davanti al mio viso. Le fitte al petto pungono come spilli.

Dei rami si spezzano sotto movimenti rapidi e maldestri. Mi guardo intorno, terrorizzata. Non è Jannik, fa troppo rumore. Nel fascio di luce compare una figura che si ferma di scatto e alza le mani. Dal berretto di lana spuntano dei ricci scuri. Due occhi mi fissano coraggiosi e testardi da sopra la sciarpa tirata fin sul naso.

"Idiota." È l'unica cosa che mi viene in mente.

Theo ansima per la fatica. Deve aver dato fondo a tutte le sue forze per raggiungermi così in fretta con le sue gambette secche.

"Vengo con te," dice.

"No, ora torni subito a casa! Se si accorge che sei uscito..."

"Non puoi tirarla fuori dal buco da sola! Hai bisogno del mio aiuto."

"Ma non mi sei di aiuto, se per colpa tua Jannik..."

"Ho cancellato le mie impronte, vedi?" Mi mostra la fronda che ha in mano e indica il pendio. "Non sa che ti ho seguita. Dorme come un sasso. Non me ne vado, hai bisogno di me."

Sollevo lo sguardo verso la montagna, che sonnecchia solenne e maestosa nell'ululato della bufera. Non ho tempo di discutere con Theo. Anche se lo rimando indietro, non posso avere la certezza che mi obbedisca davvero. Non ho scelta. In più ha ragione lui: quando si tratta del crepaccio, l'aiuto non è mai troppo.

"E va bene, allora vieni. Muoviamoci, però."

Alla fine del sentiero inizia l'ultimo tratto di salita, che può essere percorso solo a piedi. Da qui in poi la difficoltà aumenta. Avanziamo controvento, e sprofondando nella neve è come se a ogni passo avanti ne facessimo tre indietro. La torcia si sta scaricando. Folate di fiocchi ci sferzano il viso. Theo rallenta, ma non si dà per vinto. Sono quasi allo stremo anch'io. Mi fermo. Dovremmo essere arrivati da un pezzo, stiamo girando in tondo?

"Credo che ci siamo..."

"Laggiù!" Theo cambia direzione e si dirige verso la sagoma scura della parete di roccia che si innalza in mezzo al nulla. Ai suoi piedi ci sono delle assi di legno. "Vieni!" mi grida, cercando di spostarle.

Nel turbine non lo vedo quasi più. Lo raggiungo più velocemente che posso e gli do una mano. È proprio il buco. Lo spesso manto bianco ha cambiato l'aspetto del paesaggio, modificandone la forma. L'ultima volta che sono stata qui, ho trascinato nel fango insieme a Jannik il cadavere decapitato di papà, il ricordo esce da ogni fenditura buia strisciando come un'ombra, e per un attimo distinguo solo quella voragine profonda, in cui tanto tempo fa sono scomparsi la mia infanzia, i miei sogni e le mie facoltà mentali.

La voce concitata di Theo mi arriva a stralci: "Sbrigati… illuminare… ancora viva!"

Mi inginocchio e punto la torcia nel cunicolo. "Ehi!"

La neve plana nell'oscurità. Qualcosa si muove nel cono di luce tremolante. Due braccia si tendono verso di me, poi compare anche un viso. Wiesinger sbatte le palpebre, ha la fronte incrostata di sangue. Sembra sfinita. Mi sfilo lo zaino dalle spalle e tiro fuori l'attrezzatura. "Non abbia paura!" grido mentre mi preparo. "Ora la tiriamo fuori! Sto arrivando!"

Le mie parole si perdono nella tempesta. Non riesco a chiudere l'imbracatura, la giacca è troppo spessa. Me la tolgo, il freddo penetra all'istante dal maglione di lana. Mi levo anche la sciarpa, per non restare impigliata. Consegno la corda a Theo, e dal basso sale un filo di voce: "Stia… stia attenta…"

"Tra un attimo sono da lei! Resista!"

Theo fissa l'estremità della fune a un tronco. Torna indietro di corsa e mi fa luce, perché devo avere entrambe le mani libere per scendere. Il bordo è ghiacciato. È vero, devo stare attenta. Entro dal punto più largo, poi mi sposto subito a destra per seguire il percorso che conosco. Scivolo su una sporgenza, ma i miei piedi riescono a trovare in tempo un appoggio e non precipito.

Pezzi di roccia si sfaldano e mi franano addosso. Incasso la testa e sento il rantolo strozzato di Wiesinger.

"Tutto bene?" grida Theo.

"Sì! Ma credo che sia stata colpita, non si muove più."

Silenzio.

Paura.

Continuo a calarmi, e quando mancano pochi metri salto giù. Atterro accanto a lei, le sollevo il busto e la schiaffeggio. Wiesinger riprende i sensi con un lamento. Dal suo sguardo è svanita ogni energia.

"Resista," ripeto ansimando. Le volto la schiena, mi metto le sue braccia intorno al collo perché possa aggrapparsi, poi la afferro per le gambe e me la carico sulle spalle. Risalire sarà faticoso, lei è più pesante dei giocattolini morti di papà. Inoltre, questa volta non c'è Jannik a tirarmi su. Mi sudano le mani. Basta tentennare, ce la farò. Devo farcela. Inizio ad arrampicarmi.

Non ci riesco. Il peso di Wiesinger mi trascina indietro.

"Tira!" ordino a Theo. Non succede niente. Terrorizzata, mi accorgo che non è più all'imbocco del cunicolo. "Theo!" chiamo.

Lo sforzo è troppo grande. Mi schiaccio contro le pietre bagnate, incastro le dita nelle fessure fino a farmi male, mentre il corpo di Wiesinger diventa sempre più pesante.

"Theo!" chiamo ancora.

Uno strattone improvviso, così energico che sussulto. La corda si muove, sfrega sulla roccia e ci porta verso l'alto. Conosco una sola persona in grado di farlo, che abbia la capacità e la pratica necessarie. E non è Theo.

È un cacciatore... sa come tendere un'imboscata.

Mi puntello, opponendo tutta la resistenza che posso. Inutile. Un secondo strattone deciso mi toglie l'appoggio da sotto i piedi e mi riporta in superficie insieme alla poliziotta.

Due braccia mi afferrano e mi spingono lontano. Braccia vigorose. Braccia che hanno compiuto spesso quel gesto. Cado a faccia in giù nella neve. Il vento e il freddo mi obbligano a chiudere gli occhi. Presto è tutto nero. Mi fischiano le orecchie, una voce urla a squarciagola il mio nome, dita sbrigative sganciano la corda dall'imbracatura e mi tolgono di dosso la donna svenuta. Liberata dalla zavorra, riesco finalmente a respirare. Mi raggomitolo su me stessa, non ho abbastanza forza per rialzarmi, non ho abbastanza forza per affrontare la verità.

Nel turbinio di fiocchi bianchi si staglia una sagoma che arrotola la corda con mani esperte e la infila nello zaino. Accanto, un'accetta spunta in verticale dalla neve. A meno di tre metri da me è distesa Wiesinger. Non si muove, ha i polsi legati dietro la schiena. In preda al panico, i miei occhi cercano Theo e lo scorgono dietro a un albero, le braccia che circondano il tronco. Piange, il sangue gli cola dal naso e imbratta la sciarpa.

"Jannik, no!" Mi rimetto faticosamente in piedi. Devo gridare per farmi sentire, devo gridare per riportarlo alla ragione. "Smettila! Non possiamo lasciarla qui... Deve esserci un'altra soluzione!"

Lui butta a terra lo zaino. La tormenta confonde il suo viso in una macchia scura, circondata dai capelli che si sollevano simili a fiamme nere. Sembra dotato di un potere sovrumano e nello stesso momento mi appare reale per la prima volta, come se il vento avesse sgretolato la facciata mostrandolo per quello che è veramente: un gigante senza volto, senza coscienza. Che segue con accanimento le regole del bosco.

"Ti ho pregata di non immischiarti, Ronja. Ti ho detto che avevo tutto sotto controllo! Perché non mi ascolti?"

"Perché è una follia, Jannik. Capisci cosa sto dicendo? Tu sei pazzo!"

Lui rovescia la testa all'indietro, credo che scoppi a ridere, però quello che risuona è un urlo. Un urlo tanto amaro, tanto desolato che mi strappa la pelle dal corpo, il cuore dal petto. Poi ammutolisce, e resta soltanto la disperazione, la disperazione che c'è sempre stata e che per tutti questi anni ha nascosto così bene.

"Voglio solo proteggerci, Ronja. Perché non lo capisci?"

"Non è il modo giusto! Questo è quello che farebbe papà!"

Lui avanza verso la poliziotta, e io spero che la sleghi. Invece si ferma e la osserva.

"Ora la ributto nel buco. Se vuoi impedirmelo, provaci. Ma te lo sconsiglio."

Una determinazione micidiale. Gliela leggo negli occhi, gli scorre nelle vene.

Ormai nessuna parola, nessun sentimento può trattenerlo. Ha deciso, questa è la sua volontà, e io sono impotente. Se mi ribellassi, perderei. Lo so. Eppure devo tentare.

Mi lancio nella neve, gettandomi sopra la donna che voglio difendere con tutte le mie forze. Probabilmente con la mia stessa vita. Tasto in cerca della corda per liberarla, perché lotti anche lei per salvarsi. Ma lui è più veloce, molto più veloce di quanto possa mai essere io. Mi afferra per il maglione e mi scaraventa indietro. La botta mi toglie la vista, rotolo su un fianco, inizio a strisciare, cercando di orientarmi. La neve trasforma ogni cosa in una chiazza indistinta. Jannik si carica in spalla la donna, la riporta verso il crepaccio.

"No!" grido.

In quell'istante Theo arriva di corsa, sbuffando come un treno. Si scaglia contro Jannik facendolo cadere. Non credevo che fosse così facile. È sorpreso anche Theo. Mentre Jannik si rialza imprecando, resta lì impalato, come se non sapesse cosa fare. Mi rimetto in piedi per raggiungerlo, il resto non conta. Non deve succedergli niente. A lui no.

Ci sono quasi, quando una palla di neve mi centra in faccia. È ridicolo ma efficace, e per una frazione di secondo sono cieca. Passi che si avvicinano a gran velocità, non riesco a localizzarli. Poi il colpo. Sprofondo.

Il buio mi cattura.

34

Sarah sente la neve premerle sul viso. Gira la testa di lato e strizza gli occhi per il vento, scorge una figura che si china su un corpo immobile. Ronja è svenuta. Jannik la solleva e si allontana di qualche metro lungo il pendio, la depone con delicatezza in una nicchia al riparo delle rocce e torna indietro ad ampie falcate. Sarah si accorge che qualcuno armeggia frenetico con la corda che la lega, piccole mani tremanti che non sanno come muoversi. Ma riescono in ciò che da sola non ha la forza di fare. La fune si allenta, i suoi polsi sono liberi.

"Corra!" strilla il bambino.

Un'ombra spunta alle sue spalle. Jannik lo prende per il bavero e lo trascina via, lui barcolla e crolla nella neve. Sarah si concentra sull'ascia piantata a pochi metri. Jannik la afferra e inizia a tagliare dei rami da un albero. La voce del bambino riecheggia disperata nella tormenta.

"Cosa vuoi fare?"

"Sta' zitto, Theo. E resta dove sei, ti ho avvisato."

"Perché tagli tutti quei rami?"

"Per chiudere il buco. Riempirò l'intero cunicolo, se sarà necessario! Così nessuno la tirerà più fuori!"

"Ma è ancora viva! Lasciala in pace!"

"Ti ho detto di stare zitto, perdio!"

Il bambino scoppia a piangere.

"Ronja..." singhiozza. "Cosa le hai fatto? Perché non si muove?"

"Te lo giuro, Theo, un'altra parola e ti spacco la testa!"

Sarah viene sommersa da una catasta di fronde. Si divincola, boccheggia in cerca di aria, sente l'odore dell'inverno, della neve, della propria paura. Jannik continua a tagliare. Grossi rami spessi, che trascina l'uno dopo l'altro verso il crepaccio. Fa sul serio. La getterà là dentro e la seppellirà. Il dolore alla testa rischia di farle perdere di nuovo conoscenza. Sarah respira. Respira per restare viva e infine trova la forza di sollevarsi sulle ginocchia. Non sa da dove le venga. Non è importante. Deve avere la meglio su Jannik. Prima che succeda qualcosa al bambino.

Ma non fa in tempo ad alzarsi, il manico dell'accetta la colpisce. Vacilla, sbatte contro un albero, dal naso le esce un fiotto di sangue. Jannik è di fronte a lei, una sagoma scura dai contorni indefiniti, senza più niente di umano. In un gesto istintivo, Sarah allunga la mano verso la pistola di ordinanza. Non c'è. È completamente disarmata. Il dolore le offusca i sensi. Una botta alla schiena la catapulta nella neve.

"Non ti muovere!" sbraita una voce.

"Jannik!" Il bambino si è materializzato dal nulla. "Smettila! Non farle del male, ti prego!"

"Theo, te lo dico per l'ultima volta! Togliti dai piedi!"

"Lasci... lasci stare il bambino..." Parole smozzicate, Sarah sputa sangue. Sotto di lei il terreno ondeggia. Si alza, mentre l'accetta taglia altri rami. La scena si confonde davanti ai suoi occhi. Si tasta intorno, vuole trovare il bambino per fargli da scudo, per proteggerlo, costi quel che costi. Un secondo colpo, improvviso. Una figura minuta che urla come un ossesso le si avventa contro con tutte le proprie forze facendole perdere l'equilibrio.

"Scappi!" urla il bambino.

"Theo! Sei impazzito?"

Sarah incespica sotto il suo peso. I piedi perdono il sostegno. Un dislivello, una china che scende ripida... No! Ma è troppo tardi. Precipita. Urta contro qualcosa che raddoppia la violenza della caduta. Rotola giù, frana sempre più in basso. Nel nero. Le sue mani annaspano alla frenetica ricerca di un appiglio. Non ne trovano. Solo pietre e ghiaccio, che la percuotono cavandole dal corpo l'ultimo scampolo di vita. Il mondo ruota. L'ombra e il bambino scompaiono in lontananza. La neve alta accoglie Sarah. E tutto si spegne.

È calato il silenzio. I fiocchi cadono come cenere dal cielo. Sarah sbatte le palpebre. È riversa sulla schiena e respira. È viva.

Rivede il viso di Markus. Le dice di alzarsi. Come allora, dopo che era stata dimessa dall'ospedale e si era chiusa in camera per giorni interi. Le dice che andrà tutto bene. Che è forte. Deve solo alzarsi. E lei si alza.

Un sottile strato di neve fresca le imbianca i vestiti, i capelli, la faccia gelata. Si passa la mano sulle guance, ascolta il battito del cuore in fondo al petto, il pulsare ritmico che le pompa sangue caldo in tutto il corpo e risveglia le sue forze. I suoi occhi cercano orme. È svanito tutto. L'ombra, il bambino, il pendio, perfino la notte. Tra gli alberi baluginano le prime strisce di luce. È viva.

Inizia a camminare. Non sa se sta andando nella direzione giusta, ma non si ferma. Il giorno le indica la strada. Verso la libertà. Verso casa.

Tornerà.

Ma non da sola.

35

Nero. Silenzio.

No, sento un gocciolio. Lo distinguo chiaramente. Viene da quella direzione. Non posso muovermi. Qualcosa mi blocca, un peso sulla schiena che mi schiaccia. Sono pietre? Mi ha sepolta viva?

Cerco di controllare il respiro. Non sono sottoterra, anche se sembra per via dell'oscurità e del freddo. Sono semplicemente al buio, nient'altro. E non ho nessun peso sulla schiena. È solo la mia immaginazione. Calma.

Mi tasto intorno con cautela, il terreno sembra rivestito di feltro consumato o roba simile. Ecco cos'è che mi gratta la guancia. Sollevo la testa e mi accorgo che sono distesa a braccia e gambe divaricate. Nel buco non avrei tutto questo spazio. Inoltre non vedo il chiarore dell'apertura, su in alto.

Ok. Devo tenere i nervi saldi. Conosco questo odore di fumo e conosco questo gocciolio. Viene dalla grondaia. E non vedo nulla perché mi trovo nell'unica stanza senza finestre della casa. L'affumicatoio. Significa che Jannik mi ha riportata indietro dopo avermi tramortita in cima alla montagna. Quanto tempo è passato? Devo andarmene da qui. Adesso.

Avanzo carponi, alla cieca, finché le mie mani non toccano la fessura sotto la porta. Uno spiffero gelido mi sfiora le dita. Sono escoriate, e ho del sangue secco intorno alle unghie. Come se avessi graffiato selvaggiamente qualcosa per salvarmi la vita. Mi tiro su tenendomi alle cerniere, trovo la maniglia e la strattono. Chiusa a chiave. Inizio a picchiare i pugni contro il legno. La polvere si stacca dallo stipite e mi cade addosso.

"Jannik! Fammi uscire! Fammi uscire subito! Jannik!"

Passi dall'altra parte. Passi rapidi ed energici che si avvicinano. Ammutolisco all'istante e indietreggio. Ma la porta rimane chiusa. Dalla parete arrivano anche altri rumori: ante dell'armadio che sbattono e un gran trambusto, come di oggetti pesanti trascinati. Appoggio l'orecchio. È Jannik, ne sono sicura. Cammina su e giù sempre più in fretta. Il trambusto è cessato, ora però sembra che abbia in mano qualcosa. Qualcosa di metallico, che struscia sul pavimento. L'accetta o... una pala.

Do una spallata alla porta, così forte da farla tremare.

"Jannik!" Non grido più, lo supplico. In risposta solo i passi che si allontanano e si affievoliscono insieme alla mia voce.

Ripiombo nel silenzio. Non sento più nemmeno il gocciolio.

Mi accovaccio sul pavimento, tiro le ginocchia contro il petto e resto in ascolto. Aspetto che i passi ritornino. Invano.

Una sottile lama di luce taglia l'oscurità. All'improvviso tra la porta e la parete si è aperto uno spiraglio. La chiave che girava nella serratura e il cigolio avrebbero dovuto mettermi in guardia, ma sono rimasta accovacciata sul pavimento, in attesa di braccia che mi agguantassero, di spiegazioni che non ci sono state. Ora questa sottile lama di luce è l'unico segno di vita intorno a me, un leggero soffio di calore che rischia di spegnersi nelle tenebre. Devo andarmene da qui, prima di fare la stessa fine.

Mi alzo e mi riprendo la libertà.

Mi stupisce che sia così semplice, che la luce scacci il buio con tanta facilità se solo ha lo spazio sufficiente per diffondersi. Mi viene incontro come se fosse naturale, bastava aprire una porta. Ci vuole un attimo perché i miei occhi si abituino.

C'è silenzio. Un silenzio immobile e spettrale. La porta di ingresso è spalancata, il mattino è freddo e placido. Intravedo un movimento e mi volto di scatto. Henna è seduta davanti alla porta distrutta della Stube, con la chiave in mano. Non sembra ferita. Il suo viso è immobile come la casa, e a un tratto capisco perché il silenzio è lugubre: è ciò che resta, come i detriti dopo un uragano. Il viso di Henna non è immobile perché è tranquilla, è immobile perché un orrore indicibile l'ha svuotata.

"Dov'è Jannik?" chiedo.

Lei indica fuori.

Il chiarore dell'alba illumina l'oscurità opprimente. Esco. Il cielo azzurro si allarga sopra le chiome degli alberi come una cupola di vetro. L'aria profuma di neve e resina umida, i rami dei pini frusciano piano. Manca ancora un pezzo al sorgere del sole. Una punta d'oro si riflette nella luce che colpisce la lunga fila di ghiaccioli sulla grondaia.

Jannik è davanti alla rimessa. Seduto con la schiena contro la porta, i gomiti sulle ginocchia. Fiocchi di neve scintillano tra i capelli spettinati dal vento leggero, l'unica cosa che si muove in lui. Mi fa pensare a una statua lì da secoli. Dimenticata dal mondo e sola con se stessa.

Esito. Inspiro. Guardo in su e noto che le imposte alle finestre sono chiuse. Voleva che l'intera casa soffocasse nel buio? Voleva toglierci l'aria per respirare, la luce per sperare, così alla fine tutti avremmo provato ciò che prova lui? Mentre mi avvicino, cerco Theo e la poliziotta. Jannik si accorge di me, ma non si gira a guardarmi. Non si riscuote dalla sua rigidità neppure quando mi fermo a una certa distanza.

"Dov'è Theo?" domando con voce incerta.

Lui reclina la testa. Un gesto stranamente fiacco, come se l'immobilità assoluta che lo aveva pietrificato lo avesse anche sostenuto.

Soltanto adesso vedo la pala appoggiata al muro. È sporca di terra.

"Jannik... cosa hai fatto?"

Si è posato la mano sulla fronte, vinto da un'immensa stanchezza. Gli occhi luccicano nella luce smorta. Stava piangendo.

"Non volevo."

Le sue parole si congelano nell'aria fredda, cadono di schianto e vanno in frantumi. O è il mio cuore che si spezza. Per sempre.

Mi volto a destra e a sinistra, chiamo Theo con tutto il fiato che ho in gola. Alle mie grida disperate gli uccelli si alzano in volo dagli alberi, ma non ottengo risposta. Perché Theo non è qui.

"Smettila! Basta, sta' zitta!" dice Jannik premendosi le mani sulle tempie, quasi volesse fermare i pensieri che lo fanno impazzire. Tace a lungo, poi riprende a parlare. Adesso gli trema leggermente la voce.

"Ero… ero fuori di me perché l'aveva lasciata scappare. Volevo seguirla… ma lui non mi ha ascoltato! Non volevo… continuava a piangere, allora io… c'era l'accetta…"

Si interrompe. È pallido e inespressivo, tranne gli occhi, quelli sono colmi di un dolore talmente grande che fatico a non distogliere lo sguardo.

La pala appoggiata al muro. I grumi di terra scura e ghiacciata.

"Lo hai ucciso," dico.

Lui deglutisce. "Volevo proteggerci. Volevo solo proteggerci."

Mi piego in avanti e barcollo verso il muro. Non per la paura e nemmeno per la rabbia, per la certezza. Mi annienta, e io non lotto più. In un certo senso è un po' come essere libera, liberata dall'atroce fardello della speranza.

Il tempo sembra essersi fermato. Forse si sgretola e mi scorre tra le dita. Non conta più. Ormai è ridicolo pensare a domani, a un nuovo giorno che rende possibile qualunque cosa. Tutto questo è sepolto dentro di me, sotto le macerie di un amore che non era forte abbastanza.

Mentre il sole prosegue tranquillo il suo moto attraverso il cielo, le ombre diventano sempre più grandi e, quando si ammassano nuove nuvole, ricomincia a nevicare.

Jannik ha voltato la testa verso di me. Passa un'eternità, durante la quale restiamo seduti a guardarci. Poi lui dice: "Mi aiuti a dare fuoco alla casa?"

E io non esito.

Non questa volta.

36

Se si fa una cosa, bisogna farla bene. Usiamo le scorte di benzina per le macchine e la fresa che papà teneva nella rimessa. Cinque taniche piene. Più le bombole del gas. Se si fa una cosa, bisogna farla bene.

Mentre Jannik passa di stanza in stanza con le taniche, io infilo il necessario in un paio di borse: vestiti, bottiglie d'acqua, qualcosa da mangiare e dei giocattoli per Henna. Niente chiavi delle macchine, niente disegni e niente cofanetto con le pigne. Quelli resteranno qui e bruceranno, come la febbre brucia i ricordi nella mente. Prendo solo i fumetti di Theo e le sue poche cose. Le macchinine e le costruzioni. I blocchetti di legno sono ancora sparpagliati sul pavimento: una città mai completata. Strappata alla vita, come lui. Di fronte alla cassetta dei soldi di papà sono indecisa. Non credo che Jannik abbia intenzione di andare in un posto dove possa servirci, però la nascondo in fondo alla borsa. Mi dà sicurezza, anche se non certo speranza.

"Sei pronta?" Jannik si affaccia in camera nostra, in mano l'ultima tanica.

Mi guardo di nuovo intorno. Non abbandoniamo niente di cui sentiremo la mancanza. Gli antiquati mobili ingombranti sono sempre stati d'intralcio, e le quattro mura che per anni ci hanno dato riparo conservano solo grida e memorie traumatiche. Questa casa è l'incubo che ha reso le notti così nere e il freddo così inclemente. È ora di lasciarci tutto alle spalle.

"Sì. Facciamolo."

Usciamo carichi di borse e raggiungiamo Henna che ci aspetta in fondo alla radura. Nel suo grosso parka rosa somiglia a una pallina di Natale, ha la stessa fragilità. Non ha più aperto bocca da stamattina, quando l'ho vista seduta davanti alla porta.

Alla fine il bosco ha ridotto al silenzio anche lei, ancora una volta si è preso l'anima di un bambino. L'ultima.

Jannik tira fuori l'accendino dalla tasca del giaccone. L'odore acre della benzina impregna l'aria e gratta la gola a ogni respiro. Eppure è una sensazione piacevole, come una malattia debellata. La fiamma dello Zippo tremola nel vento, e mi viene quasi da ridere al pensiero che una cosa tanto piccola distruggerà per sempre questo mostro gigantesco.

"Fallo," dico.

Lui lancia l'accendino attraverso la porta spalancata. E presto dalla scintilla iniziale si sviluppa un enorme, abbagliante fuoco d'artificio.

La casa brucia fino a notte fonda. Noi tre, al riparo degli alberi, guardiamo le fiamme che la consumano, le travi che si carbonizzano, le tende che avvampano, i vetri delle finestre che esplodono e gli anni che si spengono come il rantolo fioco di un moribondo. Le scintille schizzano illuminando il cielo. È meraviglioso. Il calore più puro e salutare è quello della liberazione.

"Cos'è quello?" Indico il vecchio libro che Jannik ha portato con sé. L'ha tenuto stretto per tutto il tempo. "Non è il libro che hai trovato tra le cose di papà?"

"Sì."

"Perché lo hai preso?"

Me lo consegna, e io lo apro all'ultima pagina che ha letto. Sono annotazioni scritte a mano. Una termina con queste parole:

Come si insegna l'obbedienza a un bambino? L'obbedienza cieca e assoluta?

Spezzandolo, direbbe papà.

Lo restituisco a Jannik. "È il suo diario, vero?"

Lui alza il braccio e lo scaglia nel fuoco.

In quell'istante vedo l'ombra di papà dietro la finestra della sua stanza. Picchia i pugni contro il vetro, tenta di sfuggire al proprio destino con un colpo di coda, ma le fiamme sono più forti e lo divorano, e la casa risplende in un mare di luci scintillanti, al punto che per un attimo sembra un varco infuocato. Un varco verso il sole.

37

Il vecchio capanno di caccia vicino alla sorgente non è cambiato molto da quando ci ho passato la notte, sette o otto anni fa. Papà era appena arrivato con Nika, e io sono scappata. Naturalmente non avevo pianificato la fuga. Dopo poche ore da sola nel bosco ero talmente spaventata che sono tornata indietro, anche se conoscevo la punizione che mi attendeva. Ma ha iniziato a piovere e allora mi sono rifugiata lì fino al mattino dopo.

All'alba mi sono ritrovata Jannik davanti alla porta. Bagnato fradicio. Mi aveva cercata per tutta la notte, ha detto. Per tutta la notte.

Ricordo come fosse ieri il sollievo sul suo viso graffiato dai rami e screpolato dal freddo, la gioia innocente di avermi trovata prima che capitassi tra le mani di papà. Era venuto a prendermi perché sapeva che avevo fatto uno sbaglio, e mi aveva ricondotta a casa prima che la mia breve fuga venisse scoperta. Ogni tanto credo che da quella volta preservarmi dagli errori sia diventata la sua missione.

Il tempo ha lasciato qualche lieve segno sul capanno. Le piccole finestre sono coperte da una crosta di ghiaccio, il tetto spiovente con il minuscolo comignolo geme sotto il peso della neve. La chiave è ancora sotto un sasso accanto alla porta. Non ho idea di chi sia stato il primo a metterla lì. Mentre Jannik entra con Henna, io resto fuori e mi guardo intorno.

Tutto sembra uscito da un passato irreale. Dalla bocca del coboldo intagliato sulla fontanella di legno all'ingresso sgorga uno zampillo congelato, come se il freddo fosse arrivato all'improvviso, nel bel mezzo di una giornata d'estate, e in un attimo avesse paralizzato ogni cosa. Ho l'impressione di sentire il canto degli uccelli nel bosco, ma l'unico rumore è quello del mio respiro. Sono le possibilità a rendere vivo questo posto, un presagio di futuro che si solleva come una nebbia sottile dal paesaggio imbiancato. Un futuro dentro una palla di vetro con la neve.

Senza via di scampo. Una condanna a morte. Come per i miei ragni nel barattolo.

Quando Jannik accende il fuoco, guizza una luce che rischiara il capanno. Entro e lo vedo accovacciato, lo sguardo fisso sulla debole fiamma, quasi volesse tenerla in vita con la forza del pensiero. Henna si è impossessata di uno dei due sacchi a pelo che Jannik ha disteso sul pavimento e ci si infila raggomitolandosi. Dall'interno si leva un miagolio sommesso. Il gatto. Ci ha seguiti. Oppure era già qui ad aspettarci. Il millenario spirito dei boschi non vuole proprio lasciarci andare.

Mi siedo davanti al camino insieme a Jannik.

C'è una domanda che voglio fargli, lo sa. Ma non parlo, e tace anche lui. Nel silenzio crepitante del fuoco, le parole non dette si trasformano in cenere che lentamente il tempo disperderà.

Stanotte non riesco a prendere sonno. Ripenso a un vecchio sogno di tanti anni fa. Ero con i miei genitori. Sedevamo sotto il sorbo vicino alla legnaia, era autunno, e i rami si piegavano carichi di bacche rosse. Faceva caldo. Sentivo l'erba tra le dita, il profumo di un barbecue non molto lontano. Era tutto così reale, che ancora oggi sono convinta non si tratti di un sogno ma di un ricordo, l'ultimo ricordo prima che iniziasse la mia vita con papà.

Ovviamente non ha senso. È impossibile che sia già stata qui con i miei genitori. Mescolare i ricordi di casa con immagini della radura significa solo che il mio cervello ha tentato disperatamente di colmare le lacune, e così è nato questo assurdo scenario fatto di oro e di rosso, con un tiepido vento autunnale e facce sconosciute che ridono. Né verità né menzogna.

Dal lato di Jannik arriva un fruscio. È sveglio, ma non ha aperto bocca. Il bagliore del camino gli illumina il viso, gli occhi scuri e assorti.

"Non dormi?" chiede.

"Ho sognato."

"Cosa?"

"Dei sorbi selvatici. Erano enormi." E sto sognando anche adesso, perché vedo il suo sorriso come non è mai stato: schietto e pieno di speranza.

"Sa di casa," commenta.

"Sì, lo penso anch'io."

Allunga il braccio e io gli prendo la mano.

Restiamo così, tra noi un respiro che è molto di più. Sono mondi che ci dividono, il suo mondo e il mio mondo. Probabilmente il sogno è l'unica dimensione in cui potremmo trovarci, ma è stupido aggrapparsi ai sogni. Non si realizzano mai.

38

È mattina presto. Henna è stanca e infila controvoglia le braccia nelle maniche del parka. Le annodo la sciarpa e le sistemo il berretto, poi le do un pizzicotto affettuoso sulla guancia perché tutta imbacuccata è davvero graziosa. Per un attimo spero di vedere la finestrella tra i denti che esibisce orgogliosa quando sorride, ma la sua bocca resta seria. Apro la porta e la spingo dolcemente fuori.

"Aspettami all'abete, piccola. Vengo subito."

La guardo arrancare nella neve con gli stivali di gomma troppo grandi. Non dovrei toglierle la possibilità di salutarlo, però non sono sicura che sia forte abbastanza. E non sono sicura di esserlo nemmeno io.

Lui mi posa la mano sulla spalla. Mi volto titubante. Nella fretta non si è messo neppure il giaccone. La maglia nera a collo alto spiegazzata dalla notte è troppo leggera. Ha la pelle d'oca, e mi accorgo che la stretta delle sue dita diventa più salda.

"Te ne vuoi andare?" domanda trafelato. "E dove?"

"Non importa. Via da qui."

"Ma non sai com'è là fuori. Senza di me ti perderai!"

L'ho già fatto. Mi sono persa nel suo mondo che non è il mio, che non potrà mai essere il mio.

"Lasciami, Jannik."

Sono parole pronunciate in fretta e con foga, perché non esiste altro modo, solo questo. Mi divincolo, ma lui mi afferra il polso. Con forza.

"Non andartene," implora.

Non riesco a trattenere le lacrime. Finora ce l'ho fatta, e adesso ho paura che non finiranno più di scorrere.

"Non possiamo andare avanti così," mormoro.

"Sì, invece. Staremo insieme, noi tre. Penserò a tutto io, a difenderci, a sfamarci, a..." Gli manca la voce.

È questa l'illusione in cui vive. Cancella le sue azioni come onde che lavano la spiaggia, perché non vuole vedere dove finiscono immancabilmente per condurlo le impronte sulla sabbia. Potrei vivere nell'illusione accanto a lui, per un po' funzionerebbe, ma nel suo animo ci sarebbe sempre qualcosa di oscuro, che né l'amore né la pazienza basterebbero a cambiare.

Smetto di piangere. "Lasciami," ripeto.

"Aspetta..."

"Non posso, Jannik. Lasciami andare."

Lui scuote la testa, ma nei suoi occhi la resistenza si è spenta. Lentamente, quasi volesse concederci ancora un ultimo scampolo di tempo, allenta le dita e mi libera il polso. Sento freddo, ora che non mi tocca più. Un freddo gelido.

"Ti prego," dice piano.

Un raggio di luce danza tra noi come una scintilla smarrita. Ecco cosa siamo stati: una scintilla smarrita, destinata a consumarsi nel ghiaccio.

"Addio Jannik."

Mi volto e mi allontano nel bosco con Henna. Dietro di noi resta solo il silenzio.

Raggiungiamo la strada asfaltata al tramonto. Si snoda in direzione della valle, verso l'ignoto, ma per la prima volta non ho paura. Quando le gambe doloranti per la stanchezza non ci sorreggono più, ci sediamo sul ciglio e aspettiamo di veder spuntare delle luci.

39

Ci trovano la mattina del terzo giorno, ancora un po' e saremmo morte assiderate. Uomini e donne in uniforme. Henna sgrana gli occhi dallo stupore mentre l'elicottero atterra accanto a noi. Uno spostamento di aria fredda ci avvolge, e avverto la fame accompagnata da un profondo, sconfinato sollievo.

"Va tutto bene," dice una donna il cui viso non mi è nuovo. "Ora ci siamo noi. È finita."

Quando decolliamo, vedo le nostre impronte nella neve. Portano nel folto degli alberi, a un'intera vita perduta in lontananza. Il vento le sta già cancellando, e distolgo gli occhi dal bosco per rivolgerli al futuro.

Perché da qualche parte si nascondono sempre degli attimi, dei sentimenti, delle esilissime tracce di vita. Permetteranno alle persone che hai lasciato di ricordarsi di te e faranno in modo che anche tu non le dimentichi.

Perché quelle tracce sono più forti del vento.

RINGRAZIAMENTI

Certi romanzi sono più di un insieme di parole, emozioni e mestiere. Sono qualcosa che da autrice non è facile spiegare. Una parte di noi e insieme completamente estranei, troppo surreali e significativi per essere usciti dalla nostra penna. In momenti come questo, con la testa che fuma mentre mi arrovello sui ringraziamenti, il pensiero che davvero sto per pubblicare uno di quei romanzi mi appare addirittura inconcepibile. Perciò è ancora più difficile esprimere la mia immensa gratitudine per la prospettiva che dopo tutto il tempo, l'ansia e le delusioni, finalmente ci siamo: proprio questo libro, il libro che mi sta così a cuore, troverà la sua strada nel mondo. È troppo, non trovo le parole. Ma vorrei almeno provare.

Ringrazio due lettrici d'eccezione per l'inesauribile impegno con cui si sono dedicate a questo progetto: Sabrina Reiter, capace di spulciare un testo da cima a fondo per fiancheggiarmi nella mia eterna lotta contro gli errori di logica. E naturalmente mia madre. Non fa prigionieri, di conseguenza rende un libro un libro migliore.

Grazie anche al lavoro della mia agente Anna Mechler, che ormai mi sostiene attivamente da due anni. E ovviamente alla splendida squadra di Emons: nel mio romanzo avete visto più di una semplice storia, scorgendo quella scintilla nascosta che nessun altro riusciva a riconoscere. Per merito vostro per la prima volta mi sento una scrittrice. Se oggi sono qui in cerca delle parole giuste, lo devo al vostro entusiasmo e alla vostra energia. Vi ringrazio dal profondo del cuore.

Vorrei ringraziare inoltre la mia editor Marion Heister, che ha smussato gli spigoli rimasti e appianato le ultime pieghe.

E per concludere, grazie a tutte le lettrici e a tutti i lettori là fuori, che adesso tengono in mano questo libro. Incontrarci è stato un cammino lungo e accidentato, ma spero che il nostro viaggio insieme durerà ancora per molto.

Collana Gialli Tedeschi

Friedrich Ani
SÜDEN (2 edizioni)
Il caso dell'oste scomparso

Friedrich Ani
SÜDEN E LA VITA SEGRETA

Friedrich Ani
M COME MIA
Süden e le ombre del passato

Friedrich Ani
IL GIORNO SENZA NOME
Un caso per Jakob Franck

Friedrich Ani
L'OMICIDIO DELLA FELICITÀ
Un altro caso per Jakob Franck

Patrick Brosi
IL BLOGGER

Simone Buchholz
REVOLVER
Le ragazze del porto di Amburgo

Simone Buchholz
LA NOTTE DEL COCCODRILLO

Simone Buchholz
UOMINI IN GABBIA
Un altro caso per la pm Chas Riley

Wolfram Fleischhauer
IL BOSCO SILENZIOSO

Wolfram Fleischhauer
ROSSO COME IL MARE
Eco thriller

Harald Gilbers
BERLINO 1944 (4 edizioni)
Caccia all'assassino tra le macerie

Harald Gilbers
I FIGLI DI ODINO
L'ex commissario Oppenheimer e la fine del Reich

Harald Gilbers
ATTO FINALE
L'ex commissario Oppenheimer e l'Armata Rossa a Berlino

Harald Gilbers
LA LISTA NERA
L'ex commissario Oppenheimer e la resa dei conti

Brigitte Glaser
DELITTO AL PEPE ROSA (2 edizioni)
Il primo caso della cuoca Katharina Schweitzer

Brigitte Glaser
MORTE SOTTO SPIRITO
La cuoca Katharina torna a casa

Brigitte Glase
ASSASSINIO À LA CARTE
La cuoca Katharina e la mafia turca

Brigitte Glaser
MIELE AMARO
La cuoca Katharina e l'eredità pericolosa

Brigitte Glaser
BUFFET AL VELENO
La cuoca Katharina e il terribile sospetto

Lisa Graf, Ottmar Neuburger
GULASCH DI CERVO
Caccia al tesoro nel cuore della Baviera

Lisa Graf, Ottmar Neuburger
TROTA ALLO SPIEDO
Morti sospette alla Residenza sul Lago

Alfred Hellmann
SIA FATTA LA TUA VOLONTÀ
Thriller berlinese

Michaela Kastel
NELLA TANA
Il bosco non è mai stato così oscuro

www.emonsedizioni.it

Volker Klüpfel, Michael Kobr
SPICCIOLI PER IL LATTE
Il primo caso del commissario Kluftinger

Volker Klüpfel, Michael Kobr
MISTERO IN FONDO AL LAGO
Il commissario Kluftinger al castello di Ludwig

Andrea Nagele
GRADO SOTTO LA PIOGGIA

Andrea Nagele
GRADO NELL'OMBRA
Un altro caso per Maddalena Degrassi

Edgar Noske
IL CASO ILDEGARDA (2 edizioni)

Edgar Noske
IL BASTARDO DI BERG

Andreas Pflüger
NERO ASSOLUTO

Petra Reategui
IL PROFUMO RUBATO
Le misteriose origini dell'Eau de Cologne

PROSSIMAMENTE

Kerstin Fielstedde
00GATTO
Licenza di graffiare